FRANZOBEL

Liebesgeschichte

ROMAN

PAUL ZSOLNAY VERLAG

für Lisa Nowak

1 2 3 4 5 11 10 09 08 07

ISBN 978-3-552-05410-3

Satz: Eva Kaltenbrunner-Dorfinger, Wien
Druck und Bindung: GGP Media GmbH, Pößneck
Printed in Germany

Der Menschen Fähigkeit
zum Selbstbetrug ist außerordentlich.

I

Cholerik: Der Finger

1. Die sechste Stunde

Weil er beim Aufsperren einer Tür immer fürchtete, jemand könnte ihn beobachten, sich auf ihn stürzen, ihn überwältigen, blickte er sich hastig um, doch da war nichts, nur die dunkelblaue Nacht hing wie eine atmende, quallige Masse über den schlafenden Häusern und Autos. Auch wenn alles still war, beeilte er sich, den Haustorschlüssel ins Schloss zu stecken, zu drehen. Es klemmte. Verdammt! Er presste. Fluchte. Jetzt gelang es.

Alexander, ein graziler junger Mann von vierunddreißig Jahren, blutarm, nervös, hohlwangig mit zartgliedrigen Händen und einer mäßig vorstehenden, leicht aufwärtsgebogenen Nase im teigigen Gesicht, Alexander, der stets um Stil bemüht war, bedacht darauf, dass man sah, wer er war, einer, der die Welt aus ihren Angeln hob. Alexander keuchte. Wie ein anschlagender Jagdhund hing er in der straffen Leine seiner Atemröhre, keuchte heftig, fiel gegen die zugefallene Tür, griff sich an die Brust und hustete, als hätte er einen Hundertmeterlauf absolviert. Dabei war er nur von der Ecke hergelaufen, wo er den Taxifahrer hatte halten lassen.

Er strich die Falten aus dem Regenmantel, bückte sich, um seine Schuhbänder zu binden, und hastete durch das Treppenhaus, zog sich am Geländer hoch, vorbei an Fußabstreifern und ausgetragenen Zeitungen, hinweg über Specksteine, Tröpfchen von der inkontinenten Dackeldame Max, zog sich empor durch das Gründerzeittreppenhaus, vorbei an einem kleinen abgenagten Knochen mit blutigem Gelenk, vorbei an abgeschlagenen Wänden, von denen Putz rieselte, um endlich vor der ihm wohlbekannten Tür zu stehen.

Alexander keuchte, griff sich ans Herz, versuchte es zu kontrollieren, atmete langsam aus und ein, blickte aus dem Treppenhausfenster, sah den roten Streifen der ausbrechenden Sonne, die die quallige Nacht bald verscheucht haben würde, blieb an den Blumenkästen hängen, wunderte sich, wie sich seine Frau für dieses Grünzeug interessieren konnte, wo er nicht einmal die Namen dieser Gewächse behielt, alle Thujen nannte. Sie aber sagte, Pflanzen sind wie Tiere, die immer schlafen. Seit sieben Jahren waren sie verheiratet. Was wussten sie voneinander?

Alexander atmete noch heftig, fühlte, wie der Sauerstoff auf seine Zellen sprang, glühte, mit ihnen durchging. Er sah den handtellergroßen Marienkäferaufkleber an der dunklen Tür, das Namensschild *Marie und Alexander Gansebohn*. Es kam ihm vor wie das von Fremden. Er öffnete, drückte sacht gegen die Tür, bemüht, keinen Lärm zu machen, niemanden zu wecken, sah Licht, schob vorsichtig wie eine Schildkröte den Kopf ins Innere, da hörte er schon etwas krachen, einen hellen, bröckeligen Klang. Es war, als wäre jemand in die papierenen Waben seines Gehirns gesprungen, hätte darauf herumgetrampelt, alle eingeknickt, dabei war eine Weinflasche neben ihm zerschellt. Was für eine herzliche Begrüßung.

Ein großer roter Fleck war an die Wand gekleckst und auf dem Boden eine große Lache. Wie ein Tausendfüßler, eine überdimensionale Küchenschabe sah das Wandge-

mälde aus. Alexander, dem für diese Art von Kunst der Sinn fehlte, zitterte, da bemerkte er die Frau, seine, sie sah aus wie ein wildes, hungriges Tier, dem die Beute in die Falle ging. Ein stürmisch loderndes Feuer war in ihrem Blick. Sie war entschlossen.

Alexander rannte auf sie zu, wollte sie umarmen.

– Marie!

Sie entwand sich ihm, stieß ihn weg, würdigte ihn keines Blickes.

– Marie! Was ist? Habe ich dir nicht gesagt, dass es spät werden kann? Wenn du die ganze Nacht wach geblieben bist, muss ich dich schimpfen. Dummerchen! Alexander stammelte. Er sah verweinte Wimperntusche, die wie eine Bremsspur auf ihren Wangen lag, Brüste, die Flaschenkürbissen glichen und unter ihrem schlichten Kleid baumelten. Er fühlte Abscheu, Ekel, Glück, einen ganzen Cocktail unpassender Gefühle, auf dem Gemeinheiten trieben, die den Kahn ihrer Ehe in arge Turbulenzen brachten. Aber wie ein stures, auf dem untergehenden Schiff weiterspielendes Orchester war er nicht fähig, diesen in Seenot geratenen Ehekutter zu verlassen. Dabei war ihm diese Frau, seine, mit ihrem Sinn fürs Praktische, ihren Vorlieben für Zimmerpflanzen und Dekorationen, ihren Stillosigkeiten und Zerstreutheiten ein Gräuel. Zuneigung – sie wehte ihn an und verging.

Er sah sie an und merkte, wie Feindseligkeit in ihm hochstieg, eine Mischung aus Ekel, Abscheu und Zuneigung, ja Zuneigung, die allen Unwettern zum Trotz nicht umzubringen war, sich festkrallte wie ein Ertrinkender an einem Rettungsring.

– Ich kann noch nicht sprechen, fauchte Marie und bedeutete ihm, nicht näher zu kommen. Bitte. Kann nicht!

– Aber mit Weinflaschen werfen kannst du? Und was ist mit den Kindern? Willst du sie wecken? Benimmt sich so ein braver und tüchtiger Mensch?

Alexander war hellwach, die Gedanken schlugen wie Peitschenhiebe in sein Hirn, gruben tiefe Furchen, spritzten auf. Was war mit Marie? Sie wusste etwas. Was? Nur einen Zipfel oder gleich die ganze Verschwörung? War es eine leise Ahnung oder hatte sie alles herausbekommen? Sie war ihm schon öfter hinter Betrügereien gekommen, aber immer war es ihm gelungen, sie zu beschwichtigen, ihr aufs Neue seine Liebe zu beweisen, das kenternde Schiff ihres Zusammenseins wieder seetauglich zu machen. Stets war er mit seinem *Keiner kann in mich hineinschauen* durchgekommen. Unbedeutende Affären waren das gewesen, Ehrenaffen hatte sie's genannt und nicht mit Weinflaschen geworfen. Diesmal war es anders. Alexander, ein Meister im Durchlavieren, erkannte den Ernst, wusste, dass er sie umarmen und küssen musste. Er aber? Was tat er? Seine Schnürsenkel band er.

– Kann nicht sprechen, schrie sie. Kann nicht.

– Sag schon, was ist los. Hab ich auf den Hochzeitstag vergessen? Nein! Alexander sah das Telefon, einen Zettel daneben, vollgekritzelt. Sie hatte telefoniert. Mit einer Freundin? War es diesmal sie, die sich ausheulte? Sonst war es immer umgekehrt, war Marie die Klagemauer, an der die Probleme ihrer Freundinnen zerbrachen.

Er legte seine Hand auf ihre Schulter, die sich hart anfühlte, hart und kalt. Sie stieß ihn weg und sagte:

– Du liebst mich nicht. Ich weiß nicht, ob du mich je geliebt hast. Ich weiß gar nichts mehr. Nichts! Nur, du liebst mich nicht. Das weiß ich. Ein gemeiner Schuft bist du! Jawohl, ein Schuft!

– Was sagst du da? Alexander suchte nach Worten wie *Göttin meines Herzens* oder *Liebe meines Lebens*, nur so abgedroschen sollten sie nicht sein. Verlegen blickte er in die Vitrine mit den Bleikristallgläsern, als ob dort die passenden Ausdrücke lägen. Er sah präkolumbianische Statuen aus Mexiko, Tonkrieger aus China, eine Wasserpfeife und andere Dinge, die sie zusammengekauft hatten, ja, zusammen hatten sie sie gekauft, um zu beweisen, dass sie glücklich waren, zusammen, nicht einsam nebeneinander her lebten.

– Bei einer anderen ... Marie drehte sich langsam um und durchbohrte ihn mit ihrem Blick. Ihre Augen waren wund gerieben. Sie musste stundenlang geheult haben, um diese Rötung zu erzielen. Wie Surfleisch sahen ihre salzigen Wangen aus, fleischig, rot. Diese Demütigung! Diese Kränkung! An mich denkst du überhaupt nicht. Du denkst nur an dich. Du Schuft! Nur an dich. Alexander setzte sich und band seine Schnürsenkel, die gar nicht offen waren.

Und ob ich an sie denke, schlug ihn ein Peitschenhieb. Immer wenn ich bei einer anderen bin, schon aus Angst, dass mir Marie dahinterkommt. Er musste lächeln und sagte, so unschuldig er konnte:

– Bei was für einer anderen? Was meinst du?

– Oh, ich kleine Idiotin, stöhnte Marie, habe ich das verdient? Habe ich, die Mutter deiner Kinder, verdient, dass du mich so zum Narren hältst? Habe ich das wirklich? Du Schuft! Aschfahl und traumverloren war nun ihr Gesicht, ihr glasiger Blick verbohrte sich im Boden.

Draußen war der Himmel saftig dunkelblau geworden, hinten war ein rotes Band aufgetaucht, eine rotgeränderte Wolkendecke, durch die an manchen Stellen schon ein perlweißer Kosmos schimmerte. Die schwarze Qualle hatte sich verzogen und, wie es schien, sich in Alexander breitgemacht. Übel war ihm, Honig lief aus den Waben seines Hirns, verklebte alles. Ihm war zumute, als hätte man ihn verprügelt. Und jetzt saß man zu Gericht über ihn, seine Frau hatte die Oberhand bekommen. Die nächsten Minuten würden über ihn entscheiden. Und Alexander spürte, wie die Gedanken in ihn schlugen, ihn auspeitschten, während Marie sich sichtlich erholte, aufrichtete, den Blick hob, um ihre Rache auszukosten wie ein raffiniert zubereitetes Frühstück.

– Ich weiß nicht, was du meinst.

– So, weißt du nicht? Weil es dir nur um dich geht. Weil du nie was wissen willst. Ich renne mit den Kindern in Spitäler, versteinere auf dem Spielplatz, ertrage die anderen Eltern, die Elternabende, gehe zur Schule, helfe bei den Hausübungen, mache den Abwasch, bügle deine Hemden, putze die Wohnung, und du weißt nicht, was ich meine. Und das? Weißt du, was ich damit meine? Sie hielt triumphierend ein Foto in die Höhe, das ihn mit Dunja, seiner Freundin, zeigte. Beide nackt.

– Du?! Du hast einen Detektiv? Du traust mir nicht! Das ist die Höhe! Verrat!

– Kann man dir trauen? Wer ist das? Nein, ich will es gar nicht wissen. Ich … In ihren Augen zersprang etwas. Sie hatte ihren Trumpf ausgespielt und war nun erschrocken, dass er zwar stach, aber nicht die erwünschte Wirkung zeigte. Denn fiel Alexander tot um oder zumindest auf die Knie, bettelte er um Verzeihung? Nein, er blieb überraschend lebendig, stellte nur seinen Fuß auf einen Stuhl, band abermals seine Schnürsenkel und erklärte wie beiläufig:

– Dunja. Das ist nichts. Dunja soll mir was bedeuten? Dunja? Da kennst du deinen Alexander aber schlecht.

– Dunja heißt die Hure also. Marie warf den Kopf in den Nacken, blickte zur Decke. Dunja? Blöder Name!

– Dunja ist eine Jugendfreundin. Wir waren an derselben Schule. Das hat mit dir, mit uns nichts zu tun. Dunja. Ich habe sie als Kind geliebt. Aber jetzt? Da kennst du deinen Alexander aber schlecht. Mit ihr im Kopf habe ich masturbieren geübt, sie war meine große Jugendliebe, und wenn uns dein Detektiv bei was ertappt hat, was du Betrug nennst, dann ist für mich das Therapie.

– Dunja? Wie kannst du eine Dunja?

– Eine Jugendliebe! Sieh sie dir an. Ist sie schön? Nein, ist sie nicht. Ist sie intelligent? Nein. Sie hat einen Schweinskopf mit Hängebauch, keine Brüste, Krähenfüße um die Augen, ihre Oberschenkel sind eine einzige Orangenhaut, Entenarsch. Dunja ist ekelhaft, beeilte sich Alexander, seine Geliebte zu verleugnen. Aber ich war in diese Dunja zwanzig, fünfundzwanzig Jahre lang verliebt, ich musste sie ganz einfach haben. Ja, ich habe sie gehabt.

– Gevögelt!

– Wenn du es so nennen willst.

– Dunja!

– Ja, Dunja.

– Wie oft? Maries Stimme war nun etwas sanfter, so dass Alexander einen neuerlichen Versuch wagte, seine Hand auf ihre Schulter zu legen – und tatsächlich ließ sie ihn gewähren. Draußen krähte ein Hahn. Mitten in der Stadt? Es war der Wecker eines Nachbarn.

– Ist das nicht egal? Wie oft? Zweimal, dreimal, achtmal. Aber bedeutet sie mir was? Da kennst du deinen Alexander aber schlecht. Heute Abend haben wir Schluss gemacht. Ab heute bin ich dir treu, ich schwöre es. Er küsste sie aufs Ohr.

– Du widerst mich an. Weißt du das? Sie stieß ihn weg.

Ich habe dich geliebt, Alexander Gansebohn. Doch du hast meine Liebe beiseitegeschoben und getreten. Du Schuft! Ich habe um deine Liebe gekämpft, habe darum gerungen, aber jetzt habe ich begriffen, dass du mich nicht mehr verehrst, nicht respektierst, nicht liebst. Ich bin sehr einsam. Sehr.

– Das geht allen so.

– Ich dachte nicht, dass man so einsam sein kann, wenn man mit dem Menschen, den man liebt, zusammenlebt.

– Was ist denn los, Party? Ein vom Schlaf zerknuddeltes Gesichtchen stand plötzlich in der Tür, ihre sechsjährige Tochter. Sie rieb sich die Augen. Was feiert ihr? Darf ich mitfeiern?

– Geh zurück ins Bett. Marie hob sie hoch, küsste sie. Es ist stockfinstere Nacht.

– Darf ich bei euch schlafen?

– Nein!

– Pass auf, da liegen Scherben.

– Was ist denn kaputtgegangen?

– Nichts, nichts und alles. Marie strich ihr durchs Haar, drehte sich noch einmal um, fixierte Alexander. Ich wollte, ich könnte dir glauben, aber ich kann nicht. Du hast mich zerstört. Uns! Du hast uns zerstört, Alexander Gansebohn, belogen und zerstört. Wir haben alles falsch gemacht. Alles! Mein Leben hast du mir gestohlen!

– Beruhige dich, sagte Alexander leise mehr zu sich selbst als zu ihr. Beruhige dich. Er sah, wie Marie das Kind ins Schlafzimmer trug, sah die nackten zartrosa Fußsohlen seiner Tochter, die wie Rücklichter an Maries Seite blinkten, wollte ihnen hinterher, war aber angewurzelt, konnte keinen Schritt tun, auch nicht, als er das Baby hörte, nicht einmal, als seine Tochter schrie, und schon gar nicht, als er einen dumpfen Laut vernahm, dem bald ein zweiter, mächtigerer folgte. Ein Lärm war das, wie ihn ein Mehlsack machte, wenn er umfiel.

Alexander war versteinert, fühlte, wie die Erbärmlichkeit an ihm hinabtropfte. Was ist? Willst du nicht nachsehen? Da kennst du deinen Alexander aber schlecht. Der erste Sonnenstrahl presste sich über die Dächer, Vögel stoben hoch, und die grelle Sonne stach ihm in die wässrigen Augen, dass er niesen musste. Tschiiii! Er ging zum Schrank mit den Bleikristallgläsern, schenkte sich einen Bourbon ein, *Four Roses* stand auf dem Etikett, setzte sich und trank. Ein voller, warmer Schluck wärmte seine Kehle, seine Brust, konnte ihn aber nicht beruhigen. Auch ein zweiter, vierter nicht. Waren nicht auch er und die Seinen vier Rosen gewesen, vier knospende, zum Blühen bereite Rosen? Und jetzt? Jetzt war das Beet zertrampelt, die Vase zerschellt, waren die Rosen verwelkt, abgeschlagen ihre Köpfe.

Schließlich stand er doch auf, ging ins Schlafzimmer zum Fenster, dessen vom Wind gepeitschte Flügel gegen die Wand stießen, hörte Vögel, die Autos imitierten, brrr, brrr, brrr schrien, sah ein zerwühltes Bett, achtlos hingeworfene Kleidungsstücke, eine leere Wiege, Babyspielsachen, aber kein Baby, Halsketten, Lippenstifte, aber keine Marie, keine Marie und keine Kinder. Er ging zum Fenster, blickte vorbei am Baugerüst, vorbei an Eisenstangen, Brettern voll mit Mörtel, hinunter in den Hof, nur kurz, erkannte das Erwartete, das idiotische Ergebnis einer blödsinnigen Eifersucht, das Ende aller Argumentation, das dümmste Ende überhaupt – den Tod. Da unten, das erkannte er, da unten lagen sie, Marie und seine beiden Töchter. Lagen da und waren tot. Tot wie Säcke, tot wie Mehl, wie Tote tot, tot wie alles, unwiederbringlich. Mausetot. Hingestreckt, draufgegangen, verblichen, verendet, umgekommen, abgekratzt. Nein, letzteres noch nicht.

– Marie, Marie, murmelte er. Du blöde Kuh, bist zu nichts gut, es sei denn, dass man dich als Beispiel grenzenloser Dummheit in Spiritus einlegt, aber auch dafür ist es jetzt zu spät. Marie, du dummer Kerl! Wie kann man nur so egoistisch sein? Aber glaubst du, dass ich traurig bin? Da kennst du deinen Alexander aber schlecht.

Trotz der Mischung aus Müdigkeit und Überdrehtheit war Alexander ruhig, fast zufrieden und nur über seine Hartherzigkeit erstaunt. Weder seine tote Frau noch seine toten Kinder konnten ihn rühren. Er fühlte nichts, war wie in einem Film, dem er nur zusah, jederzeit die Pausentaste drücken und weggehen konnte. Wo war der Schmerz, das Gefühl völliger Sinnlosigkeit? Nicht da. Und wo war die Verzweiflung? Auch nicht da. Wo war die Leere? Nicht in ihm. Aber sie waren nicht jetzt gestorben, sondern schon längst ertrunken, mit einem Flugzeug abgestürzt, verbrannt und auf tausend andere Arten vernichtet.

Mit dem Whiskey in der Hand schritt er jetzt die Wohnung ab, trat sacht gegen die Schuhe im Vorzimmer, gegen einen Heizkörper, sah eine dicke Mappe mit Papieren, die Arbeit der letzten Jahre, sein Werk, dem er alles untergeordnet hatte, seine Lebensaufgabe – bedeutungslos. Er betrachtete ein Stofftier seiner Tochter, auf dem Steiff stand, ihre Schultasche, die Strunk hieß, Kinderzeichnungen, ein vollgeschmiertes Notizbuch namens Moleskine. Seltsam, plötzlich waren all diese Gegenstände leblos, leer und still. Selbst wenn sie Aurora hießen wie der Heizstrahler, Messner wie der Föhn, Gaugenrieder oder Bodrum, so hießen Gastherme und Kaffeemaschine, blieben sie unbeseelt, waren keine finsteren Wesen mehr, die warteten, um jemand in den Wahnsinn zu treiben, sondern nur unschuldige, nichts Böses wollende Objekte. Die Fahrradpumpe Pocket, die Videokassette Pmt, die Fernbedienung JVC, der Kühlschrank Kohinoor, die Thermoskanne Lumbanat.

Er öffnete eine Schublade, *I love Österreich* klebte darauf, wühlte durch Reserveglühbirnen, Batterien, Spezialpariser, die sie nie benutzt hatten, fand nicht, was er suchte, ging zu einem Wandschrank, nahm einen Karton heraus, öffnete ihn und sah seine Maskensammlung: Ledermasken mit Reißverschluss, Masken, die nur die Nase freigaben, Faschingsmasken, Zahnspangen, SM-Masken, Kapuzen, Masken mit Dildos, venezianische Masken, Nikolausgesichter, fand eine Drahtspange, die er sich aufsetzte und einhakte, dass es seine Mundwinkel nach hinten zog, er aussah, als ob er lächelte, ein entstelltes Grinsen war's. So stellte er sich vor den Spiegel, feixte sich an, leerte den letzten Rest der *Four Roses* und stellte sich nur eine Frage: Was weinst du? Weil ich sie lieb hatte.

Da machte es einen Rums, dem ein mächtiges, nicht enden wollendes Klirren folgte – als ob ein Geldautomat unablässig Münzen ausspuckte. Was für ein Radau! Einbrecher? Alexander ging in die Küche und entdeckte die Bescherung. Ein Regalbrett war gebrochen, so dass Teller, Tassen und Gläser das nun schräge Brett entlangliefen, sich todesmutig wie Skispringer in die Tiefe warfen, um nach einem kurzen Flug in der Abwasch zu zerschellen. Ein Scherbenhaufen hatte sich gebildet, eine Pyramide kleiner Glas- und Porzellanstücke. Alexander überlegte, ob er erst Ordnung machen und dann die Rettung rufen sollte oder umgekehrt? Schließlich entschied er sich, nichts davon zu tun und seine Schnürsenkel zu binden. Er schaltete den Fernseher an, sah Berichte vom Krieg und war gelangweilt.

Er ging zum Tisch, wo Marie gesessen war, nahm das Foto, das ihn mit Dunja zeigte, bewies, dass er Dreck am Stecken hatte, Dunja-Dreck am Körperstecken, wollte es zerreißen, drehte es um, schob es ein.

2. Die große romantische Aktion

Wieder rannte Alexander durch das Stiegenhaus, diesmal runter, vorbei am abgenagten Knochen mit dem blutroten Gelenk, weiter, vorbei an den Tröpfchen der inkontinenten Dackeldame Max, vorbei an den Fußabtretern, den Zeitungen. Gebremst von der Überschrift *Dritter in der Sexstatistik!* blieb er stehen, griff nach dem Blatt und überflog den Artikel, der verkündete, dass der durchschnittliche Österreicher jährlich hundertzwanzig Geschlechtsakte vollzog. Alexander rechnete nach und stellte fest, dass er diesen Schnitt erheblich senkte. Aber seltsam, dass in diesen Statistiken nie die Einer vorkamen. Würde man Einer, Zweier, Dreier und was es sonst noch gab, zusammenzählen, käme wohl in allen Ländern das Gleiche raus.

Er schmiss die Zeitung weg, rannte weiter, wieder Treppen runter, vorbei an den aufgebrochenen Postkästen, aus denen Werbung quoll, vorbei an den Kübeln für Altpapier, über die Specksteine, durch die Haustür. Diesmal sah er sich nicht um, rannte durch die erwachende Stadt, vorbei an parkenden Autos, an einem Polizisten, der einen Betrunkenen prügelte, vorbei an einem Taxi mit offener Motorhaube, einem danebenstehenden verzweifelten Fahrgast, vorbei an unter seniler Bettflucht leidenden Alten, über einen toten Maulwurf, der als flauschiger Knäuel auf dem Gehsteig lag, über weggeworfene rostrote Zigarettenschachteln, vorbei an überfüllten Mülleimern, über einen verloren gegangenen Kinderschuh, vorbei an einem Taxistand, nein, da blieb er stehen, stieg in das einzige Auto und erkannte im Fahrer denselben, mit dem er vor knapp einer Stunde gekommen war. Ein Ausländer. Wie schon bei der ersten Fahrt sprachen sie auch diesmal nicht.

Taxifahrer waren Klatschtanten, die Gerüchte durch die Stadt kutschierten. Alexander hatte keine Lust zum Reden. Das Radio spielte: Hey, did you happen to see the most beautiful girl in the world? And if you did, was she crying, crying? Es roch ledrig-rauchig wie in einem Nachtlokal am Vormittag. Alexander entdeckte sich im Innenspiegel, sah, dass er mit seiner Grinsespange einem Kieferoperierten glich, doch der Fahrer sagte nichts. Alexander betrachtete die Fahrerlegitimation, die Nummer, den ausländischen Namen, das Foto. Dann sah er aus dem Fenster, beobachtete Menschen, die zum Arbeitsplatz oder zur Schule hetzten, fragte sich, ob auch nur einer dabei war, der etwas Sinnvolles machte, einer, für den es sich lohnte, diese Welt zu erhalten, wie sie war.

Und Alexander Gansebohn? Hatte der irgendeinen Sinn? Tat er etwas, was mit seinem Tod verloren ginge, etwas, was das Universum zusammenhielt? Nein. Aber wieso starrte ihn dieser morgendumme Pöbel dann so an? Weil er ein kaltherziger Menschenverächter war? Ein orientierungslos, hoffnungslos Liebender? Ein Getriebener? Einer, der seinen Problemen davonlief? Nein, wegen seiner Gesichtsspange. Und obwohl es keine Ursache gab, überfiel Alexander plötzlich das Gefühl unbändigen Glücks. Hoffnung keimte in ihm auf, dass diese Fahrt nie enden würde, die Zeit in diesem Taxi, im Moment des Angeglotztwerdens stehen bliebe. Umsonst.

Bei Dunja angekommen, eilte er zum Haustor, wollte den Knopf der Gegensprechanlage drücken, als die Tür von selbst aufging und ein ungeheuer hässliches, wie aus Holz geschnittenes Weib erschien. Paula! Paula, das Holzscheit, Maries beste Freundin, die Alexander nicht leiden konnte, die ihn verheizen wollte, ihm den Ratschlag gegeben hatte, gegen seine Magengeschwüre Schnecken, lebende Nacktschnecken zu essen, weil ihr Schleim die angegriffene Magenschleimhaut heile. Die kam ihm entgegen, ausgerechnet. Sie lächelte hölzern, war sichtlich irritiert, drückte sich an ihm vorbei wie ein Holzscheit am Ofen, drehte sich noch einmal um, schüttelte den Kopf, verschwand. Paula, diese herbe Hässlichkeit, diese geflohene Krippenfigur. Was hatte die hier verloren?

Alexander war zu überrascht, um sie zu fragen. Kam sie von einer Party, kannte sie hier wen? Sollte sie ihn gesehen haben, wie er heute schon einmal durch das Haus geschlichen war? Hatte vielleicht sie, die Holzkopf-Paula, seine Frau angerufen und ihr alles gemeldet? Kam von ihr das Foto? Er hatte ihr von Anfang an misstraut. Miststück! Holzklotz!

Wieder lief er durch ein Treppenhaus hinauf; dieses war enger, die Zeitungen vor den Türen waren kleinformatiger, aber auch hier lag ein kleiner abgenagter Knochen. Ins fünfte Stockwerk musste er. Im zweiten machte er Halt, besah seine Schnürsenkel, im vierten noch einmal. Endlich erreichte er Dunjas Etage, klingelte, aber nichts rührte sich. Sollte sie abgehauen sein? Wollte sie ihr Entzücken über seinen neuerlichen Besuch manifestieren, indem sie sich tot stellte? Ihn nicht reinließ? Verzweifelt drückte er den Klingelknopf, der ein entferntes Rasseln auslöste. Nichts rührte sich. Doch ließ er locker? Da kennt sie ihren Alexander aber schlecht. Er klingelte um sein Leben, klingelte um seine letzte Chance. Nichts rührte sich. Eine endlose Ewigkeit lang nichts. War sie nicht mehr da? Alexander zitterte. Er war verloren. Nein. Da endlich, ein Geräusch, ein Schlurfen, ein verschlafenes *Komme schon. Was'n los? Wo brennt's?* Alexander erkannte Dunjas warme Stimme, die alle Wörter klingen ließ, als wären sie mit einem Lächeln ausgesprochen. Er spürte, wie sich ein Auge gegen den Türspion presste, ihn erkannte, und eine missmutige Stimme murrte:

– Was willst du denn noch?

– Lass mich rein, bitte.

– Auf keinen Fall. Schleich dich!

– Dunja, mach auf. Marie hat sich mit den Kindern aus dem Fenster gestürzt ... Ich ... Was soll ich tun?

Langsam öffnete sich der Türspalt, ging auf wie eine Muschel im Wasserdampf. Dunja stand da, nur mit einem rosa Slip bekleidet, mit offenem Mund und großen, weit aufgerissenen honigfarbenen Augen, kleinen Hängetitten, die weniger den Flaschenkürbissen Maries glichen als vielmehr zwei ausgewachsenen Birnen, zerzaustes schwarzes Haar, viele Sommersprossen im Gesicht und schwarz lackierte Zehennägel.

– Was ist denn das für eine Geschichte? Was erzählst du da?

– Das ist keine Geschichte, sie tötete erst sich selbst, dann die Kinder, umgekehrt, ist aus dem Fenster gesprungen. Mit den Kindern.

– Entsetzlich! Erschrocken hielt sie sich die Hand vor den Mund.

Es war schrecklich, und sie, Dunja, die vor wenigen Stunden mit ihm Schluss gemacht hatte und sich nun auf die

Unterlippe biss, war, das wusste sie, Auslöser dieser Geschehnisse. Aber war sie schuld? Sie hatte Alexander nie geliebt und auch seine Liebe nie gewollt, weil sie in jemand anderen, in Doyle, vernarrt war, der sich allerdings für sie nur mäßig interessierte, jedenfalls nicht so, wie sie es gerne gehabt hätte. Dunja war kompliziert, so sehr, dass weniger tolerante Gemüter sie für verrückt halten mochten. Das gefiel Alexander, der einen Narren an ihr gefressen hatte. Fünf Minuten mit ihr reichten, und er wusste nicht mehr, wer er war. Sie verdrehte ihm den Kopf. Er konnte nur noch an sie denken, war wie in einem Tunnel, der nur einen Ausgang und einen Eingang hatte: Dunja. Dunja, immer wieder Dunja. Ganz egal, wie er es auch anstellte, er kam stets auf sie zurück, auf Dunja. Alexander hatte ein Faible nicht nur für Masken und Prothesen, nein, auch für verrückte, überspannte Weiber, wurde geradezu magnetisch angezogen von Frauen, deren innere Windungen etwas überdreht waren.

Aber traf das nicht auf alle zu? Waren nicht alle Ausformungen der weiblichen Spezies kompliziert? Alexander kannte keine, die ohne Psychoanalytiker auskam. Alle seine Frauen, Flirts, Bekannten hatten Zwangsvorstellungen, Angstneurosen, manische Depressionen oder Ähnliches. Was machte das? Nichts, im Gegenteil, Alexander fand es schick, sich so einen kleinen Huscher zu leisten, das war mondäner als ein Schoßhündchen, interessanter als ein Collier. Gerne hätte auch Alexander seine seelische Grundfeste aufgegeben und sich mit einer dandyhaften Neurose geschmückt, zumindest mit einem Waschzwang oder einem Tourette-Syndrom. Doch was immer er auch anstellte und an Selbstexperimenten probierte, es war umsonst. Er musste sich eingestehen, zu robust und von handfester Gesundheit zu sein, ein richtiges Landei. Seine Herkunft hatte ihm außer der zweifelhaften Fähigkeit, Unmengen Bier zu trinken, nichts Bedeutendes vererbt, so dass ihm lediglich die Möglichkeit blieb, sich Marotten zuzulegen, wobei die Masken, die Dunja-Affäre und die lebendig verzehrten Nacktschnecken noch zu den harmloseren zählten.

– Magst du was essen?

Essen? Das war wohl die blödeste Idee, auf die man in dieser Situation kommen mochte. Tatsächlich aber hatte Alexander Appetit auf gedünstete Pilze, schleimige japanische Pilze. Dunja konnte ihm nur einen trockenen Weihnachtsstollen bieten, dessen Geschmack von so exquisiter Schlichtheit war, der derart nach Mehl und Altersheim schmeckte, dass Alexander ihn gleich nach dem ersten Bissen auf den kleinen Teller, den sie ihm gereicht hatte, fallen ließ. Dunja war in ihre Wohnung zurückgewichen und zupfte an der in den Zimmerpflanzen hängenden Weihnachtsbeleuchtung, schaltete sie an, so dass kleine rote, gelbe und blaue Lichter zu blinken begannen.

Sie hatte sich damit abgefunden, dass Alexander gelegentlich bei ihr aufkreuzte und sie ankreuzte, sie zu einem Punkt auf seiner Erledigungsliste geworden war, zur Geliebten, die bei einem Erfolgsmenschen, einem Womanizer, dazugehörte wie der Stern zu den Heiligen Drei Königen. Ein Verheirateter? Einer, bei dem nichts passieren konnte? Ein Halunke! Einer, der seine Existenz mit einer Affäre belebte! Von Anfang an hatte er ihr klargemacht, dass er sich trotz aller Verliebtheit und Romantik nicht von Marie und den Kindern trennen könne. Dass sie sich seit der Schulzeit kannten, war ein pikantes Detail, auch wenn er schwor, sie immer schon geliebt zu haben, sich bereits als Sechsjähriger unsterblich in sie verschossen hatte, ja, verschossen, was stimmte, weil sie ein Ziel dargestellt, in dessen Richtung er Unmengen Spermatozoen und Sekret gejagt hatte, die freilich über die Bettlaken nie hinausgekommen und so tatsächlich für alle Ewigkeit verschossen waren.

– Mach das aus, das ist unpassend. Alexander deutete auf die blinkenden Weihnachtslichter. Dunja, noch immer nur im Slip, fauchte höhnisch:

– Wer kann sich einen eigensinnigeren Kerl denken als diesen Alexander Gansebohn, erst bringt er Frau und Kinder um und dann gönnt er einem nicht einmal eine Festbeleuchtung.

– Was heißt umbringen? Alexander biss vor Wut in den mehligen Weihnachtsstollen, brachte aber wegen seiner Gesichtsklammer kaum etwas in den Mund, so dass das meiste auf den Teppich bröselte.

– Ich habe niemanden umgebracht. Du glaubst doch nicht?

– Ich glaube gar nichts. Und brösel mir nicht alles voll. In Dunjas Gesicht standen helle Sonnenflecke, und sie dachte daran, wie sie vor wenigen Stunden mit diesem Teppichvollbrösler Schluss gemacht hatte, der nun wieder bei ihr eindrang, um ihr mit seinen Geschichten und Bröseln die Ordnung zu zerstören. Wahrscheinlich hatte er den Fenstersprung seiner Frau erfunden. Oder sollte sie tatsächlich, vielleicht mit seiner gnädigen Mithilfe, gesprungen sein?

Einem Liebenden war alles zuzutrauen. Die Liebe setzte alles außer Kraft, die Liebe hatte ihre eigenen Gesetze. Und nun fiel es ihr wie eine reife Frucht vom Baum, nun war er gekommen, um die Herzensangelegenheit seiner Rache fortzusetzen, auch sie vom Regal des Lebens in den Einkaufswagen des Todes zu räumen? Dunja, die zitterte, verspürte nicht die geringste Lust, einkassiert zu werden. Ein Revolver, den einst ihre Schwester in den Küchenkasten zu den Gewürzen gelegt hatte, fiel ihr ein. Ein kleines schwarzes Ding mit einer Trommel für Patronen.

– Wenn du alleine lebst, hatte die Schwester gesagt, brauchst du das.

– Blödsinn, brauche ich nie, hatte Dunja damals gemeint. Wozu, höchstens um mir selbst die Kugel zu geben. Nimm es wieder weg.

– Nein!

Nun war Dunja froh, dass ihre Schwester nicht nachgegeben hatte, dass da im Küchenkasten ein besonderes Gewürz lag, etwas, womit sie ungebetenen Gästen die Suppe versalzen konnte.

– Du hast ja eine Gänsehaut. Alexander strich ihr über die Schultern, den Rücken, hinunter bis zum runden Po, wo sich kleine Poren wölbten, als hingen sie an unsichtbar gespannten Fäden.

– Rühr mich nicht an.

– Na, na, na. Was ist denn?

– Au, mein Hintern ist kein Pizzateig.

– Aber wenn was reingeschoben wird, magst du es doch.

– Geh! Bitte, Alexander, geh! Ich liebe dich nicht mehr. Bitte! Geh!

Alles lag in einem seltsam dünnen Licht. Dunja hatte Angst, und Alexander konnte nicht einsehen, dass er innerhalb nur weniger Stunden Frau, Kinder und Geliebte verlieren sollte.

– Wie stellst du dir den Tod vor, Dunja? Er stand neben ihr, die zitterte, und strich über die Livree ihres Elends, die Gänsehaut. Stellst du ihn dir glitschig und kalt wie eingelegte Pilze vor? Mit einer seifigen Schicht wie Schnecken?

Oder glaubst du, er ist mürbe und bröckelig wie ein Weihnachtsstollen? Kommt er angezogen oder nackt? Und als Alexander das sagte, rutschte seine Hand über die Gänsehaut der Pobacken in den Slip, um hinterrücks in ihr warmes, feuchtes Geschlecht zu fahren, was seine Fingerkuppen elektrisierte. Gleichzeitig hielt er ihr das Foto, das sie beide nackt zeigte, vors Gesicht und flüsterte in ihr Ohr:

– Sind wir nicht ein schönes Paar?

Dunja, vom Finger in ihrer Intimabteilung nicht minder überrascht als von dem Bild ihrer beider verschlungenen Körper, war sprachlos.

Das Foto war erstaunlich scharf. Wer konnte das gemacht haben?

– Weißt du, vor kurzem habe ich eine Sexstatistik gesehen und mir gedacht, dass ich den Schnitt erheblich senke. Bei meiner Quote mit Marie. In letzter Zeit haben wir nur gestritten, sogar über den Klopapierverbrauch.

– Deshalb hast du sie umgebracht?, entfuhr es Dunja. Wegen Klopapier?

– Ich habe sie nicht umgebracht.

– Dann nimm endlich diese Grinseklammer ab! Deine Worte klingen damit sonderbar.

– Du glaubst, ich habe sie hinuntergestoßen. Alexander ließ seinen Finger durch ihr Kätzchen wandern, die Schamlippen entlang, bis er vorne den Kitzler erwischte, oder war es der Pissnippel? Er verwechselte das immer, drückte und merkte, wie Dunjas kleiner Körper aufzuckte. Also doch die Klitoris.

– Ich will, dass du jetzt gehst, wehrte sich Dunja gegen dieses Flämmchen Lust, in das da geblasen wurde. Alexander, wir haben vor zwei Stunden Schluss gemacht, weil ich es nicht mehr ertragen habe, weil ich dich nicht liebe, weil ich mir immer, wenn ich in deine Augen sehe, denke, ich bin so ein Schwein. Geh!

– Wir? Du! Du hast Schluss gemacht. Vor zwei Stunden erst. Aber jetzt. Jetzt ist alles anders, bin ich frei, jetzt gibt es ein Argument für uns.

– Geh jetzt. Bitte.

– Aber wo soll ich hin? Dahin? Oder dahin? Er strich mit dem Foto über ihre steifen Brustwarzen und führte mit dem Mittelfinger kleine kreisende Bewegungen aus, so als wollte er Farbe anrühren. Und eine Farbe stieg ihr auch ins Gesicht, eine Höschenfarbe, sie spürte, wie ihre Widerstände schwanden, ihre Blockaden einfach umgerannt wurden, die letzten Wächter desertierten und wilde Gäule wieherten.

– Ich liebe dich, Dunja. Ohne dich kann ich nicht sein, will ich nicht leben. Sie wollte ihn noch wegschicken, ächzte aber bald wie eine alte Tür, verlor die Herrschaft über sich. Er dachte daran, wie sie einander vor einem Jahr, nachdem sie lange in verschiedenen Städten gelebt hatten, begegnet waren, wie es gleich geknistert hatte. Sie hatten gewusst, dass sie etwas voneinander wollten, eine Handelsbeziehung mit Gefühlen, einen Warenaustausch mit Körperschaften und Körpersäften. Sie hatten Spaß, sagten sich, dass nichts passieren würde, nichts passieren dürfe, dass sie die Geschäftseröffnung hinauszögern müssten, was zur Folge hatte, dass es gleich passierte, er schon in der ersten Nacht mit ihrem olivfarbenen Körper handelseinig wurde, ihr Fleisch mit den durchschimmernden Adern, das aussah wie aus einem Anatomielehrbuch, zu fassen kriegte, während sie ihn küsste wie ein Prokurist die fertige Bilanz. Und er? Ihre kleinen Birnenbrüste mit den steifen Warzen, die Honigtöpfe ihrer Augen, ihr Kastanienhaar, das H in ihren

Kniekehlen, ihre schwarz lackierten Zehennägel, alles busselte er ab, während sie ihn in ihre Beinschere nahm und lächelnd meinte:

– So, jetzt kommst mir nimmer aus. Jetzt bleibst für immer mein Gefangener.

Als er sie dann später, als sie sich die Liebesknoten aus dem Haar bürstete, fragte, wer ihr Vater sei, war es ganz um sie geschehen. Dunjas Mutter und Schwester sahen nämlich anders aus als sie, hatten breitere Gesichter, rötere Haut. Alexander ahnte, dass sie sich einem mütterlichen Seitensprung verdankte. Deshalb war sie dunkler, glich der Königin von Saba und wurde vom Vater nicht geliebt, weil sie ein Fleisch gewordener Ausrutscher der Mutter, eine Erbschuld war. Das war derart offensichtlich, dass es verwunderte, wie es unter Verschluss gehalten werden konnte. Vielleicht weil die Leute ein Talent im Wegsehen und Nichtwahrhaben-Wollen hatten? Alexander aber hatte hingesehen, schon in der Schule.

Gut, Dunja war nicht die schönste Frau der Welt geworden, wovon er in der Schule überzeugt gewesen war, aber sie war hübsch – nun ja, zumindest nicht hässlich, wenigstens nicht übermäßig, nur ein bisschen, eine schöne Form von Hässlichkeit, nicht abstoßend, höchstens wenn sie ungeschminkt war. Und nun erbebte sie in Konvulsionen. Als Alexander spürte, dass sie ihrem Höhepunkt entgegenritt, zog er abrupt die Zügel, brr, also den Finger raus, steckte ihn sich in den spangengespreizten Mund, lachte.

– He! Dunja erschrak. Spinnst du? Wie ein Pferd kam sie sich vor, dem man im heftigsten Galopp Stangen zwischen die Beine geworfen hatte.

Er riss sich los, ging zum Kasten, sah in eine Mottenfalle, in der bestimmt dreißig krepierte Mottenmännchen klebten. Geile Mottenmachos, die von einem Duftstoff angezogen worden waren, sich paaren wollten, dabei jämmerlich verreckt waren. War auch er so eine irregeführte Motte? War auch er einem Klebestreifen auf den Leim gegangen?

Dunja, erst verblüfft, dann enttäuscht, dass ihr Ausritt derart jäh beendet worden war, wollte die Beleidigung nicht eingestehen, zog einen Schmollmund, griff nach ihrer Haarbürste und begann, sich damit durchs Haar zu pflügen.

– Mache ich dir Angst?

– Nein, log sie.

– Du spinnst. Er griff sich die Weinflasche vom Glastisch, leerte den Rest in das danebenstehende Glas, dachte an den roten Tausendfüßler, den Maries zerborstene Weinflasche hinterlassen hatte, und trank. Vor einem Jahr war er noch überzeugt gewesen, dass in seinem Alter die Dinge berechenbar waren, das Herz gegen unnötige Schmerzen gewappnet war. Dann war Dunja aufgetaucht, hatte ihn süchtig und willenlos gemacht. Noch nie war das Gefühl, füreinander bestimmt zu sein, so ausgeprägt gewesen wie mit ihr. Noch nie war er so besinnungslos, so wehr- und willenlos gewesen. Sie war wie ein Gebäude, das er kannte, aber lange nicht betreten hatte, ja, von dem er einige Räume nun überhaupt zum ersten Mal zu sehen kriegte. Und er war begeistert. Die Art, wie sie sich beim Sex an ihn krallte, ihn umarmte, würgte, biss, wie sie vibrierte und auf dem Höhepunkt leicht aufheulte, war phantastisch. Sie, die nun ausgebürstet hatte, mit lachendem Mund zu ihm gekommen war, ihn zu umarmen und ihr Schambein an seinem Oberschenkel zu reiben, sie konnte sich hingeben. Sie. Sie war seine Heimsuchung.

Früher, hatte sie ihm mal erzählt, war sie öfter zu einem Tantrameister gegangen, der nichts weiter tun musste, als die nackte, auf einer Yogamatte liegende Dunja mit einer Pfauenfeder zu streicheln, was genügte, sie augenblicklich in einen wild schreienden Orgasmus zu treiben. Der schüchterne Tantrayogi war dann stets verlegen; derartige Reaktionen war er nicht gewohnt.

Es hieß also nicht viel, wenn Dunja sich hingab. Nun rieb sie ihr Schambein an Alexanders Oberschenkel, und er hatte das Gefühl, sie würde an ihm masturbieren. Ein verzweifeltes Reiben war's, wild entschlossen, sich das zu holen, was sie brauchte, wobei sie sich nicht vom Wein trinkenden und Weihnachtsstollen essenden Alexander irritieren ließ. Und während sie sich fester und wilder an ihn klammerte, ihn mit der Hand so sehr an sich presste, dass er sich vorkam wie Fensterkitt in Fugen, hatte er den Teller mit dem Weihnachtsstollen weggestellt, reinigte sich mit einem Zahnstocher die Zähne und dachte, dass er sie noch immer nicht geknackt hatte, noch nie zu ihrem Kern vorgestoßen war. Sie erlebte Orgasmen mit ihm, er aber blieb bedeutungslos. Es war egal, ob er stöhnte, ihr Zärtlichkeiten ins Ohr flüsterte, sie heftig knetete, alles zelebrierte oder wie jetzt mit einem Zahnstocher im Mund herumpulte. Er war warmes Fleisch und männlich, das genügte. Sie war ihm nicht verfallen wie andere Liebende, hätte nicht ihr Leben für ihn geopfert, höchstens ein Wochenende, einen Weihnachtsstollen allenfalls.

Verliebt war sie in jemand anderen, in Doyle, den Künstler, der sich um eine kleine Kunsthändlerin wie Dunja, eine Anbumste, wie er sie nannte, wenig scherte. Und wenn er ein paarmal mit ihr ins Bett gestiegen war, dann nur, weil gerade kein attraktiveres Fickfleisch greifbar gewesen war, er auf die Anbumste zurückgreifen musste.

War das die weltberühmte Liebe, um die sich alles

drehte? Der Sturzbach, der einen mitriss, wenn man in ihn fiel, der einem die Luft nahm und davontrieb? Oder eine falsche, bösartige Alte? Eine Megäre, die einen den richtigen Menschen zwar finden ließ, aber nur um festzustellen, dass einen dieser Richtige böse zurichtete, weil man selbst nicht der Richtige für den richtigen Menschen war, sondern der Falsche, eine lästige Verrichtung. Sollten immer nur Richtige auf Falsche treffen, sich nie zwei finden, die im Himmel füreinander gemacht waren?

Dunja jedenfalls schien nun endlich das gefunden zu haben, wonach es sie verlangt hatte; sie juchzte vor Entzücken, stöhnte, presste sich mit aller Kraft ihres kleinen Körpers an Alexander, schrie: Ja, ja, ja, gib's mir, ja, umklammerte seinen Oberschenkel, saß beinahe darauf, biss in Alexanders Schulter, schrie nun noch lauter: Ja, ja, ja, gib's mir. Ja. Schrie es hinaus in die Welt, dieses *Ja, ja*, das wohl all die Ampeln ihres Körpers auf Grün schaltete, so dass alles in ihr angaste, losfuhr und sie überrollte. Und Alexander? Trotz seines Zahnstochers im Mund kam er sich vor wie Casanova, erinnerte sich daran, wie er Dunja mit seiner Theorie, wonach jede Frau im Mann nur ihren Vater suchte, konfrontiert hatte. Wie sie darüber gebrütet, ihm schließlich Recht gegeben hatte. Ja. Ja. Gib's mir. Gib's mir. Ja. Aber wie war das bei ihr? Ihr dunkelhäutiger Seitensprungvater war ja überhaupt nicht anwesend gewesen. Selbst die Mutter hatte ihn verdrängt. Kam daher Dunjas Sehnsucht nach dem Unerreichbaren? Nach Doyle? Ihre komplizierte Art?

Wie eine überreife Frucht hing sie nun an ihm, wollte nicht loslassen, sich völlig auspressen, das letzte *Ja* aus sich herausquetschen. Ja. Gib's mir. Ja. Jawohl. O ja.

– Ein Schlückchen Wein?

– Auf keinen Fall. Sie riss das Glas an sich und soff es aus. Ein matter Glanz lag in ihren Augen. Schweißperlen schimmerten an ihrem Haaransatz.

– So ist es also, wenn man es mit einem Mörder treibt.

– Sei still.

– Ich kann nicht. Sie drehte sich weg, griff erneut nach der Bürste und warf sie nach Alexander. Mörder! Wahrscheinlich hatte sie gehofft, dass der Orgasmus alles löste, Alexander wie von selbst verschwinden würde. Aber nein, er war noch da. Immer noch. Es ist aus, Alexander, aus. Sieh das endlich ein. Es war derselbe Dialog wie wenige Stunden zuvor – mit derselben Heftigkeit, derselben Verzweiflung.

Alexander, der vor Jahren das Rauchen aufgegeben hatte, steckte sich eine Zigarette an, Dunja kramte in ihren CDs, suchte etwas, womit sie ihm den Marsch blasen konnte.

– Weißt du, was man mir als Kind gesagt hat? Dass ich eine Mörderfratze habe. Alexander spürte, wie der Zigarettenrauch seine Hirngefäße verengte, ihm schwindlig wurde. Ich war damals acht, neun Jahre alt, da kam mir auf der Straße ein Fremder entgegen, sagte, ich sei schön, die Frauen würden einmal alle auf mich fliegen, aber da sei was in meinen Augen, in meinem Blick. Was denn, fragte ich. Nein, sagte er, besser nicht. Ich bestand aber darauf, flehte ihn an. Also ließ er sich erweichen, sagte, ich hätte eine Mörderfratze, die Visage eines Menschen, der wen umbringt.

Dunja fielen alle CDs aus der Hand. Hüllen sprangen auf, kleine silbrige Scheiben fielen raus.

– Na, na, na.

– Warum sagst du mir das? Willst du mir Angst machen?

– Bringe ich etwa jemand um? Da kennst du deinen Alexander aber schlecht.

– Warum erzählst du das?

– Ich hatte es verdrängt. Seltsam, oder? Ein wildfremder Mensch sagt einem, dass man eine Mörderfratze hat. Man müsste ihn umbringen dafür.

– Und wegen so einem hast du deine Familie aus dem Fenster geworfen?

– Marie ist gesprungen. Wie oft denn noch. Gesprungen! Oder ich will meinen Kopf aufessen.

– Und? Was hast du jetzt vor? Willst du mich auch aus dem Fenster springen machen oder mir den Kopf ausreißen? Oder glaubst du wirklich, wir könnten jetzt so leben, als ob nichts geschehen wäre? Wir würden uns immer Vorwürfe machen, Marie würde zwischen uns stehen. Mehr noch als zuvor. Weißt du, dass ich sie gestern gesehen habe? An der Straßenbahnhaltestelle. Da hat sie noch gelebt. Ich habe mir gedacht, ah, da bist du ja. Gott sei Dank kannst du nicht in meinen Kopf reinschauen, nicht sehen, wer ich bin und was ich denke. Manchmal stelle ich mir vor, mein Kopf wäre transparent und jeder könnte die Gedanken sehen – wie in einem Aquarium. Entsetzlich. Sind die Augen Fenster zur Seele? Und die Gedanken Zierfische? Von wegen, ein trübes, verschmiertes Glas sind die Augen – und die Gedanken sind Schlammwürmer. Oder siehst du meinen Wunsch, dass du jetzt gehen sollst?

– Wenn du nicht bald vernünftig wirst, dann verdamme mich Gott. Ich weiß nicht, was jetzt werden soll. Gut, ich habe Marie mehr ertragen als geliebt, aber sie war mir Rückhalt, Familie, Fundament. Sie und die Kinder waren mein Biotop. Dank Marie konnte ich arbeiten, mein Werk vorantreiben. Bis du aufgetaucht bist, mir alles fragwürdig geworden ist. Aber jetzt. Was soll werden? Jetzt habe ich den verdorbenen Blick. Meine Augen haben zu viel gesehen, jetzt bin ich blind, blind vor Liebe. Und Marie? Wem nützt ihr Tod, wenn nicht dir, du armseliges Geschöpf. Dunja?! Alexander strich sich mit der Zunge über die Lippen und bekam ein resolutes *Idiot* zu hören.

– Auch wenn ich noch so viel Angst habe, im Alter allein zu sein, gedenke ich nicht deine Frau zu werden. Im Gegenteil. Ich werde dich vergessen. Siehst du, wie ich dich vergesse …

– Aber wer spricht denn vom Heiraten? Ich habe die Ehe immer als Fernbeziehung gesehen, wo jeder seine Ruhe hat, man nicht mehr auf Aufriss gehen und erobern muss. Ich war in meiner Ehe wie in einem Reservat, kam nur in Gefahr, wenn Marie zu mir durchdrang, etwas von mir wollte. Abscheu hatte ich vor ihr, obwohl es immer schön gewesen ist.

Alexander spürte, wie seine Augen feucht wurden, wie sich Tränen lösten und über seine Wangen liefen. Er dachte an das Bild im Hof, die leblosen Körper, denen Blut aus dem Mund lief, die weit aufgerissenen Augen, das Hirn, das aus den aufgeschlagenen Köpfen quoll, die rausgerissenen Organe, grotesk verdrehte Glieder – oder nicht?

Er hatte so genau nicht hingesehen, in der Morgendämmerung nur dunkle Schatten ausmachen können. Das hatte genügt. Er wollte ein schönes, ein komplettes Bild von Marie behalten, kein zersprungenes, bei dem sie aussah wie die zerdepperte Weinflasche, ihr Gehirn im Hof versprengt war wie Jauche auf dem Feld, ihre Eingeweide überall verstreut waren. Es hieß, dass bei einem Fall aus großer Höhe alles platzte, nur die Hauthülle zurückblieb wie ein leerer Sack.

Während die immer noch fast nackte Dunja ihre CDs ordnete, Alexander die leicht schwabbelige Form ihrer Hinterbeine sah, ihr tätowiertes Arschgeweih, die kleinen Fettwülste um die Hüften, waren Alexanders Gedanken bei Marie, Marie, die er vor tausenden von Jahren einmal geliebt hatte, tief, unendlich tief – bis es seicht geworden war. Marie, die Mutter seiner beiden Töchter, Marie, an der alles vollkommen gewesen war, sogar die Makel, Marie, die oft mitten in der Nacht aufgewacht war und *Nein, bitte nicht! Nein, bitte nicht!* geschrien hatte. Marie, deren Eltern der ungarischen Minderheit in Rumänien angehört hatten, bis sie geflohen waren. *Nein, bitte nicht! Nein, bitte nicht!*

Irgendwann hatten Maries Eltern ins Ausland reisen dürfen, allerdings ohne ihre Tochter. Zuvor waren Hausdurchsuchungen der Securitate gewesen, Schikanen, mit denen der Staat bewies, wie sehr er an die Loyalität seiner Leute glaubte. Der Machtapparat bewies, dass er sich sorgte, seine Leute vor Versuchungen schützte. Nachschauen kam er, ob Maries Eltern nicht Hab und Gut verkauft, Sparbücher aufgelöst oder sonst etwas Verdächtiges getan hatten.

Heute wirkte es grotesk, wie fürsorglich diese Diktaturen gewesen waren, wie sie alles in Bewegung gesetzt hatten, damit ihnen ihr Volk nicht wegrannte – ohne dabei auf das Simpelste, das Naheliegendste, nämlich das Heimatgefühl, zu vertrauen. Hätte man die Menschen einfach gehen lassen, sie wären von selbst zurückgekommen. Hier glich die Diktatur der Ehe. Im Ostblock aber hatte man eine Grenzversiegelung betrieben, hatte Exzesse der Bespitzelung veranstaltet, die Angst am Volk ausgelassen. Maries Eltern hatten vorsichtig zu sein.

Außer Marie wurde in den Fluchtplan niemand eingeweiht, waren doch alle Brüder und Schwestern, Maries Onkel und Tanten, tief ins Ceauşescu-Regime verstrickt, hätte man sich bei einem Auffliegen der Fluchtpläne beim Vater dergestalt bedankt, dass man ihm lebenslänglich Kost und Logis zugesichert hätte, hinter Gefängnismauern allerdings, während die Mutter in einem Armenhaus gelandet wäre, dazu Berufsverbot, Kindesentzug und all die anderen Schikanen. Maries Eltern schworen also, dass sie keineswegs an Flucht dachten, nichts so liebten wie Rumänien und sich auf nichts sehnlicher freuten als auf ihre Rückkehr. Natürlich glaubte ihnen das Regime kein Wort. Deshalb durfte auch Marie nicht mit, musste als Faustpfand zurückbleiben. *Nein, bitte nicht! Nein, bitte nicht!*

Die Eltern fuhren in die glitzernde Freiheit des Westens und ließen Marie, ihr einziges Kind, ohne Aussicht auf ein Wiedersehen zurück, allein mit ihrer Puppe, einer Plastikpuppe mit hohlem Kopf, in dem ein Brief für die Ceauşescu-treuen Onkel und Tanten steckte. *Nein, bitte nicht! Nein, bitte nicht!* Kam daher Maries Angst vor dem Verlassenwerden? Ihre nächtlichen *Nein, bitte nicht*-Schreie? Sie hatte solche Angst vorm Nicht-geliebt-Werden, dass sie, das liebenswerteste Wesen auf Erden, irgendwann tatsächlich nicht mehr geliebt wurde. Schon gar nicht von Alexander, der es ihr doch immer und immer wieder versprochen hatte und der sie wirklich einmal sehr geliebt hatte, tief, unendlich tief.

Zwei Jahre lang musste sie mit ihrer hohlköpfigen Puppe in einem rumänischen Bergdorf bei hirnlosen Onkeln und Tanten, Cousins und Cousinen ausharren, die sie alle hassten, weil sie die Tochter von Verrätern war, von zwei, die sich getraut hatten, weil sie ihnen die eigene Unzulänglichkeit und Schwäche vor Augen führte – so wie Dunja den mütterlichen Seitensprung. Nicht einmal der Brief im Puppenkopf, der um Verzeihung und Sorge für Marie bat, konnte die hirnmaroden Sturschädel besänftigen. Man legte ihr die Steine in den Weg, die man ihr zuvor an den Kopf geworfen hatte, dachte sich Schikanen aus und bemühte sich nach Kräften, ihr das Leben zu vermiesen.

Die reinste Hölle war's, aus der es kein Entrinnen mehr gegeben hätte, wenn sich nicht der Zufall eingemischt und dafür gesorgt hätte, dass bei einer im Fernsehen übertragenen Menschenrechtskundgebung ein Bittbrief ihrer vom schlechten Gewissen zerstörten Mutter verlesen wurde. Daraufhin wuchs der Druck des Auslandes so massiv, dass der Regierung nichts anderes übrig blieb, als Marie ausreisen zu lassen.

Aber ist sie im Goldenen Westen gelandet? Im großen Glück? Fand sie eine Heimat? Eine Familie? Nein. Ihre Eltern waren weich gekocht, am Ziel, doch unzufrieden. Ohne Hoffnung. Und Alexander? Konnte er ihr eine Heimat bieten? Eine Liebe? Nein, das Leben als eine Gansebohn hatte Marie zerstört, er hatte sie verdursten lassen. Ihre anfangs tiefe Liebe verödete, verlief im Sand, und irgendwann war er weder fähig, sie zu lieben, noch sich von ihr zu trennen, ja nicht einmal sprechen konnte er darüber. Irgendwann lebten sie nur noch nebeneinander. Sie aber liebte ihn noch immer, hatte nie damit aufgehört, doch je verzweifelter sie sich an ihn klammerte, je verzweifelter sie an ihn glaubte, desto mehr Freiheiten nahm er sich heraus, verletzte, hinterging sie. Aber dass sie sich das Leben nahm? Alexander konnte es nicht glauben, nicht begreifen. *Nein, bitte nicht! Nein, bitte nicht!*

Dieser unausgegorene mariesche Mischmasch köchelte in ihm, während er immer noch auf Dunjas Arschbacken starrte, den weißen Fleck fixierte, der wie bei einem Häschen am Steiß, direkt über der dunklen Arschrinne, in der Mitte des tätowierten Arschgeweihes saß. Er studierte die Nuancen der olivfarbenen Haut, den Bikinistreifen der hellen Pobacken und den weißen Fleck, dann fiel sein Blick auf Rötungen an ihrem Oberschenkel, sah er Streifen, Abhäutungen, wusste auch, woher die stammten. Von ihm!

Zwei Monate erst waren vergangen seit seiner großen romantischen Aktion, mit der er ihr seine unverbrüchliche Liebe hatte beweisen wollen, seine Bereitschaft, sich an sie zu binden. Nämlich so: Während des Liebesaktes lag sie auf ihm wie Butter am Brot und schmolz, fettete sich zu einem Höhepunkt hinauf, als er aus lauter Verliebtheit und Romantik, aus lauter Verzweiflung und Sehnsucht zwei Tuben Superkleber zwischen ihre beiden Körper drückte, so dass sie zusammenklebten wie siamesische Zwillinge. Haut an Haut, Bauch an Bauch, Bein an Bein, und zwar in penetranter Stellung. Sie klebten fest, waren untrennbar: eins. Herrlich.

Er war ihr nahe, dicht auf den Pelz gerückt, genoss dieses Zusammensein. Dunja hingegen wurde panisch, war an Doyles Dänische Dogge erinnert, an die erdrückende Liebe ihrer Mutter. Große romantische Aktion? Ein Blödsinn. Eine Verklebung. Anstatt zu genießen, rief sie, nachdem sie mit einer gymnastischen Meisterleistung das Telefon erreicht hatte, den Notarzt, öffnete ihm nach einer weiteren sportlichen Glanztat auch die Tür und stand angeklebt an Alexander vor ihm wie eine Missgeburt aus einem Kuriositätenkabinett, so dass der Notarzt erst einen derartigen Lachkrampf bändigen musste, dass ihm der Rotz aus der Nase schoss, dann aber mit unterdrücktem Grinsen versicherte, dass außer warten nichts zu tun war, warten, warten, bis die Haut sich abschälte, warten, bis sie von selbst sich voneinander lösten, mehrere Tage also. Oder Wochen?

– So ist das, wenn man sich liebt, sagte der Notarzt und lachte.

– Lieben? Wir? Wenn Sie wüssten. Dunja kochte.

– Nicht? Was dann? Kommt der Dreibeinlauf wieder in Mode?

– Dreibeinlauf?

– Der war einmal olympisch. Zwei Athleten binden zwei ihrer Unterschenkel aneinander, so dass sie insgesamt drei Beine haben ...

– Kein Dreibeinlauf. Große romantische Aktion! Alexander lachte.

Große romantische Aktion? Es waren schreckliche Tage, Tage, in denen sie sich nicht anziehen und nirgendwo hingehen konnten, sich ungehörig nahe waren, nahe, so nahe, dass ihre Köpfe ständig aneinanderstießen, sich ihre Nasen streiften, ihre Atemzüge. Wie ein dreibeiniges Monster hüpften sie herum, fielen zu Boden, kamen nicht mehr hoch, mussten zum Tisch robben, sich hochziehen, weiterhüpfen. Schon das Telefonieren erforderte Gymnastik, Klogehen und Essen bedurften Verrenkungen, mit denen sie im Zirkus hätten auftreten können. Und wäre Dunja nicht auf die Idee gekommen, ihre Putzfrau herzubeordern, sie wären verhungert, zuvor hätten sie sich allerdings die Köpfe eingeschlagen.

Die Putzfrau verdonnerte sie dazu, im Bett zu bleiben. Alexander genoss das, konnte er doch ständig über Dunjas nackten Körper streichen, die das gar nicht schätzte, Tag und Nacht nur an Befreiung dachte, nichts tat, als die geklebten Stellen auseinanderzureißen, was höllisch schmerzte, aber möglich war, da sie am Unterbauch und an den Oberschenkeln nicht Haut an Haut klebten, sondern nur Dunjas Haut an Alexanders Behaarung hing. Also war das Losreißen vor allem eine schmerzhafte, großflächige Depilation – die endlich auch gelang.

War es ein Wunder, wenn sie ihm nach einer solchen romantischen Aktion auch einen Mord zutraute?

Während sie weiter CDs ordnete, murmelte sie leise: Ich tu's, ich tu's, um dann wieder den Kopf zu schütteln und zu sagen: Nein, es geht nicht, ich kann nicht. Sie wollte, dass er verschwand, sie wollte sich losreißen wie damals nach den drei verklebten Tagen. Seine Zuneigung war ihr zu stark, zu einengend. Je mehr er sie umgarnte, desto mehr verschloss sie sich. Nähe ertrug sie nicht, musste manchmal sogar daran denken – und zwar so intensiv, dass es ihr selbst zu nahe ging –, den Eindringling umzubringen, zu entfernen, wobei entfernen falsch war, weil es darum ging, Ferne herzustellen und nicht wegzunehmen.

Hatte sie als Kind zu wenig oder zu viel Nähe erfahren? Nun konnte sie sie nicht mehr vertragen. Lag es daran, dass Alexander ihr zu ähnlich war? Sie hatte Mordgedanken. Immer schon. Wollte ihre Mutter umbringen, zumindest in Gedanken. Vielleicht aus Rache für den Seitensprung, dessen Ergebnis sie war? Vielleicht aus Zorn gegen den mütterlichen Uterus, der ein fremdes, ein Urlaubsbekanntschaftsspermium ausgebrütet hatte anstatt ein angeheiratetes? Als Kind schrieb sie lange mordlüsterne Briefe, legte sie der Mutter auf den Kopfpolster. Endete immer mit dem Satz: Wenn du wem davon erzählst, bringe ich mich um.

Dunja war kompliziert. Und Alexander spürte ihre Konflikte, fühlte sich davon angezogen. Er kannte ihren Zwang, Wimpern zu verspeisen, auch dass sie sich in Japan die Oberschenkel brechen lassen wollte, um durch ein manipuliertes Zusammenwachsen größer zu werden, leuchtete ihm ein. Es war egal, was sie sagte oder tat, er liebte sie. Er liebte ihren Entenarsch und ihre Krähenfüße, jeden ihrer Pickel, selbst ihr Schnarchen liebte er. Er wollte bei ihr sein, sie sehen. Alles, was er erlebte, wollte er ihr erzählen, alles mit ihr teilen. Das war ihm seit Ewigkeiten nicht passiert. Zuletzt mit Marie vor tausenden von Jahren. Und es war schön. Endlich wieder Schmetterlinge im Bauch, wieder einmal an wen denken können, jemand haben, der nur ihm gehörte, ihm allein.

Aber jetzt war wieder alles anders, Marie wusste es und konnte doch nichts mehr dagegen haben. Und Dunja? Grund und Wurzel seiner Liebe? Die Heimsuchung. Konnte sie an Maries Stelle treten, mit ihm glücklich werden?

Dunja stand auf, wackelte mit den kurzen, noch nicht verlängerten Beinen, ihren Birnentitten, murmelte etwas von Weinnachschub, kam aber keineswegs mit einer Flasche, sondern mit einem Revolver zurück, zitterte und sagte mit Tränen in den Augen:

– Was glaubst du eigentlich? Wenn es dir passt, kommst du angedackelt und liebst mich. So stellst du dir das vor? Aber so geht das nicht. Sie wiederholte Sätze, die sie ihm schon vor Stunden an den Kopf geworfen hatte, dass er sie nicht für blöd verkaufen könne, sie zu respektieren habe.

– Was?

– Du gehst mit mir einkaufen, rufst aber, weil es praktisch ist, auch deine Frau an, fragst, ob sie was braucht …

– Marie ist tot!

– Egal, du rufst, weil du schon dabei bist, auch deine Exgeliebte an, fragst, ob sie was will. Die Exexgeliebte, die Jugendfreundin, die –. Und ich komme als Letzte dran. Du denkst, was für ein toller Liebhaber du bist, aber so besonders bist du nicht. Es tut mir leid, aber ich habe keine Lust mehr, ich will, dass du gehst. Für immer.

– Dunja? Ich liebe dich. Denkst du wirklich?

– Ich weiß nicht, taute ihr Gesicht, flossen kleine Rinnsale über die Wangen. Ich weiß nur, dass wir Schluss gemacht haben und dass ich schlafen muss. In wenigen Stunden beginnt die Kunstmesse, und ich bin ganz kaputt. Alexander, bitte geh. Ich liebe dich nicht. Ich mag dich, aber ich kann nicht. Ich kann mich nicht belügen, selbst dann nicht, wenn deine Frau wirklich aus dem Fenster gesprungen ist, nicht einmal, wenn ich aus lauter Angst vor Nähe allein bleiben, eine vereinsamte Alte werden muss. Ein ungeheurer Sturzbach brach aus ihr hervor, ergoss sich über ihr Gesicht, fiel auf ihre Schultern, lief hinunter bis zum Bauch, bis in den Schritt.

Alexander saß teilnahmslos daneben, sah in den Revolverlauf, auf die Bilder an den Wänden, hatte sie noch nie so intensiv gesehen wie jetzt. Der violette Heuhaufen des Heuhaufenmalers, die bunten Quadrate eines Quadratemalers, den umgestülpten Puppenkopf einer Feministin, der ihn an Maries rumänischen Puppenkopf erinnerte, an den eingelegten Brief ihrer Eltern. Eine Übermalung, ein monochromes Aquarell und all die anderen Bilder, mit denen Dunja sich für ihre Ausstellungsbetreuungen und Vermittlungstätigkeiten hatte bezahlen lassen.

– Und ich, ich weiß nicht mehr, was ich tun soll ohne dich, Dunja. Ich denke, ich werde mich umbringen.

– Glänzender Einfall! Dunja rieb ihre Augen.

– Aber einen Wunsch habe ich noch, ich möchte durch dich sterben. Ich möchte, dass du dich auf mich setzt, mich zum Cunnilingus zwingst und mir dann, wenn es dir kommt, die Kugel gibst. Das möchte ich.

– Cunniwas?

– Schlecken will ich dich!

– Du hast einen Schuss! Plemplem. Eine kindliche Heiterkeit brach aus Dunjas Gesicht. Du bist völlig beknackt, lachte sie. Völlig.

– Nein, mir ist das ernst. Kein Streben ist meiner edlen Natur würdiger. Alexander fasste sich ans Herz, verdrehte die Augen und sagte mit Schmelz in der Stimme: Ich möchte dich noch einmal, ein allerletztes Mal küssen und saugen und lecken, lecken, bis dir das Herz beim Fenster deiner Augen rausspringt, bis du leuchtest und zuckst wie ein menschlicher Blitz, ein Gewitter wilder Schreie aus dir donnert. Komm, zieh den Slip aus, setz dich auf mich. Alexander breitete ihre Yogamatte aus, legte sich darauf, nahm seine Gesichtsklammer ab, machte den Mund auf und zu, fuhr mit der Zunge durch die Luft, schmatzte und hatte das hoffnungsvolle Entzücken eines glühenden Liebhabers in den Augen.

– Los, mach, setz dich her da auf mich, drück mir deine Punzierung auf die Lippen, lass mich dich schmecken, lass mich deine Spalte ins feuchte Jenseits kosten, diesen Eingang in den Hades. Zu den Eierschwammerln will ich, in dein feuchtes Eierstockparadies. Und wenn es dir dann kommt, drückst du ab, erschießt mich und wirst wissen, dass ich Licht aus Lust und Freude bin, einem leichten Schatten gleich über die Erde schwebe und entschwinde.

Alexander grinste verklärt. Dunjas Scham schien in ihrem Höschen zu leuchten wie Flussgras in der Dämmerung, seidig, ihre Brust war illuminiert, ihre Zähne funkelten wie Fischschuppen, ja, ihre ganze Gestalt glich einer Meerjungfrau, die ihn in die Tiefe ziehen müsse. Doch da bekam er Auftrieb, wurde weggespült. Ein Damm.

– Nein, du kannst mich nicht erschießen, du willst ja weiterleben, sagte er enttäuscht. Gut, werde ich mich selbst ausblasen, dann kannst du erzählen, ich sei ganz aufgelöst gekommen, hätte den Tod meiner Frau nicht verwunden und mich selbst gerichtet. Dir soll es schließlich nicht so gehen wie dem Christen, dem Juden und dem Moslem in dem Märchen aus Tausendundeiner Nacht, in dem jeder meint, er hat den Buckligen auf dem Gewissen und muss seine Leiche verschwinden lassen. Wer aber ist dieser Bucklige, von dem alle glauben, sie haben ihn getötet. Wer, wenn nicht Gott? Und ich will auch dein Buckliger sein, dein Gott. Durch dich möchte ich sterben. Durch dich und in dich und für dich.

Oder willst du nicht, dass Blut in deiner Wohnung fließt? Glaubst du, ich? Da kennst du deinen Alexander aber schlecht. Gehen wir ins Badezimmer. Räumen wir die Teppiche und Handtücher beiseite, dann wird nichts beschmutzt. Oder meinst du, dass du später beim Zähneputzen oder Duschen immer an mich, mein Blut und meine Leblosigkeit wirst denken müssen? Ich verlange nichts Unmögliches, nur unter deinen Schenkeln will ich sterben. Die Beinschere des Todes als zungenrotes, warmes, feuchtes Hahnenkammfleisch sehen.

– Hör auf, du bist verrückt.

– Natürlich bin ich verrückt. Aber was kann ich dagegen tun?

– Verschwinde. Bitte! Lass mich in Ruhe! Dunja hatte die Pistole sinken lassen, stand am Fenster und sah hinaus. Draußen war ein heller, geschäftiger Tag, kräftig vom Leben angefasst. Leute führten ihre Hunde aus, Möbelpacker verluden ein Klavier, und ein Gaunerpärchen bestahl eine alte Dame. Es waren schleimige Banditen, doch bevor

Dunja sich darin verlor, holte Alexanders Stimme sie zurück.

– Kannst du dich an die Mittagspausen im Schulhof erinnern? Wie wir bei Nieselregen durch das nasse Gras gerutscht sind? Einmal wollte ich verwegen sein und bin prompt mit dem Kopf gegen einen Baum geknallt. Dann war es finster. Wie ich wieder zu mir gekommen bin, standen alle um mich, hat man mich verarztet. Ich aber hörte nur ein warmes, schepperndes Lachen, das sich vor Glück und Schadenfreude beinahe überschlug. Ein Lachen, das ich augenblicklich hasste. Ein gemeines, fast perverses Lachen. Oh, ich Armer, hätte ich geahnt, dass damit meine Heimsuchung beginnt. Erst recht, als ich die Quelle dieser Mitleidlosigkeit zu Gesicht bekam. Bestimmt hatte ich sie vorher schon hundertmal gesehen, aber nun nahm ich sie wahr, nun wurde ich durchtränkt: honigfarbene Haut, geschmeidig nackte Schultern, maronibraunes Haar, himbeerrote Lippen und Augen wie Karamellbonbons. Die Heimsuchung! Du! Dunja! Du! Von da an war's um mich geschehen. Seither war ich besoffen von dir.

– Aber das ist fünfundzwanzig Jahre her!

– Na und? Weißt du noch, wie ich mich mit dem dicken Faxe geprügelt, wie wir uns gewürgt haben, bis unsere Köpfe blau geworden sind? Und die Klasse hat uns angefeuert, hat *Würgen, würgen!* gebrüllt. Nur du hast nichts bemerkt. *Würgen, würgen!*, und wir haben uns gewürgt, gewürgt, bis uns die Köpfe von den Hälsen gesprungen sind, gewürgt, gewürgt, bis der Direktor eingeschritten ist, uns an den Ohren gepackt hat und die Anfeurer, die eben noch *Würgen, würgen!* skandiert hatten, über unser Strafmaß entscheiden ließ? Mickymaus oder Glühohren? Alle haben für Mickymaus votiert. *Mickymaus! Mickymaus!*

Weißt du noch, was das bedeutete? Mickymaus hieß, dass er uns seine große Pädagogenhandfläche so fest gegen die Nase drückte, bis sie blutete. Das war der Hauptgang. Zum Dessert gab es direktorale Rohrstäbchenstreiche auf die ausgestreckte Hand. Zog man zurück, wurde verdoppelt. Und du? Hast du mich dafür beschenkt mit einem Lächeln, einem Blick? Nein! Du hast es nicht einmal bemerkt. Ich habe für dich gelitten, wollte dich beeindrucken, und du hast mich ignoriert. Alexander drehte sich zum Glastisch, der neben der Yogamatte stand, nahm die weiße Lilie, die darauf stand, roch daran.

– Weiße Lilie? Königsblume! Paris! Aber sehnt man sich, wenn man wie wir aus einem Kaff kommt, nicht sein Leben lang danach zurück? Heim ins Kaff, weil man für die Großstadt nicht geschaffen ist. Sehnst du dich auch zurück in unser Kaff, Dunja? Vielleicht lechze ich deshalb so nach dir, weil du aus denselben verkafften, kleinbürgerlichen Verhältnissen kommst, weil deine Eltern genauso den Wunsch, etwas Besseres zu sein, in dich eingepflanzt haben wie die meinigen in mich. Vielleicht bist du mein Kaff? Mein Kuhdorf? Meine Provinz? Alexander sah auf Dunja und ließ ein tiefes Pfeifen vernehmen. Kannst du dich an Heidrun erinnern? Die mit dem Schildkrötenhals. Die Strohblonde.

Während wir uns abrackern mussten, wie unsere Eltern sich abgerackert hatten, haben die Heidruns in ihren Jagdhütten Partys gefeiert, sind auf Forststraßen Rallyes gefahren, geritten, haben Golf gespielt oder sind gesegelt. Weißt du noch? Glückliche Heidrun. Doch wie gerne hätte dieses edle Geschöpf gehabt, dass sich wegen ihr wer würgen lässt, bis ihm der Kopf wegspringt, aber wegen Heidrun habe ich mich nie gewürgt, nur wegen dir. Und du? Du hast es nicht bemerkt, wie du auch jetzt nicht bemerkt hast, dass ich deinetwegen alles aufgegeben habe, Frau, Kinder, Beruf, wie alles, was mir je gehörte, stückweise von mir abgebrochen ist. Für dich! Ich war glücklich, bevor ich dir begegnet bin. Na ja, glücklich, aber es lief in geordneten Bahnen. Dann bist du gekommen, hast mich kollidieren lassen, mich aus meinem Geleis gedrängt, hast dich anrufen, einladen, küssen, ausziehen, verführen lassen. Alles hast du zugelassen. Alles!

– Aber.

Doch ehe Dunja sich's versah, hatte Alexander ihr die Pistole aus der Hand gerissen, zielte auf sie.

– Du, du alte Nachteule, die ich so liebe, du hast mich kaputt gemacht, Dunja. Ja, du hast es nur geschehen lassen, aber es ist doch passiert. Du hast mich ruiniert. Du …

– Willst du mich unfreundlich behandeln, willst du mich außer Dienst stellen, muss ich auch aus dem Fenster springen? Ist das dein Kundendienst? Dunja hatte die Hände gehoben. Aber nahm sie ihn ernst? Ein zartes Lächeln umspielte ihren Mund, aus dem die weißen, etwas auseinanderstehenden Vorderzähne blitzten. Nahm sie ihn ernst? Ja. Liebende sind zu allem fähig.

– Dunja, ich kenne mich nicht mehr aus, bin verloren. Ich will mit dir sein, immer, notfalls auch im Tod. Alexander hatte eine schweißnasse Stirn, merkte, wie ihm die Tropfen übers Gesicht liefen, zu Boden fielen, zersprangen.

– Ich liebe dich nicht. Und wenn du mich umbringst. Ich kann nicht. Nicht einmal im Tod. Und die weiße Lilie ist auch keine Königsblume, sondern eine Todesblume. Wenn du mich erschießen willst, bitte, nur zu. Ich werde dich trotzdem nicht mehr lieben. Wieso schwitzt du eigentlich so?

– Keine Ahnung. Mit dem Unterarm wischte er sich über die Stirn. Vor ein paar Wochen hast du noch gefragt, ob ich dich heirate.

– Weil ich verzweifelt war, Angst vor dem Alleinsein hatte. Außerdem wusste ich, dass du die Trennung von Marie nicht schaffst.

– Und jetzt?

– Jetzt liebe ich Doyle. Der kann mit mir machen, was er will. Und er macht, Doyle hat Praktiken, und ich liebe ihn dafür. Jetzt weißt du es. Erschieß mich.

– Praktiken? Was für Praktiken? Nimmst du ihn in den Mund? Bei mir hast du dich gesträubt. Nun lief das ganze Spektrum der Verzweiflung über Alexanders Gesicht.

– Bei dir konnte ich nicht. Dunja setzte sich, roch an der Lilie, zündete sich eine Zigarette an und warf Alexander ein Handtuch zu.

– Was soll ich damit?

– Dich abtrocknen. Bist ja nicht zum Ansehen, wie du schwitzt.

– Entschuldige.

– Verfluchter Kerl.

– Meinst du mich oder diesen Doyle?

– Es gefällt ihm, mir sein Ding, das ihm Gott zum Zweck der Fortpflanzung hat wachsen lassen, seinen kleinen Höhlenforscher, wie er ihn nennt, bis in den Rachen zu stoßen, wie eine Gastroskopiesonde. Nur ist das Löchlein in dieser Fleischsonde nicht zum Beobachten, sondern zum Spucken, um mich innerlich anzuspucken. Das treibt einem das Wasser in die Augen, kann ich dir sagen, man hat das Gefühl, kotzen zu müssen. Es ist, wie wenn man sich einen dicken Finger in die Kehle steckt. So ein herzensguter Mensch ist Doyle, dem kein Mittel zu ekelerregend ist, um mich zu öffnen, mich ihm näherzubringen, mich zu heilen. Doyle ist wunderbar. Selbst wenn ich ihn bei so einer Höhlenforscher-Magenspiegelung angekotzt hatte, war er mir nicht böse, sondern befahl seiner Dogge, es aufzulecken. So ein selbstloser, großartiger Mensch ist das.

– Großartiger Mensch? Ein Schwein. Eine affektiert zur Schau getragene Freude an sich selbst. Ein Ungustl.

– Du verstehst das nicht. Ich liebe ihn. Er ist zärtlich. Während seiner Praktiken rezitiert er Gedichte. Dunja verdrehte die Augen und brachte sehr unrhythmisch hervor: Wohlauf, Kameraden, aufs Pferd, aufs Pferd! Ins Feld, in die Freiheit gezogen! Im Felde, da ist der Mann noch was wert, da wird das Herz noch gewogen. Da tritt kein anderer für ihn ein, auf sich selber steht er da ganz allein. Aus der Welt die Freiheit verschwunden ist, man sieht nur Herren und Knechte, die Falschheit herrschet, die Hinterlist bei dem feigen Menschengeschlechte. Der dem Tod ins Angesicht schauen kann, der Soldat allein ist der freie Mann. Des Lebens Ängste, er wirft sie weg, hat nicht mehr zu fürchten, zu sorgen, er reitet dem Schicksal entgegen keck, trifft's heute nicht, trifft es doch morgen. Und trifft es morgen, so lasset uns heut noch schlürfen die Neige der köstlichen Zeit.

– Bravo, klatschte Alexander höhnisch, ein Genie.

– Er hat mit seinen Kunstpornos am Kunstmarkt reüssiert.

– Und warum kenne ich ihn nicht?

– Er ist noch jung. Der Markt erklärte sich gegen Doyle. Aber er meint ohnehin, dass seine Arbeiten die gleiche Wirkung haben, wenn er sie nach ihrer Vollendung verhüllt und wegsperrt.

– Nämlich keine, lachte Alexander, sah zu Boden, wo

mehrere große Schweißtropfen wie Seerosen auf einem Teich die grüne Yogamatte zierten. Sie lagen in diagonalen Linien, erinnerten an ein Damespiel, schon wollte Alexander einen Zug machen, schließlich verrieb er sie.

– Schwitzer. Dunja zog an ihrem Zigarettenstummel, ließ langsam blauen Rauch aus ihrem Mund und sagte ernst: Sogar die Sache mit der Dogge war schön.

– Wie bitte?

– Doyle spricht ständig von Form und Design, von Oberfläche und Inhalt, davon, dass die Kausalität, das Prinzip von Ursache und Wirkung, ein Blödsinn ist, weil es auf die Form ankommt, auf die Gestalt der Gedanken, aufs Gleichgewicht, davon, dass auch eine Frisur oder ein Auto ein Kunstwerk ist, weil es alleine um die Form geht. Alles ist Form, das Sprechen, das Essen, der Sex – also auch ein Hund.

Eines Tages hat er sich diese Dogge angeschafft, diesen großen schwarzen Hund mit den sabbernden Lefzen und der heraushängenden Zunge. Wie er damit angekommen ist, hat er von den wunderbaren Naturschönheiten, all den Wundern, dem Gleichgewicht der Schöpfung geschwärmt. Und er hat mich gefragt, ob ich auch was für die Natur übrig hätte. Ob ich eine Naturliebhaberin sei. Eine, die sich den Wundern der Schöpfung nicht verschließt? Na, bin ich degeneriert, oder was?

– Dann hast du es mit seinem Hund getrieben? Alexander hatte die Augen aufgerissen, als wollte er damit Fliegen fangen, auf seiner Stirn lag ein Schweißfilm, sein Haar war nass.

– Doyle ist viel zu bescheiden, um sich mit so etwas zu schmücken.

– Sag, dass das nicht wahr ist. Ich glaub das nicht. Soll

das heißen, dass an der Blume deines Fleisches, an diesen herrlichen Schamlippen, die ich so liebe, in diesem schwarzen Haarstreusel auch schon die Zunge eines solchen verhunzten Mistviehs war?

– Was heißt Zunge?

– Hör auf, mehr will ich nicht hören. Das muss ja ein sauberer Kavalier sein, dieser Doyle. Ein wahrer Gentleman. Ich dachte, er macht Filme mit asiatischen Prostituierten, die sich Pfeile in die Möse stecken und damit auf Luftballons schießen. Hast du so was nicht erzählt? Nein, er macht dich zu einer Naturliebhaberin, einer Sodomitin, verkuppelt dich mit Dänischen Doggen, dieses Ungeheuer. Und du? Hat es dir gefallen? Du Hundefickerin. War es gut? Hat es dich heiß gemacht?

– Es hundelte. Die rauen Ballen der Hundepfoten lagen auf meiner Schulter wie die schwere Stola eines Priesters bei der Messe. Ehre sei Gott in der Höhe. Die langen braunen Krallen kratzten, der Hundebauch war nass und feucht, die arme Kreatur winselte und schnupperte mit ihrer kalten Nase über mein Gesicht, schleckte mich ab und küsste mich mit den langen gelben, nach Hundefutter schmeckenden Zähnen wie der Priester den Hostienkelch, bevor er ihn hebt und die Gläubigen damit beglückt. Der Herr sei mit Euch. Und mit Deinem Geiste. Erhebt die Herzen. Wir haben sie beim Herrn. Der Hund winselte. Es brannte seine Kerze. Anfangs war es ekelhaft, so schrecklich, dass ich dachte, der Teufel selbst würde auf mir liegen, so grauenvoll, dass ich glaubte, sterben zu müssen, aber ich starb nicht, nein, ich lebte weiter, also schloss ich die Augen und flog davon, weit weg. Lasset uns danken, dem Herrn, unsrem Gott. Das ist würdig und recht. Plötzlich sah ich keinen Hund mehr, sondern lauter schöne Bilder von einer

Berglandschaft mit klaren Bächen, von einem Sonnenuntergang in Jerusalem, vom Wurstelprater, einem Kebabstand. Was ist die Liebe? Die Liebe ist, was Jesus über die Liebe gesagt hat, und die Liebe ist, was Buddha über die Liebe gesagt hat, was Nietzsche über die Liebe gesagt hat und Hitler und Dalí und Khomeini und alle Menschen. Und die Liebe ist warum nicht auch mit einem Hund? Das ist würdig und recht. Er jaulte und bellte, Speichel lief ihm aus den Lefzen, tropfte über mein Gesicht. Und seine lange Zunge ... Eine neue Möglichkeit tat sich auf. Ich erzielte einen Durchbruch, und ich schrie ganz laut: Doyle, Doyle, o ja. O ja! Das ist meine Messe. Doyle saß unbewegt daneben und rezitierte sein Gedicht. Wohlauf, Kameraden, aufs Pferd, aufs Pferd! Ins Feld, in die Freiheit gezogen! Und der Hund winselte dazu, winselte in hellen, hohen Hundeorgasmustönen. Im Felde, da ist der Mann noch was wert, da wird das Herz noch gewogen ...

Und während Dunja das Gedicht beinahe schrie, klingelte es. Alexander, immer noch den Revolver in der verschwitzten Hand, ging zur Tür, öffnete, sah einen großen, schlanken Mann mit blassem, mehligem Gesicht, das eine aus Stroh geflochtene Schirmmütze halb verdeckte. Seine Augen waren geschlossen, und sein Mund sprach das Gedicht zu Ende:

– Da tritt kein anderer für ihn ein, auf sich selber steht er da ganz allein. Aus der Welt die Freiheit verschwunden ist, man sieht nur Herren und Knechte, die Falschheit herrschet, die Hinterlist bei dem feigen Menschengeschlechte. Der dem Tod ins Angesicht schauen kann, der Soldat allein ist der freie Mann. Des Lebens Ängste, er wirft sie weg, hat nicht mehr zu fürchten, zu sorgen, er reitet dem Schicksal entgegen keck, trifft's heute nicht, trifft es doch morgen. Und trifft es morgen, so lasset uns heut noch schlürfen die Neige der köstlichen Zeit.

Eine große Dänische Dogge war an seiner Seite, in der Hand hielt er einen Blumenstrauß. Die affektiert zur Schau getragene Freude an sich selbst: Doyle.

Auch wenn es nicht gerade höflich ist, ihn hier einfach stehen zu lassen, mit seinem Hund und seiner Schirmkappe, müssen wir doch, um den Fortgang der Geschichte zu begreifen, uns an dieser Stelle zurück ins Wohnhaus der Gansebohns begeben, wo man längst drei Leichen gefunden haben sollte, ein Riesentumult mit Rettung, Polizei und neugierigen Nachbarn sein müsste. Doch was war? Nichts! Keine Leichen! Kein Tumult! Allenfalls die mit Renovierungsarbeiten beschäftigten Bauarbeiter wunderten sich über eigenartig drapierte, mit Kleidungsstücken behaftete Schuttsäcke, die mitten auf dem Hof lagen. Dass sie menschlichen Gestalten glichen, fiel niemandem auf. Jawohl, die angeblichen Leichen von Marie und den Kindern waren Schuttsäcke. Und Marie? Diese hinterlistige, verschlagene, heimtückische Person? Sie lebte.

Marie hatte die Stirn gehabt, nicht bei der ersten Gelegenheit in den Tod zu springen, sondern beschlossen zu kämpfen, zu kämpfen um ihr Leben, ihre Familie und ihre Liebe. Denn Marie hatte Alexander noch längst nicht aufgegeben, und auch wenn er sich von ihr entfernt hatte, liebte sie, diese eigensinnige Person, ihn noch so wie zu Anfang, ja vielleicht sogar stärker, intensiver. Und obwohl sie von ihm körperlich nicht mehr begehrt wurde, strengte sie sich an, ihm zu gefallen, wartete und gab die Hoffnung niemals auf, wollte seine Liebe wieder zu sich heranwarten. Sie hatte keine Motivation zu sterben, und so war das Foto von Alexander und Dunja, das ihr der Zufall in die Hände spielte, auch nur ein Anlass zu dieser kleinen Selbstmordkomödie, bei der sie zwei auf dem Baugerüst stehende, mit Kleidung versehene Schuttsäcke in die Tiefe warf, selbst aber samt der Kinder über das Gerüst hinunterkletterte, zu ihrer Mutter fuhr, dort die Kinder deponierte und befahl, dass, egal was immer auch passierte, niemand, vor allem nicht Alexander, erfahren dürfe, dass die Kinder hier waren.

– Ihr trennt euch? Die Mutter packte Marie an den Schultern und meinte, das sei das Beste, was sie tun könnten. Das Beste! Endlich!

– Nein, wir trennen uns nicht.

– Nicht? Schade!

– Nein! Aber wenn Alexander sich meldet, sagst du ihm, dass alles veranlasst ist und er gar nichts mehr zu wissen braucht. Sonst nichts. Verstehst du?

– Nein.

– Egal. Jetzt kann ich es dir nicht erklären. Pass du nur auf die Kinder auf. Und Alexander sagst du nichts, nicht dass ich hier war, nichts von den Kindern, nur …

– Dass alles veranlasst ist. Schon kapiert.

Danach fuhr Marie in die Pension Valentino, von wo aus sie ihre eigene Wohnung beobachten konnte, was nötig war, um ihren Plan auf die Reaktion Alexanders abzustimmen. Dass dieser ein so besonderes Exemplar menschlicher Courage war, sich nicht um die vermeintlich Toten kümmerte, sondern gleich davonlief, war zu erwarten gewesen. Aber wie lange würde es dauern, bis er zurückkam? Kam er überhaupt?

Marie ließ sich ein Bad ein und genoss die dampfende Wanne. Sie legte einen Waschlappen über ihr Gesicht und ließ sich die Rückeroberung Alexanders durch den Kopf gehen. O Alexander, du blöder Kerl. Wenn du so klein wärst, wie du dumm bist, dann könntest du dich auf ein Blatt Papier setzen und die Beine runterbaumeln lassen. O Alexander, rief sie würdevoll, ich hasse dich. Ich brauche dich auch nicht. Sie griff nach einem batteriebetriebenen Milchschäumer, das Werbegeschenk einer Zeitung, schaltete ihn an und missbrauchte ihn als Saftpresse. Wie? Was sie damit auspresste? Orangen? Pampelmusen? Nein, sich selbst! Ihr Saft war es, den sie sich zur Ablenkung und Entspannung herauskitzelte, und dabei kam sie doch nicht los von ihrem Wunsch nach einem neuen, glücklichen Leben, einer Flucht aus diesem Beziehungstrott-Ceauşescu-Regime, in das sie sich hineingelebt hatten, einer Flucht aus dieser Trennungs- und Verlassenheitsangst, wo sie nichts so fürchtete wie die Frage: Du willst doch nicht sagen, eure Ehe ist am Ende? Du willst doch nicht sagen, ihr trennt euch?

Sie wollte glücklich und sie selber sein und sich nicht mehr mit fragwürdigen Parolen wie *Rechne-mit-dem-Schlimmsten-und-du-wirst-niemals-enttäuscht-werden* über Wasser halten. Sie wollte sich nicht arrangieren. Dann schon lieber untergehen und leben! Leben, schrie sie in den dampfgefüllten Raum, leben, leben wie die alten Römer, leben wie im rumänischen Sprichwort: Leben! Da merkte sie, dass ihre Finger und Zehen schon ganz eingeschrumpelt waren, leben, stand sie auf, rieb sich mit einem Handtuch trocken, stieg in ihre Kleidung und rief bei sich zu Hause an, wo sich aber nichts Lebendiges meldete, nur der Anrufbeantworter: Hallo, hier ist die elektronische Sekretärin der Familie Gansebohn. Bitte sprechen Sie nach dem Pieps. Wir rufen zurück.

Marie hasste diese Ansage, aber nicht nur sie war davon genervt, auch Frau Galatea Gulch, eine klumpfüßige Alte mit Boxergesicht, die im vierten Stock wohnte und eben an der offenen Wohnungstüre der Gansebohns vorbeikroch. Als die Witwe des seligen Aloisius Gulch, dem sie aufgrund ihrer früheren Redeweise ihren Spitznamen *Haucherl* verdankte, auch die restlichen Stockwerke überwunden, sich gebührend über Knochen und Urintröpfchen der Dackeldame Max aufgeregt, aber auch die Zeitung von der Türmatte im ersten Stock gelesen, sich besonders über die Sexualstatistik gefreut hatte und endlich auf der Straße stand, bremste ein Wagen, kurbelte ein Mann die Scheibe runter, schrie:

– Gnädige Frau, gut, dass ich Sie treffe, ich bin ein Freund von Ihrem Sohn. Der Moses.

– Mops? Mein Sohn kennt keinen Mops. Das Haucherl rümpfte die große, tropfenförmige Nase.

– Moses! Nicht Mops. Können Sie sich nicht erinnern?

– Nein, ich kenne dich nicht. Weißt du was vom Hans? Ist er nicht in Übersee?

– Von daher komme ich. Er hat mir Geld für Sie gegeben. Fünfhundertvierzig Dollar. Der Mops holte ein zusammengerolltes Bündel grüner Scheine hervor und winkte.

Seltsam, dachte Galatea Gulch, der Hans schickt mir Geld, ohne mir etwas davon zu sagen? Oder sollte ich es vergessen haben? Auch wunderte sie sich über ihren Sohn. Was für Freunde der auf einmal hatte. Einen Mops? Dieser Moses-Mops war ihr auf Anhieb unsympathisch – zurückgekämmtes krauses, schwarzes Haar, Tätowierungen an beiden Unterarmen, braungebrannt, seltsame Augen. Ein Bürscherl! Auch das tiefergelegte Auto mit breiten Reifen, silbernen Rallyestreifen und getönten Scheiben war alles andere als vertrauenserweckend. Eine Zuhälterkarre. Aber gut, trotz all dieser Zweifel gewann die Versuchung in Galatea Gulch die Oberhand. Sie griff nach dem Geld.

– Moment. Der ehrenwerte Herr Moses zog die Hand zurück. Können Sie mir herausgeben? Ich habe nämlich nur einen Tausender und acht Fünfer. Sie müssten mir also einen Fünfhunderter.

– So viel habe ich nicht bei mir, ich bin auf dem Weg in die Kirche. Aber nicht, um zu beten, sondern um auszutreten. Alles muss man selber machen. Man kann sich auf niemanden mehr verlassen. Und diese Brüder habe ich bis hier. Mit ihrem Himmel können sie mir gestohlen bleiben. Ich scheiß darauf.

Moses, von dieser Ausdrucksweise aus dem Konzept gebracht, stotterte:

– Dann bleibt Ihre Wohnung ja unbeaufsichtigt, wenn Sie zur Kirche …

– Da müssen Sie sich keine Sorgen machen, da passiert schon nichts, winkte das Haucherl ab. Sie war ganz beseelt von der Möglichkeit, fünfhundertvierzig Dollar in Empfang zu nehmen.

Da mache ich mir auch keine Sorgen, dachte Moses. Wenn du eine Ahnung hättest.

– Tja. Er zog die Schultern hoch, das ist natürlich schade. Es sei denn …

– Es sei denn, was?, schnappte die nun geldgeil gewordene Gulch.

– Wenn Sie das Wechselgeld zu Hause hätten, könnte meine Frau mit Ihnen hochgehen, deutete Moses auf eine neben ihm sitzende fleischige Blondine, die das Geld an sich nahm und in den Büstenhalter unter ihrer Bluse steckte. Frau Gulch kam gar nicht zum Nachdenken, stand diese

Person auch schon neben ihr und drängte, mit ihr hinaufzugehen.

– Schönes Auto habt ihr. Was ist denn das für einer?, fragte das Haucherl, um mit dieser Person, die sie doch zu sehr an ein Strichmädchen erinnerte, als dass sie sie mit ihrem Sohn zusammenbringen hätte wollen, ins Gespräch zu kommen.

– Weiß nicht, murmelte die Blonde, deren wohlproportionierter, aber etwas zu üppiger Körper sich nur mühsam auf den hochhackigen Schuhen hielt.

– Was bist denn du für eine Ehefrau?, wunderte sich Galatea Gulch. Weißt nicht einmal, was für eine Karre dein Alter hat. Meiner hat immer gesagt, wir sind wie ein Altar – ich bin seine Alte, und er ist mein Altar. Aber dass ich seine Automarke nicht kenne, hätte es nicht gegeben.

Bald sollte sie sich noch mehr wundern. Hier ist aber nur wichtig, dass der ehrenwerte Herr Moses, der den beiden nachgeschlichen war, dabei von einem Hölzchen profitiert hatte, mit dem die Blonde das Zufallen der Haustüre verhindert hatte, sich nun nicht mehr so sehr für Galatea Gulch, sondern vor allem für die offene Türe der Familie Gansebohn interessierte und beim Ertönen des Anrufbeantworters seine für den Fortgang der Geschichte folgenschweren Schlüsse zog und etwas auf sein Glasaug schwor.

3. Der russische Kuss

Von diesen Plänen und Rückschlüssen wusste jener freilich nichts, den wir an Dunjas Türschwelle verlassen haben und dessen Geduld nun genügend strapaziert ist: Doyle, die affektiert zur Schau getragene Freude an sich selbst.

Da stand er, rieb sich vergnügt die Hände, malte sich aus, wie er Dunja gleich flachlegen würde, rezitierte das Reitergedicht zu Ende. In seinem mehligen Gesicht spiegelte sich Selbstzufriedenheit. Er hatte glänzende Geschäfte gemacht, einem Sammler einen Zyklus angedreht und war nun in Gedanken über Materie, Geist und die Dunja-Flachlegerei verstrickt. Für Doyle war alles Materie, nichts Geist. Materielle Zerstörung begann im Geist, weswegen auch der Geist Materie sein musste. Geist war Materie und sogar der Nichtgeist war nicht Nichtmaterie, sondern Materie, weil alles Materie war – auch das Nichts, sogar der Geist, die Seele, alles. Alles war nichts, und alles war alles, und alles bedeutete nichts, und nichts bedeutete alles. Und alles war Materie. Also war auch Glück Materie, ja Gott sogar und wenn man jemand flachlegte. Alles Materie.

Und da wir in einer materiellen Welt leben, mit einem materiellen Körper, einem materiellen Hirn, können wir nur materiell denken, weil ein nichtmaterielles Denken nur in einer nichtmateriellen Welt möglich ist. Sogar das Nichtmaterielle können wir nur materiell denken, weil das Denken selbst Materie ist. Solange wir Menschen sind, sind wir begrenzt, gefangen im Materiellen, das immer wieder auf dasselbe hinausläuft: aufs Rumkriegen und Flachlegen. Nichtmaterie gibt es nur zwischen den Atomen, da ist Nichtmaterie, aber die lässt sich nicht denken, zumindest nicht in unserer materiellen Welt, nicht mit unseren Gedanken, dachte er da an Dunjas Tür und überlegte, ob der Abstand zwischen sich und der Tür nun Materie war oder nicht. Und die Zeit bis zum Flachlegen? Materie?

Da hörte er etwas, öffnete die Augen, erwartete Dunjas zum Flachlegen bereite Materie, einen erschrockenen, entmaterialisierten Ausdruck in ihrem Gesicht, wegen der

Dogge, die an seiner Seite stand und hechelte, und sah nun aber keine Dunja, keine flachzulegende Materie, sondern das schwarze Loch einer Revolvermündung – das Ende alles Materiellen.

Es war, als würde eine Maus einer Katze gewahr, als würden beide Kreaturen einen Moment lang innehalten, um über sich selbst zu staunen, einen Wimpernschlag nur, bevor jede ihrem Wesen folgen musste, ihrer Materie, da hörte Doyle noch: Schwein! Du Schwein! Da hast, du Sodomit!, spürte zwei Stiche im Bauch, in der Brust, vernahm eine Serie von Schnalzlauten, sah seinen Hund, der aufwinselte, umkippte, und er merkte, wie ihm schwindlig wurde, es in seinem Kopf pochte, sein Körper schwer wurde, schwerer, nicht mehr zu halten war, zu Boden sank. Jetzt wurde er flachgelegt, jetzt war er selbst eine Lage Materie. Alles fing zu zittern an, verschwamm, Stimmen hörte er, angenehm verzerrt, dumpf und langsam, so langsam, dass er die Bedeutung nicht verstehen konnte. Es war, als wäre er in den Zwischenräumen der Wörter, der Wortatome angelangt, die sich nun unendlich dehnten, als ob alles wie ein Abwaschhandschuh auseinandergezerrt würde und sich über die Nichtmaterie stülpte. Und als sämtliche Materie die Nichtmaterie überspannte, geblähte Handschuhfinger von sich streckte und plötzlich alles kippte, die Nichtmaterie Materie wurde und umgekehrt, und alles Flache aufstand, da erfüllte Doyle ein plötzliches Aufgerichtetsein, trat er aus sich heraus und sah seine erbärmliche, im Materiellen befangene Materie flachgelegt, hingestreckt, rumgekriegt. Und er sah die kleinen roten Punkte in der Brust, wo die Nichtmaterie, diese Botschaft des schwarzen Loches, in ihn eingedrungen war, er sah einen offenen Mund mit fahlen, zerbissenen Lippen, graue, weit aufgerissene Augen. Sollte er das sein? Und der Hund daneben, der schlief. Seine Dogge? Er sah die Schirmkappe, die auf dem Boden lag, wollte sie aufheben, doch es ging nicht. Es ging nicht, weil er keine Materie mehr war. Und er sah Dunja und Alexander, die Flachzulegende und den Flachwichser, leibhaftige Materie. Sie hatte Tränen in den Augen, hatte sich in Alexander verbissen, prügelte ihn, schrie so würdevoll, wie es nur ging:

– Ich hasse dich, du widerlicher Kerl! Du hast ihn umgebracht. Du Mörder!

– Ich? Alexander stammelte. Ein ganzes Heer aufgescheuchter Gedanken suchte nach Ausflüchten, fand aber nur die, dass es ein Unding sei, hier aufzukreuzen und das hündische Untier mitzubringen. Was erlaubt sich der?

– Du hast ihn erschossen! Du Mörder! Dunja machte Anstalten, ihm das Gesicht zu zerkratzen, verlegte sich aber schließlich auf den Faustkampf und versetzte Alexander in ohnmächtiger, aber schlagkräftiger Wut heftige Stöße. Ein Fausthieb, gefolgt von einer Watsche, die wie eine Granate detonierte. Ein Tritt in den Hintern, noch ein Fausthieb. Alexanders Kopf war heiß. Sein Gesicht brannte, und in seinem Ohr brüllte es: Du widerlicher Kerl. Mörder! Er war wie am Rand des Lebens, draußen, außerhalb von allem, schon fast bei Doyle, im Reich der Nichtmaterie, eingetaucht in sich selbst wie bei einer schweren Krankheit, fühlte, wie er zusehends versank, unterging im Sumpf des Selbstmitleids, da kriegte er etwas zu fassen, packte er sich selbst am Schopf und zog, zog wie an einer umgestülpten Socke, zog, bis innen wieder innen und außen wieder außen war und hörte sich selbst sagen:

– Aber so schön war er gar nicht, dieser Doyle! Gar nicht! Alexanders Fuß tastete nach dem Toten, als wollte er sich überzeugen, dass er wirklich tot war.

– Für mich war er der schönste Mann auf Erden. Dunja weinte.

– Na, ich weiß nicht. Dieser verbitterte Zug um den Mund. Die aufgebissenen Lippen, das unrasierte Kinn, der Doppelkinnansatz.

– Widerlicher Kerl. Mörder! Ich hasse dich! Dunja begann erneut mit den Freundlichkeiten, ehe sie zum Ausdruck ihrer besonderen Wertschätzung Alexander in die Eier trat, so fest, dass ihm augenblicklich die Lichter ausgingen, er zusammenklappte wie ein Schweizer Messer, einen violetten Kopf bekam und heftig nach Atem rang.

– Ahhhh!

– Schmeckt dir das?

– Ja, aber es geht nicht runter. Und? Was nun?

– Ich weiß nur, dass ich diesen Mann da mehr liebe als mich selbst. Dunja presste den Kopf an Doyles Brust, umarmte, nein, drückte ihn, so fest, dass sie ihm fast zwei Rippen brach, weinte. Dann fuhr sie hoch, schöpfte Hoffnung, klopfte der Leiche auf die Wange und schrie verzweifelt: Komm schon, komm zurück, Doyle! Du darfst nicht sterben. Nein, Doyle, nein! Aber Doyle, diese dickschädelige Ausgeburt des Starrsinns, dieser Materie gewordene Sturschädel, rührte sich nicht.

– Doyle. Bitte. Sie glotzte ihn an mit weit aufgerissenen Augen, die fast aus ihren Höhlen zu springen schienen. Bitte, Doyle. Komm zurück! Doyle! Doyle!

Ein herrlich geteiltes Hinterteil, dachte Alexander, nach wie vor die Hände im schmerzenden, pochenden Schritt. Er hatte also einen umgebracht. Der Fremde hatte Recht gehabt. Jetzt wuchs ihm wirklich eine Mörderfratze. Aber warum? Er hatte im Affekt gehandelt, in nervlicher Zerrüttung. Ob ihm das helfen würde?

– Na komm, den kannst du vergessen. Er umarmte Dunja. Der ist hin. Wegschaffen müssen wir ihn und den toten Hund dazu. Dann hauen wir ab, fangen ein neues Leben an. Was meinst du? Und wie er das sagte, zog er schon am sturköpfigen, ernstlich tot bleibenden Doyle, der dabei schmatzende Geräusche von sich gab – als hätte er einen Rest von Leben in sich drin und wollte es noch einmal schmecken.

Dunja erinnerten diese Töne an ihren toten Großvater, wie er von Sanitätern das Stiegenhaus hinuntergetragen worden war und dabei Stufe für Stufe mit seinen dritten Zähnen geklappert hatte, als graute ihm vor der Totenwelt. Sogar die Sanitäter bekamen eine Gänsehaut. Alexander hatte die drei Schnarcharten auf der Zunge, das Lippenrollen Brrrr, Kehlenschnarchen Chrrrr und das Nachschmatzen, wobei dem Lippenrollen oder Kehlenschnarchen ein leichter Zungenschlag Zzz Zzz folgte, fand aber, dass es nicht der geeignete Moment sei, sie hier anzubringen. Oder doch? Da rührte sich Doyle, richtete sich langsam auf, streckte seine Hände von sich, hatte einen starren bösen Blick. Dunja und Alexander sprangen zurück und kreischten: Ein Zombie! Ein Zombie! Hilfe! Er holt uns zu sich. Hilfe! Doch bevor sie durchdrehten, sank Doyle wieder in sich zusammen, rührte sich nicht mehr.

– Hast du das gesehen?

– Das waren Muskelkontraktionen.

– Muskelkontradiwas? Er hat mich angesehen, als wollte er sagen: Dunja, komm, komm, Dunja. Komm!

– Lazarussyndrom. Doyle ist tot. Marie ist tot. Was zählt, sind wir! Wir fangen ein neues Leben an. Wir haben Zukunft! Wir!

Dunja blickte Alexander erschrocken an. Zukunft? Ein

neues Leben anfangen? Mit dir? Ihre Augen sagten nein, auf keinen Fall, aber sie meinte ja, sofort. Ja – was sollte sie sonst meinen? Ihr Mund sagte nein, sagte, wir haben keine Zukunft, aber auch er meinte ja, ja, wir haben eine schöne, eine wunderbare Zukunft. Sogar ihre Hand, die Alexander wegdrückte, sagte nein, geh weg, meinte aber ebenfalls ja. Ja, ja, ja, schrie es aus ihrem Körper, auch wenn es sich wie nein anhörte. Nein. Nein. Nein.

– Verschwinde jetzt. Ich hasse dich, du gemeiner Kerl, Mörder, fauchte sie, aber sie meinte damit nur: Bleib, umarme mich, ich liebe dich. Ich will, dass du gehst, kam aus ihrem Mund, aber das hieß für Alexander: Küss mich wild, küss mich sofort. Also umfasste er ihr Gesicht, küsste sie. Als Antwort kam eine schallende Ohrfeige zurück, was nur bedeuten konnte: Das hat mir gefallen, das war schön. Und er umarmte sie, die immer noch fast nackt war. Sie schrie und strampelte, womit sie sagen wollte, wie sehr es ihr gefiel, wie sehr. Und Alexander drückte sie so fest an sich, dass ihr die Luft wegblieb, biss in ihre kleinen Brustwarzen, die noch nie Milch gegeben hatten. Sie kreischte: Hör auf, lass los, und meinte: Ja, nimm mich, nimm mich. Jetzt oder nie. Jawohl! Da zog er seine Hose runter, spürte aber ihren Oberschenkel an seinem Hoden, den nächsten mächtigen Begrüßungstritt, womit sie wohl zur Eile rief, zur unverzüglich-ungestümen Zärtlichkeit. Er packte ihre Hände, dass sie knacksten, hatte von ihren herzlichen Liebesbekundungen aber die Nase voll, hielt ihr den Mund zu und drang in sie ein wie ein Wattestäbchen ins Ohr, wollte in sie eindringen, doch war sie noch nicht so weit, trocken wie Zwieback, also spuckte er auf seine Finger und half mit diesem alten Hausmittel nach. Wobei ihr nicht nur unten, sondern auch oben die Feuchtigkeit aus dem Fleisch schoss, ein kleines Tränenrinnsal aus ihren vorgetriebenen Augen floss, das sich auch dann nicht bremsen ließ, als sie Doyles gewahr wurde und gleichzeitig ein Schmatzen vernahm, ein Schmatzen, das aber nicht aus Doyle, sondern aus ihrer eigenen Tiefe kam, aus ihrem Eingang in die Unterwelt.

– Na, gefällt dir das? Und schon füllte Alexander sie aus wie Information alle Materie, rutschte in ihr hin und her, sah in ihre verzweifelten Augen, die ihm sagten: Ich liebe dich, ich liebe dich so sehr, wenn ich das Glück habe, nicht vorher zu ersticken. Schnell und heftig stieß er nun in sie wie eine Nähmaschine ihre Nadel in den wehrlosen Stoff und dachte, was bist du doch für ein altmodischer Kerl, Alexander Gansebohn, diese Liebe so wunderlich zu beweisen, so altbacken zu vögeln. Ellenvög hatte es Marie genannt.

Aber warum heißt das Vögeln so? Woher kam der Name? Weil die Frau mit ihren Beinen ein Vogel-V macht? Oder weil das Ficken, Bumsen, Pudern, Schnackseln, Puffen, Flachlegen, Liebemachen oder wie immer man es nannte, dem schnellen Picken eines Vogelschnabels glich, wenn er in der gefrorenen Erde nach Würmern hackte? Alexander jedenfalls pickte heftig, ausdauernd und verzweifelt, bis er endlich eines Wurms gewahr wurde, ihn herausriss, mit ihm kämpfte, sich aufbäumte, den Rücken krümmte, stöhnte und schließlich erschlaffte, um selbst wie ein toter Wurm im Schnabel eines Vogel-V zu hängen, tief zu seufzen. Jaaa.

Er ließ los, wälzte sich zur Seite. Sie rang nach Luft, war sprachlos und hatte genug zu tun, ihre hervorgequollenen Augen wieder in die Höhlen zu bekommen, dann sah sie den toten Doyle und heulte.

– Was flennst du? Ist hin, der Knabe. Jetzt bin ich dran. Und ich sage dir, ein Mann kann viel tun, wenn ihm eine Frau den Weg ebnet. Alexander zog sich die Hose hoch, stocherte mit dem Fuß in Dunjas Hinterteil, wie er zuvor an der Leiche gestochert hatte, nahm mit Ekel wahr, dass sie wieder an Doyle hing, ihn abbusselte, anflehte:

– Du musst mir versprechen, Doyle, solltest du mich einmal nicht mehr lieben, dann mach mir nichts vor. Hörst du?, schluchzte sie, ich kenne die Männer. Mehr verlange ich nicht von dir, drück mich. Fester. Noch fester. Ich gehe, bevor du mich nicht mehr begehrst, Doyle. Ich gehe, damit du mich nicht vergisst. Ach, Doyle.

Jetzt dreht sie durch, war Alexander überzeugt. Und ich habe diese Frau geliebt? Sie spinnt. Er ging ins Wohnzimmer, nahm einen neben der weißen Lilie liegenden Joint, zündete ihn an, inhalierte, spürte, wie der warme, leicht süßliche Geruch sein Inneres erfüllte. Wie kann man einen Doyle lieben? Das ist ein Mensch, der alles schlecht macht, sogar das Sterben. Hat die Stirn, mir in den Schuss zu laufen, dieser Hundekuppler. Und dann noch diese aufgebissenen Lippen. Ausgerechnet so einen hat sie sich ausgesucht, dumme Pute. Ja, eine Pute, das war sie. Eine gerupfte, mit Pflaumen, Nüssen und Schweinefleisch gefüllte, mit Speckstreifen ummantelte Pute, wie man sie sich einmal im Jahr zu Weihnachten gönnte. Wie eine Pute sah sie auch aus, wenigstens von hinten, wie sie so bei Doyle kniete. Eine Pute, bevor sie in den Ofen kam. Eine lächerliche …

Alexander merkte, wie auf einmal alles lächelte. Die Bilder an den Wänden grinsten, das Fenster, durch das die Mittagssonne strahlte, die Stereoanlage, Regale, sogar der tote Hund, alles. Der Perserteppich, die Yogamatte, selbst die

Souvenirs, die weißen Wände, Zimmerpflanzen, Schuhe, Bücher, einfach alles. Bezähmt euer dämliches Grinsen, ihr stillosen Wesen, tobte Alexander. Schluss mit lustig! Lernt, eure tierischen Begierden zu bändigen, Pöbel. Schmuddelbrooks! Da merkte er, was er tat, schüttelte den Kopf. Wenn man mir vor einem Jahr gesagt hätte, dass es einmal so weit kommt, ich hätte es nicht für möglich gehalten. Aber jetzt ist es ärger noch gekommen. Marie und die Kinder tot, Dunja durchgedreht. Doyle ermordet. Und das Werk? Lächerlich! Jetzt ist alles aus, verpfuscht. Jetzt bin ich eine heruntergekommene, eine verkrachte Existenz. Je mehr ich mich dagegen gewehrt habe, als heruntergekommene Existenz zu enden, desto sicherer steuere ich darauf zu – direkt ins Gescheiterte, Verkrachte. Ja, ich habe es krachen lassen, aber an den falschen Stellen, nun ist meine Munition verpufft, bin ich verkracht. Nur eigenartig, dass alles grinst, mich angrinst. Was grinst ihr denn so blöd? Was ist denn da noch lustig?

Er sah die dunklen Schatten seiner toten Frau und Kinder vorbeiziehen, rannte in Gedanken wieder das Stiegenhaus hinunter, sah eine Dorfkapelle, die einen holpernden, hölzernen Marsch blies. Ein Gasthausschild zog an ihm vorbei: Mittagsmenü Seefisch natur oder gebacken mit grünem Salat oder Marillenknödel. Furchtbare Mischung. Und er sah in einen blonden Frauenkopf: Heidrun. Sie stand da wie ein Menü, bestellt und nicht abgeholt, hatte ihr langes Haar abgeschnitten, sich von ihrem Mann getrennt, schmachtete ihn, Alexander, an wie ein hungriger Rottweiler sein Fressen, wie jemand mit Absichten, Absichten, die Gansebohn bestimmt nicht teilte. Auch wenn er sich aus Mitleid auf eine kurze Affäre mit ihr eingelassen, ihr seine Offenheit im Zwischenmenschlichen kosten lassen hatte, bedeutete sie ihm nichts. Heidrun aber war ihm verfallen wie er Dunja, sie hatte nur an ihn gedacht, war von klein auf in ihn verschossen gewesen wie er in Dunja. Er war der Stammgast in ihrem Restaurant *Zur Schmacht*.

Sollte diese Heidrun tatsächlich vor dem Haus gestanden sein, als er, schockiert vom Tod seiner Frau, in Richtung Taxistand gestürmt war, um sich zurück zu Dunja bringen zu lassen? Jetzt kam es ihm so vor, als wäre sie zwischen den parkenden Autos gestanden, als hätte sie auf ihn gewartet und gewunken, geschrien, aber er hatte sie nicht wahrgenommen, war einfach weitergelaufen. Ach, arme Heidrun. Er würde sie nie so lieben wie Dunja. Dunja, auf deren Putenkörper seine Augen ruhten, deren Rückenwirbel er studierte, die wie ein Reißverschluss vom Steißbein bis zum Hals liefen – Alexander vermutete, dass auch sie ihn nie so begehren würde wie den toten Doyle. War man für den Richtigen immer der Falsche? Alles dehnte sich, zog sich zusammen. Er spürte eine Schwere, die ihn ausfüllte, als wäre unter seiner Haut kein Fleisch, sondern was Festes. Wie schwer waren plötzlich all die Dinge um ihn, so anwesend und bleiern. Er spürte Dunja, Doyle, den Hund, die Bilder, die ihn umgaben, all die Schwere, die ihn hinunterzog zu einem düsteren Grund, einer trüben, von Schlingpflanzen und hohen Gräsern verwachsenen, unwirklichen Gegend, wo alles, was er je gemacht hatte, ganz weit weg war, ganz unwichtig, wo ein farbloser, starrer Körper lag, aufgedunsen wie eine Wasserleiche: Marie. Sie bewegte ihren Mund, flüsterte: Ich liebe …

Er sah ihre farblosen Lippen, ihre weiße Haut, ganz rigtrau und cholischmelan, wie sie gesagt hatten statt melancholisch und traurig. Sie trug ihren Ehering nicht mehr, und Alexander, der in den Halbschlaf abgetaucht war, musste lachen, dachte an das Kennenlernspiel, obwohl Zeit zum Vergessen war. Damals aber, vor acht, zehn Jahren, als seine Liebe zu Marie noch frisch und unschuldig gewesen war, hatten sie gespielt, wem es eher gelänge, jemand Neuen aufzugabeln. Sie verabredeten einen Termin, an dem sie mit ihren Aufrissen im Café aufkreuzen wollten, den Fang des jeweils anderen zu begutachten. Kuriose Auftritte, vor allem wenn sie beide wen angelten. Im Allgemeinen endete die Szene damit, dass sie sich scheinbar spontan im Café ineinander verliebten und die neuen Bekanntschaften sich selbst überließen – auch hier kam es zu Peinlichkeiten.

Was diesen Fang, die Aufrisse betrifft, war Marie bei weitem erfolgreicher. Das hört sich selbstverständlich an, ist es aber nicht. Weil eine Frau, die verführt, zwar gewünscht wird von den Männern, aber auch gemieden. Die meisten wollen erobern, werden aber misstrauisch, ziehen den Schwanz ein, wenn eine Frau von selbst kommt. Nicht bei Marie, die war geschickt, beherrschte das Spiel von Andeutungen ganz wunderbar und gab den Männern das Gefühl, von ihnen gehe alles aus. So konnte sie jeden abschleppen, während Alexander höchstens ein paar zerrupfte Schnepfen oder Perlhühner erwischte. Wenigstens so lange, bis ihm die Idee kam, das Spiel selbst als Köder auszulegen, sich also mit dem Kennenlernspiel und seiner angeblichen Schüchternheit von wildfremden Frauen Rendezvous' zu erbetteln. Was wie geschmiert lief, nur nützte er, ölig wie er war, im Gegensatz zu Marie es auch aus.

Irgendwann gab es Verabredungen außerhalb des Spieles, Techtelmechtel, die dazu beitrugen, dass er sich von Marie entfernte, sich verschloss. Und während ihm dies im Kopf herumgeisterte, lächelte er. Wohlwollend betrachtete er die Parade all seiner Aufrisse, die da an ihm vorbeizog, ihn schnurstracks in das Reich des Schlafes führte. A wie Alexandra, B wie Barbara, C wie Constanze, D wie Daniela, E wie Edda, F wie Friederike, G wie Gina, H wie Heidrun …

Weil die Gedanken ihre eigenen, nicht erklärbaren Wege gehen, vielleicht weil sie, wie Doyle gemeint hatte, Materie sind, dachte Marie nun ebenfalls an ihr Kennenlernspiel und an die Zeit ihrer unbeschwerten Belie, Liebe, in der sie sich so etwas Verspieltes hatten ausdenken können wie diese Bonbonwörter, Onbombwörter wie Enebi statt Biene oder Itze statt Zeit. Silbenverdrehungen, die funktionierten wie bei Bonbon und Onbomb. Wörter gegen alle Nunftver. Sie dachte an eine Itze, in der sie Alexander bedingungslos vertraut hatte, in der sie es kaum ein paar Stunden ohne einander ausgehalten hatten, sich ständig berühren und küssen hatten müssen, um sich ihres Glücks zu versichern, und sie im anderen den wunderbarsten Menschen, das verloren gegangene Selbst, gesehen hatten. Sie hatten sich ständig Besliebriefe, Liebesbriefe, geschrieben, und wenn die Umstände es nicht anders zuließen, zumindest telefoniert.

Versunken in derart süße Gedanken und beseelt von dem Wunsch, diesen Zustand wiederherzustellen, und zwar mit Alexander, weil für sie kein anderer in Frage kam, verließ Marie die Pension Valentino in Richtung Wohnung, um dort alle für ihren Rückeroberungsplan notwendigen Vorkehrungen zu treffen.

Auf der Straße drehte sie sich nochmals um, sah große herunterhängende Neonröhrenbuchstaben an der Glasfront, zerschlissene kakifarbene Stühle, alte Reklametafeln und dachte, dass sich in der Pension Valentino seit tausend

Jahren nichts verändert hatte, nur der Bursche und der Rezeptionist waren grauer geworden, die Zähne waren ihnen ausgefallen, und ihre Figuren waren aus dem Leim gegangen wie das Mobiliar, sonst war alles beim Alten geblieben oder vielmehr dazu geworden. Zerschlissen, abgegriffen, aber liebenswert. Sogar das Foto des Besitzers in der Eingangshalle war verstaubt und angegilbt. Sollte so auch Maries Belie, ihre Liebe, sein?

Vor Jahren war sie mit diesem Chef ins Gespräch gekommen, hatte ihn gefragt, was Valentino bedeute. Ob er sich dabei etwas gedacht habe. Natürlich, hatte der gelächelt. Valentino ist der Gott der Liebe.

– Und? Waren Sie verliebt?

– Niemals! Der Hotelbesitzer verdrehte die Augen und sagte ernst: Ich bin verheiratet, habe vier Kinder, aber das war Bestimmung, keine Liebe.

– Sie haben nie geliebt?, Marie stutzte.

– O doch, und ob! Ich war der leidenschaftlichste Liebhaber, den man sich denken kann. Er bekam glänzende Augen, rieb Daumen und Zeigefinger aneinander, schnalzte mit der Zunge und flüsterte: Geld! Geld habe ich geliebt. Geld! Darum heißt es Valentino. Aus Liebe. Geld, ’s nur so meine Art.

Ein seltsamer Mensch war das gewesen, ein Geldcasanova. Essen war der Sex des Alters, aber Geld, Geld war der Sex ohne Sex. Marie dachte an all die Einkaufstempel, Diskontläden, Outletmärkte und Geiz-ist-geil-Burgen, das waren die Hurenhäuser der Moderne. Sie blickte zum Himmel, sah Wölkchen, die wie Flaumfedern am blauen Himmel standen, als hätte man einen Polster ausgeschüttet. Weiter lief sie in Richtung Wohnung. Vorbei an Menschen, die nach Kunstleder und Mottenpulver rochen, vorbei an jugendlichen Schulschwänzern, die sich über Filme unterhielten, vorbei an einer alten Dame, deren Hund an ein Hauseck gepinkelt hatte und die sich nun gegenüber einer anderen Dame rechtfertigte: Einen Männerschwanz nimmst schon in Mund, aber da, bei diesem rührenden Geschäft meines kleinen Lieblings, graust's dir. Und du, keifte die andere, treibst Eschatologie mit seinen Würstchen. Vorbei an all diesen Mikro- und Maxidramen in Richtung einer vermeintlich leeren Wohnung. Daselbst freilich hatten es sich der glasäugige Trickbetrüger Moses Mops Eitelbeck und seine Freundin, die blonde Ramona, bequem gemacht.

Sie saß in einem Schaukelstuhl, hatte Maries Brautkleid angezogen, eine kalte, dick mit Mayonnaise bestrichene Hühnerkeule neben sich, blätterte in einem Buch über sexuelle Harmonie und las die angestrichenen Stellen vor:

– Wie befreit man sich von sexuellen Blockaden?

– Die Erwartungen runterschrauben, grinste Moses, der den besten Anzug Alexanders angezogen und den Geburtswein der älteren Tochter, einen Château Rothschild, geöffnet hatte. Er paffte eine Zigarre und schob sich gleichzeitig Pralinen in den Mund.

– Bevor ich in die Stadt gegangen bin, hat man mir gesagt, dass ich es dort, wenn ich brav und anständig bleibe, vielleicht zum Hausmeister oder Taxifahrer bringen kann. Moses lachte. Hausmeister? Taxifahrer? Ich? Man hat mir nicht geglaubt, dass ich begabt, ein Künstler bin. Stehlen ist eine Kunst. O ja, große Kunst. Hast du gewusst, dass es Taschendiebe schon zu Palästen und Schlössern gebracht haben? In Bulgarien wird für heiratswillige Frauen, die gut stehlen können, die höchste Aussteuer gezahlt. Beim Stehlen muss man schlau und raffiniert sein, es erfordert Strategie, Geduld und kühlen Kopf. Stehlen muss man können. Er nahm einen großen Schluck Wein, um ihn gleich darauf auf ein Foto der Gansebohns zu spucken. Einbruch war nie meine Sache, aber wenn man uns einlädt, ist es was anderes. Er stellte sein Glas ab und versicherte sich der Preziosen und Sparbücher, die sie gefunden hatten, sah stolz auf sein vollbrachtes Tagewerk, klopfte sich beim Anblick all der herausgerissenen Laden, all der offenen Schranktüren und durchwühlten Kästen selbstzufrieden auf die Schulter.

– Bevor wir gehen, werde ich ihnen ins Ehebett scheißen, weil ich mich für die kleinen Geschenke revanchieren muss.

– Kundenservice!

– Damenspende, lachte Moses und griff nach Ramonas mayonnaiseverschmierter Hand.

– Au! Was machst du?

– Greif mir dreimal auf den Schwanz.

– Wozu?

– Bringt Glück.

– Blödsinn. Die Blonde tätschelte Moses dreimal. Wo soll das Glück bringen?

– Wirst schon sehen.

– Glaubst du etwa, das Glück kommt durch die Tür spaziert?

– Wieso nicht?

Da war tatsächlich was zu hören, die Tür quietschte, ging auf, und herein kam das Glück, nein, das Schneewittchen: Marie. Sie erschrak, sah die Karikatur ihrer eigenen Hochzeit, nur steckten zwei fremde, verwachsene Menschen, zwei Witzfiguren, in ihren Hochzeitskleidern. Was war hier los? Doch bevor sie mit diesem seltsamen Bild etwas anfangen konnte, bekam sie auch schon eine Weinflasche über den Schädel gedeppert, fiel sie in einen tiefen Schlummer, landete im Träumeland, wo sie all ihren weiblichen Verwandten begegnete, all ihren rumänischen Tanten und Cousinen, die sofort, als sie sie so niedergeschlagen sahen, von Seitensprüngen und Liebschaften anfingen, sagten, dass sie auch von ihren Männern betrogen worden seien, Kondome in ihren Taschen gefunden hätten, Telefonnummern, Ringe, lange blonde Haare oder ihnen sonst wie auf die Schliche gekommen seien, ihnen aber gesagt hätten, dass sie ruhig zu ihrer Neuen ziehen sollten, sie sich davon nicht unterkriegen lassen würden. Und was war? Sie kehrten reumütig zurück. Alle.

Marie war verwundert, wieso man ihr all das erzählte. Sie wollte davon gar nichts hören, flüchtete und lief zu ihren Freundinnen, die aber auch nichts Besseres wussten, als sich über ihre Männer zu beklagen. Da war Antoinette, die einen wahren Holzkopf erwischt hatte, der sich standhaft weigerte, mit ihr das Gerüst der menschlichen Gesellschaft zu festigen, in den heiligen Stand der Ehe zu treten, stattdessen sprach dieser taube Holzklotz von Freiheiten, die ihm zustünden und auf die er nicht verzichten wolle. Dann war da Bernarda, die überzeugt war, einen Verrückten geheiratet zu haben, ihren Mann in die Besenkammer sperrte und alles unternahm, um ihn entmündigen zu lassen. Es gab Carola, die eine flüchtige Urlaubsbekanntschaft vergötterte, Doris, die Männer grundsätzlich verachtete, und so weiter, eine unendlich lange Reihe missglückter Beziehungen und Selbstbetrügereien, eine unendlich lange Reihe von gescheiterten, vergifteten Lieben. Marie lief ein kalter Schauer über den Rücken, sie zitterte, wachte auf und musste feststellen, dass ihre Gäste, die

Eitelbecks, so freundlich gewesen waren, sie zu fesseln und zu knebeln, weshalb sie es für das Beste hielt, in die Welt des Schlummers zurückzukehren, wieder einzutauchen in ihr Inneres.

4. Die Welt des Schlummers

Wo ist man glücklich und wo wünscht man sich, was man hat? Wo findet man Zuflucht vor den Anfeindungen der Welt, werden die genialsten Erfindungen gemacht, wo heiraten Dienstmädchen in Königshäuser ein; ein Ort, wo niemand bitter wird, wo liest man Bolivien statt Biowein und nicht Elementchen, sondern Eheleutchen, Weißbier statt Wissbegier, wo fressen Babys Antibabypillen, gelten unbekannte Bezüge, ist alle äußere Mechanik des Lebens, alle Logik außer Kraft gesetzt?

Wo wird man begehrt, geliebt? In der Welt des Schlummers. Wo haben Menschen kugelrunde Köpfe und sind im nächsten Augenblick ganz dünn? Wo riecht es nach frischgemähtem Gras, regnet es nie? Wo sprechen alle Letzeburgisch, Flämisch, Dänisch oder eine andere Sprache, die keine Diktatoren hervorbringen kann? In der Schlummerwelt.

Wo glaubt man an ein Heil der Liebe, steht einem nicht das Hirn im Weg, die mitteleuropäische Krankheit des Liebespessimismus? Wo stehen lange Entenreihen, alle auf nur einem Bein, Schnabel im Federkleid? Wo kommt der Messias durchs Goldene Tor und flüstert: Der Friede sei mit dir. Wo fliegen weiße Samen von den Bäumen, steht man im Baumejakulat? Wo kommen Millionen kleiner Spachtler, die Dreck unter die Fingernägel spachteln und wo kommen die Mundaustapezierer, die mit kleinen Föhns den Mundraum trocken blasen? Im Schlummerland.

Wo löst das leise Geräusch eines in den Briefkasten geworfenen Briefes Angstattacken aus? Und wo herrscht ein solcher Friede, dass man etwas zu entdecken glaubt, was einem im Leben längst abhanden gekommen ist? Im Schlummer-Schlummer-Schlummerland!

Ob man dort auch andere Weggedöste und Eingenickte trifft? Ob sich alle Eingeschlafenen in dieser Schlummerwelt begegnen? Es dort Sachen auszumachen gilt, die in die andere, für normal gehaltene Welt nicht hineinreichen? Ob die Welt des Schlummers Nichtmaterie ist, die man in der Welt der Materie nicht denken kann? Wir wissen es nicht, doch sehen wir, dass unsere braven Elementchen, nein, Eheleutchen, sich in dieser Schlummerwelt nun treffen, denn nicht nur Marie war darin eingetaucht, sondern auch Alexander, der noch immer von ihr, seiner vermeintlich toten Frau, träumte, sich seiner Hartherzigkeit schämte, dass ihr Tod ihm nur ein Argument war, um Dunja zurückzugewinnen. Ja, er schämte sich, aber nur so lange, bis er wieder ein klar umrissenes Bild von Marie hatte, ein Bild, das alle Ausmaße sprengte, in dem sie nicht schneewittchenhaft, sondern fett und schwabbelig und überhaupt völlig verzerrt erschien, mit weit auseinanderstehenden Zähnen, einer gegerbten Mumienhaut und einer runden Pustelnase, so dass er gar nicht anders konnte, als sie abstoßend zu finden und ihren Tod als Erleichterung zu nehmen, als Geschenk.

II

Melancholie: Die Schlange

1. Es ist aus

Als Alexander wieder zu sich kam, hörte er ein lautes Grunzen. Nicht etwa ein Schnarchlaut aus ihm selber, sondern ein unappetitliches Geröchel aus einer hell erleuchteten Türöffnung. Alexander erhob sich, wankte schlaftrunken hin und sah einen alten Mann im Arbeitskittel, der an in Gynäkologenstühlen sitzenden, nackten Frauen rumdokterte. Er war es auch, der grunzte. Alexander konnte anatomische Kuriositäten erkennen. Die Frauen hatten Wülste zwischen den Beinen, sie gebaren. Köpfe der Babys drängten heraus, doch nein, es waren Hundeköpfe, fletschende, knurrende Hundeköpfe, die auch nicht geboren wurden, sondern direkt aus den Venushügeln wuchsen. Hatte der grunzende Professor den Frauen diese Zerberusse ans Tor der Unterwelt operiert?

Alexander sah große Glaswannen mit eingelegten Hundeköpfen, Fleischerhaken, an denen kopflose, gehäutete Hundekörper hingen, Käfige mit eingesperrten Frauen, aber da hatte ihn der Professor schon erspäht, er sah aus wie Doyle, winkte ihm und flüsterte mit sanfter Stimme: Wohlauf, Kameraden, aufs Pferd, aufs Pferd! Ins Feld, in die Freiheit gezogen! Im Felde, da ist der Mann noch was wert, da wird das Herz noch gewogen. Als Alexander sich umdrehte, um davonzulaufen, war kein Ausweg mehr da, nur Käfige und Hunde. Hunde, die plötzlich Dunja glichen und kläfften: Es ist schwer, freundlich zu sagen *Es ist aus*, aber ich liebe dich nicht mehr, es geht mir besser, wenn ich auf etwas verzichte, auf dich. Außerdem würdest du mich nicht ertragen, wäre ich dir viel zu nahe. Du brauchst Raum, ich aber bin ein Hund, beiße mich fest, lass nicht mehr los. Wir passen nicht zusammen.

Jetzt kam auch Professor Doyle auf ihn zu, griff ihm an den Hosenbund und sagte: Was ist, nicht so schüchtern, junger Mann. Sie liebt dich nicht mehr. Du musst daran arbeiten, dass sie dir gleichgültig wird, musst ihre schönen Bilder in dir durch hässliche vertauschen, musst sie aufspießen wie einen Schmetterling. Oder willst du sie hassen? Das wäre einfacher. Alexanders Stirn war schweißbedeckt. Da merkte er, dass er träumte, ja, er träumte und musste nur weiterschlafen. Vor Freude umarmte er sich selbst und schlief diesem grunzenden, hundelnden Labor davon.

Als er wieder zu sich kam, hörte er Amerikanisch. Er sah einen graubärtigen, rotgesichtigen Fettwanst, der einen Bibelcomic las. Typisch Ami, dachte Alexander. Sein Verhältnis zu den Amerikanern war wie das der meisten Europäer voller Ressentiments und davon geprägt, dass die USA Europa befreit hatten, sich überlegen fühlten. Jetzt hegten die Europäer die edelsten und zartesten Gefühle, wenn sie sahen, wie die Amerikaner sich mit ihrem Treibmittelessen zu noch schlimmeren anatomischen Kuriositäten fraßen als jenen, von denen Alexander eben noch geträumt hatte, zu runden, auf Marshmallowbeinen watschelnden Burgerfiguren mit schwarzem Zuckerwasser in den Adern, deren Moralvorstellungen im unerschütterlichen Glauben an die Todesstrafe gipfelten, die sie sich zum Beweis ihrer Rechtschaffenheit auf besonders perfide Art mit ihrem Treibmittelessen selbst auferlegten. Fettes Sackgesicht, dachte Alexander, und da kamen jede Menge anderer großbäuchiger, gospelsingender Graubärte. Hunderte Fettwänste, die wie Mehlwürmer aus Rosinenbroten fielen, ihn umzingelten. Manche hatten Schubkarren, andere Schaufeln, Blumenstöcke, Rosen. Alle mit Zipfelmützen auf ihren verfetteten Schädeln, tranken Mariazeller Magenbitter. Es waren Gartenzwerge, nur keine kleinen, niedlichen, sondern amerikanische, vor Borniertheit strotzende Riesenzwerge. Hausmeister. Rauschebärte, einer mit Bartstoppeln, doch nein, das waren Stoßdämpfer aus Turnschuhen ... Und als Alexander sich noch wunderte, hörte er auch schon die Blumenstöcke rufen: Hilfe, hilf uns, wir sind verzauberte ukrainische Jungfrauen, und diese verfetteten, transatlantischen Gartenzwerge wollen uns vergewaltigen. Hilf uns, bitte, hilf uns armen ukrainischen Jungfrauen. Alexander sah behaarte, von Blättern umrankte Mösen. Und als er aufstehen und voller Heldenmut den amerikanischen Gartenzwerg-Riesenhausmeistern entgegentreten wollte, merkte er, dass er immer noch im Schlummerland war, träumte, ja, träumte und nur weiterschlafen musste. Vor Freude umarmte er sich selbst und schlief dieser verfetteten Gartenzwergarmee einfach davon, auch wenn sie noch so laut nach Giftspritze, elektrischem Stuhl und Gott rief.

Als Alexander wieder zu sich kam, war er nackt und in einem Haus mit Dunja; seine Töchter waren da, beide hellblau angemalt wie von Yves Klein, und er musste ihnen erklären, wer Dunja war. Eine Babysitterin? Nachhilfelehrerin? Dunja wollte wissen, warum so viele Bilder von Konzentrationslagern herumhingen. Warum sich Marie mit so was beschäftigte? Und als er es erklärte, hörten sie Schritte: Marie! Schnell, Dunja, du musst dich verstecken, häng dich beim Fenster raus. Marie kam näher, immer näher, Alexander schwitzte. Dunja rührte sich nicht, blieb wie angewurzelt stehen.

– Schnell, versteck dich.

– Nein!

– Aber Marie? Sie kommt!

– Na und?

Es war schrecklich. Eine Katastrophe. Da merkte er, dass er noch immer schlief, umarmte sich selbst vor Glück, schlief weiter. Schlief sich zurück in eine Welt, in der man glücklich ist, wo man sich wünscht, was man hat. Wo man Zuflucht vor den Anfeindungen der Welt findet, wo die genialsten Erfindungen gemacht werden, Dienstmädchen in Königshäuser einheiraten, niemand bitter wird, man Bolivien liest statt Biowein, nicht Elementchen, sondern Eheleutchen, Weißbier statt Wissbegier, wo Babys Antibabypillen fressen, unbekannte Bezüge gelten, alle äußere Mechanik des Lebens, alle Logik außer Kraft gesetzt ist. Wo man begehrt wird, geliebt.

Als Alexander erwachte, sah er einen Greis mit einem großen Blumenstrauß, der rezitierte: Es ist aus. Ich bin doch, hörst du, nicht dein Liebesaffe, bin zu stolz jetzt, um ein letztes Mal zu flehen, denn es ist aus, ich nehme, hörst du, meine Liebe weg vom Feuer, dass sie bald abkühlen wird, und etwas Aufgewärmtes wollen wir doch beide nicht. Aus ist es. Hör zu. Du wirst dich nie mehr rekeln unter mir, mich, ich. Dir nicht mehr Du sagen lassen, dich. Kapiert? Auch Hand in Hand werden wir nie mehr gehen, es ist aus. Aus ist es. Ich kann es selbst gar nicht begreifen, warum wir nicht mehr lachen, strahlen, so wie früher und uns nicht mehr küssen. Es ist aus. Ich sag Lebwohl, Adieu, Vorbei, und setz mein coolstes Steingesicht nun auf, obwohl ich doch nur weinen möchte … Der Alte musste lachen. Da merkte Alexander, dass er noch immer schlief, umarmte sich selbst vor Glück, schlief weiter.

Als er wieder zu sich kam, war es dunkel, kalt. Die Luft war modrig, abgestanden und hatte den leicht süßlichen Geruch von Mäusescheiße. Er lag am Rücken, tastete herum, stieß gegen Widerstände. Es war, als wäre er in einer Kiste eingesperrt. Helle Mäusefiepser waren zu vernehmen. Alexander spürte das Verlangen, sich die Schnürsenkel zu binden, stieß sich den Kopf an. Davon aufgescheucht, schossen Mäuse über sein Gesicht, er spürte ihre kleinen Krallen und pelzigen Körper über sich hinweghuschen.

– Das ist aber sehr rücksichtsvoll, dass ihr mir nicht in den Mund scheißt.

Er tapste herum, bekam etwas zu fassen, was sich wie alter, rauer Stoff anfühlte. Dann hielt er etwas Ledriges, Weiches in den Fingern, das an ein ausgestopftes Krokodil erinnerte. Er tastete weiter, fand einen Stein mit Löchern. Eine Kegelkugel? War er in den dunklen Gängen einer Kegelbahn gelandet? Jedenfalls schienen Stoffreste daran zu kleben. Seltsam. Was war das? Alexander griff nach dem Feuerzeug in seiner Hosentasche, ließ es aufflammen und zuckte zusammen – bekam fast einen Herzinfarkt oder wie man in Wien sagte: Herzkasperl. Er hatte, so viel ließ sich erkennen, seine Finger keineswegs in einer Kegelkugel, sondern im Inbegriff aller Bühnenrequisiten, in einem Totenschädel stecken. Er lag also keineswegs in den Gängen einer Kegelbahn, sondern in einem Sarg neben einer verwesten Leiche. Schöne Gesellschaft. Jeder hat irgendeine liebenswürdige Eigenschaft, die seines blassen Kistengenossen war, dass seine Zähne klapperten.

– Glaubst du, mir gefällt das? Da kennst du deinen Alexander aber schlecht. Ich bin bekannt dafür, dass ich mit jeder in die Kiste hüpfe. Aber mit dir? Mit so einem knochigen Gestell? Wenn du nicht mit dem Scheppern aufhörst, schlage ich dir die Beißer einzeln aus! Er machte noch einmal Licht und sah, wie dem Skelett eine Maus aus einer Augenhöhle sprang, um in einer Ecke des Sarges zu verschwinden. Wenn ich nicht wüsste, dass ich träume, dachte Alexander, ich würde vor Ekel sterben. Er fühlte, wie ihm die Kotze hochkam.

Es war grässlich. Aber er musste nur weiterschlafen, und dieses Grauen würde verschwinden. Also umarmte er sich selbst, schlief wieder ein. Nie wieder, dachte er, nie wieder werde ich einen Joint rauchen. Auf keinen Fall. Das ist ja der reinste Horrortrip.

Als er wieder zu sich kam, lag er immer noch im Sarg, und auch das Gerippe hätte es als unhöflich empfunden, sich grußlos aus dem Staub zu machen und den armen Alexander alleinzulassen. Es war nicht minder beklemmend als zuvor, es musste ein Traum sein, wenn auch ein hyperrealistischer. Alexander wollte erneut seine Schnürsenkel binden und knallte wieder gegen das Brett, Mäuse fiepsten und das Gebiss seines Nachbarn klapperte. Alexander schwitzte, aber erwachte er? Nein. Da nahm er alle Kraft zusammen und drückte gegen die Bretter, aber nichts bewegte sich. Lediglich Staub rieselte ihm entgegen. Er musste niesen, hatte den Eindruck, jahrhundertealte Leichenpartikel einzuatmen, Partikel von Pestkranken, Leprapatienten, von bei lebendigem Leibe Verfaulten, Giftpartikel aus dem finsteren Mittelalter.

Sollte er wirklich hier zugrunde gehen, lebendig begraben in einem Sarg? Neben einer regenwurmblassen Person? Hatte er nichts Besseres verdient? Das Gebäude seiner Hoffnung brach ein, dahinter zeigte sich das Unbegreifliche, der Abgrund. Er hatte versagt an allen Fronten, war gescheitert, unwürdig, selbstsüchtig, ein armer Sünder, nicht einmal bußbereit, eine arme, verlorene Seele, verlorener vielleicht als die seines Nachbarn. Hoffnungslos. Ein Mensch, in dem die schlimmsten Leidenschaften und niederträchtigsten Laster wüteten, der unflätigste und gottloseste Mensch auf Erden. Wer sollte Mitleid mit ihm haben? Wer?

War dies sein Ende? Er war gescheitert, nicht mehr jung, nicht mehr schön, mäßig erfolgreich, und alle seine Pläne, Wünsche waren unerfüllt, er spürte seine Erbärmlichkeit, seine lächerliche Existenz. Dass er hier enden sollte? Wie kam er überhaupt hierher? Hatte Dunja ihn in diesen Sarg gesperrt? War das ihre Rache für Doyles Tod? Oder war er noch in Schlummerland? Im Jointrausch? Nein, denn er war in der Welt erwacht, die ihm am lebendigsten erschien, in der Welt der Materie – nur war er hier fast tot, tot wie seine Frau und seine Kinder, tot wie Doyle, die Dogge, tot wie sein Kistengenosse, tot wie ein abgeworfener Eidechsenschwanz. Er griff noch einmal nach dem Feuerzeug, ließ es aufflammen, um dem Gerippe ins Angesicht zu sehen.

– Na, alter Knabe, wie sieht's hier mit dem Zimmerservice aus, und wie steht's mit Hostessen? Wo ist die Glotze? Pornokanal? Frühstück?

Er sah ein lachendes Gerippe, dem sich die Haut vom Schädel löste. Auch erweckte es den Anschein, als würden Würmer über und durch die Knochen kriechen.

– Schon lange keine Sonne mehr gesehen, gell. Ich versuche nicht, dich zu verführen. Auch wenn wir in der Kiste sind, heißt das noch nichts. Ich werde dich bestimmt nicht küssen. Nein. Was ist, willst du mir die Schuld an deiner verkrachten Existenz geben?

Alexander merkte, wie es in seinen Fingerspitzen kribbelte, wie an seinem Bein etwas entlangschlich, er beschnuppert wurde, kleine Mäusekörper ihn berührten. Er schüttelte sich, schrie:

– Aufhören! Für heute reicht's. Genug! Ekelhafte Viecher! Und wer ist schuld? Dunja. Ich habe acht Jahre lang geglaubt, dass ich glücklich bin, bis ich sie getroffen habe. Seither bricht alles auseinander. Ich armer Tor habe auf ein Happy End gehofft. Noch nach dem Tod Maries, der Kinder, habe ich gehofft, gedacht, jetzt hätte ich einen Grund, um Dunja zurückzugewinnen. Aber es gibt kein Happy End. Ich werde in einem Sarg verdursten oder ersticken und kann nur auf das Glück eines plötzlichen Herzkasperls hoffen. Oh, was ist, du hast ja Tränen in den Augen. Na, beruhig dich, du kannst nichts dafür. Er griff nach dem Schädel und landete in der Nase. Na, jetzt sag auch mal etwas, Bruder. Aber keine derben Scherze, die verbitte ich mir. Keine Unanständigkeiten.

Trotz dieser heiteren Reden fühlte Alexander etwas in sich hochsteigen, das ihn von den Zehen bis zum Scheitel vibrieren ließ, einen Zustand, dass er am liebsten aus der Haut gefahren wäre – Angst, gewaltige, unbändige Angst, wie Menschen sie in ihrer letzten Stunde erleben mussten, im Moment des Todes, Angst vor dem Alleinsein, dem Ausgesetztsein im Universum, Angst, von Gott verlassen und verloren zu sein, nichtig, sinnlos und lächerlich. Angst. Nackte, schauderliche Angst. Todesangst. Angst, die ihn an Gott denken ließ, an den er lange nicht gedacht hatte. Wo bist du, Gott? Wie kannst du zulassen, dass mir das geschieht? Warum hilfst du mir denn nicht? Habe ich mich nicht auch manchmal bemüht, dir zu gefallen? War ich nicht dein Alexander Gansebohn? Habe ich nicht für dich gelebt? Was habe ich getan, dass du mich derart auf die Probe stellst? Meine Frau betrogen? Ich bitte dich, mit so etwas beschäftigst du dich nicht. Doyle erschossen? Das war im Affekt! Ich habe stets an dich geglaubt, Gott. Habe ich nicht jeden Tag gebetet, gebetet, dass ich die Gnade meines Lebens nütze, du mir hilfst, ein aufrechter, ein die Schöpfung liebender Mensch zu sein. Und nun lässt du mich hier sitzen. Wo bist du, Gott? Wo? Ich ersticke an meiner Angst. Ja, ich habe Angst. Scheißangst. Angst, die mich umbringt. O schick mir eine Rettung, Gott. Hilf mir, hilf mir raus aus diesem Sarg, und ich werde dir eine Kirche bauen, all mein Vermögen werde ich dir spenden. Täglich beten, nein, predigen, deine Herrlichkeit verkünden, eine Mission gründen, aber hilf mir. Schick ein Zeichen. So hilf mir, Gott. Ich bitte dich, ich flehe.

Und als er das gesagt hatte, erklang plötzlich eine Stimme, die *Alexander! Alexander!* rief.

Er zuckte zusammen. Gott! Ich danke dir. O ich danke dir, mein Gott. Es war eine tiefe, warme Stimme, die er kannte. Heidrun! Heidrun? Sollte die sich neuerdings aufs Leuteerschrecken verlegt haben? Oder ging sie als Gevatter? Heidrun. Die Blondine mit dem Nazinamen, den alle für eine germanische Gottheit hielten, dabei war Heidrun die Himmelsziege aus der Edda, die Met im Euter trug und begehrlich hinter jedem Bock herlief. Heidrun.

Wie eine Welle bewegte sie sich mit ihrem *Alexander! Alexander!* auf ihn zu, schwappte über ihn hinweg – und lief wieder davon, versickerte. Als Alexander begriff, dass sie nach ihm suchte, war sie weg, ihr *Alexander! Alexander!* war verstummt. Verdammt. Heidrun? Heidrun! Ihm war wie einem Schiffbrüchigen zumute, der vom rettenden Schiff übersehen worden war.

– Heidrun! Hierher, Heidrun. Hier bin ich! Hier! Er schrie mit letzter Kraft, atmete Staub ein, musste husten, ging unter in Verzweiflung, schlug, nein, trommelte gegen den Sarg. Heidrun! Hier, Heidrun! Aber nichts rührte sich. Heidrun kam nicht wieder. Verdammt! Das war das Ende. Nun war es noch fürchterlicher als zuvor.

– Lach nicht! Er versetzte dem Gerippe einen Stoß. Lach nicht! Er merkte, dass seine Augen feucht wurden. Nun fühlte er sich erst recht verlassen, vergessen, übersehen. Wie kannst du so gemein sein, Gott. Dicke Tränen liefen über seine Wangen. Er war verloren. Und weil ihm das unerträglich war, zog er sich tief in sich selbst zurück, in die letzte Höhle seines Innersten. Es war, als wäre er krank, umgeben von vielen Schichten toter Haut; als wäre er ein Kaninchen im hintersten Winkel seines Baus. Da drang erneut ein *Alexander! Alexander, wo bist du?* zu ihm durch. Das war wie ein Stöberhund, der in seinen Bau eindrang, ihn aufscheuchte und hochfahren ließ:

– Hier, Heidrun! Hier bin ich. Hier, du göttliche Himmelsziege. Hier!

– Wo? Ich kann dich nicht sehen.

– Hier im Sarg.

– In welchem? Hier sind nur Särge.

– Hier. Alexander klopfte gegen das Holz. Hier!

– Hier?

– Nein. Hier.

– Hier?

– Ja.

Und schon merkte er, wie es losging, wie es ächzte und klopfte, knarrte und stöhnte, wie an den Brettern gezogen und gespreizt wurde. Aber es dauerte. Es dauerte eine Ewigkeit, bis sich der Deckel bewegte, eine ungeheure

Lichtflut auf Alexander fiel, er geblendet wurde. Eine illuminierte blonde Frau mit Heiligenschein stand vor ihm, sie grinste, strahlte ihn an, reichte ihm die Hand.

Als er sich aufrichtete, wurde ihm schwindlig. Er griff nach ihrer Hand, taumelte aus dem Sarg, klopfte sich den Staub aus der Kleidung, band sich die Schnürsenkel und begann nach Herzenslust zu husten. Zwischendrin murmelte er ein kleines, verstümmeltes Danke in Richtung Gott und dann zu Heidrun, die lächelnd und mit erhobener Hand dastand.

– Gimme five.

– Was?

– Gimme five. Schlag ein.

Was blieb Alexander übrig?

– Yeah, schrie Heidrun und machte sich damit nicht sympathischer. Blöde Amerikanismen, dachte Alexander.

– Wie geht es dir?

– Abgesehen von der Enge in der Brust, ich seit Tagen Halsschmerzen habe, der Kopf dröhnt, mich Gliederschmerzen plagen, ich huste, wahrscheinlich eine Mittelohrentzündung bekomme, Schnecken in mir kriechen und ich das Gefühl habe, gerade gestorben zu sein, also abgesehen von diesen Kleinigkeiten fühle ich mich sauwohl, vor allem aber saulebendig. Er sah zu dem Skelett.

– Na, alter Knabe. Das Gerippe lag da wie ein eingefallener, verschrumpelter Marquis. Hat mich gefreut, deine Bekanntschaft zu machen. Wenn mir einmal langweilig ist, komme ich vorbei auf ein Plauscherl. Wo bin ich überhaupt?

– In der Gruft der Michaelerkirche.

Alexander schmeckte den Moder, sah die weitläufigen Katakomben, in denen die Särge standen wie Autos in einer

Parkgarage, Särge aus Holz und Blei, reich verzierte Kupfersärge mit Barockengeln neben einfachen, josephinischen Holzkisten. Und überall lagen welche drin. Wie heißt der Knabe eigentlich? Alexander las am Sarg ein Messingschild: Nastassja Filippowna.

– Na, das passt. Sicher eine gefeierte Schönheit ihrer Zeit. Er betrachtete das Skelett, das nackt war, wie ein Mensch nur sein konnte, und versuchte sich vorzustellen, wie dieses Gerippe einst ein anmutiger Traum von Frau gewesen sein mochte, wie dieses Becken, das nun einer Kreuzung aus Sanitäreinrichtung und Elefantenohren glich, von Fürsten und Herzögen heiß begehrt worden, ja Gegenstand unzähliger Selbstmorde und Duelle gewesen war. Und wie viele Künstler mochte dieses Frauenzimmer inspiriert haben? Zu Romanen, Balladen? Bildern? Intarsien? Wie viele galante Herren mochten zu diesen Füßen, die nun nichts anderes als grobe Knochen waren, gelegen und gefleht haben? Wie viele mochten sich nach diesem Busen verzehrt haben? Und nun? Nun war sie Wurmfutter.

– Hmmphmm, räusperte sich Heidrun. Ah ja, die Himmelsziege war auch noch da. Sie zog einen Schmollmund.

– Wie hast du mich gefunden?

– Ich bin Dunja und dem Hausmeister gefolgt.

– Dem Hausmeister? Dunja hat ein Talent, andere zu missbrauchen. Aber wie kommst du dazu?

– Erzähl ich dir ein anderes Mal. Gimme five. Alexander schlug ein. Sie stiegen eine enge Wendeltreppe hoch, standen bald in der weitläufigen Kirche, blickten zur Kuppel, sahen sich Bilder an, in denen Heilige verehrt wurden.

– Der Patron der Süßigkeitenesser neben dem Patron der Regenrinnenanbeter und dem Schutzheiligen der Kühlschrankentsorger, lachte Alexander, kratzte sich am Kopf, fühlte eine kleine Narbe und musste unweigerlich an den Serienmörder denken, der seinen Opfern Salzsäure ins Gehirn gespritzt hatte, daran, dass Dunja von ihm fasziniert gewesen war und einmal gesagt hatte, dass sie sich das interessant vorstelle, wenn einem langsam das Gehirn zerfressen wird. Alexander fühlte eine Schwärze in ihm hochsteigen, merkte, wie sich alles drehte, er allmählich die Besinnung verlor. Sein Hirn löste sich auf, seine Wahrnehmung war nur noch schemenhaft, eigenartig, dass er sich noch immer auf den Beinen hielt.

– Hilfe! Ich sterbe!

– Pst, machte Heidrun.

– Wieso? Ich bin vergiftet, werde sterben.

– Blödsinn.

– Aber wenn, dann möchte ich in einem Kloster begraben sein, in dem Mönche und Nonnen für mein Seelenheil beten. Alexander streckte seine Zunge raus Richtung Altar, ehe er merkte, dass eine schwarze Putzfrau aufsah und ihn anstierte, als wäre er ein besonderes Exemplar einer erst entdeckten Spezies.

– Was schaust du so?

– Jetzt komm. Heidrun griff nach Alexanders Hand, so dass die Finger sich verzahnten, und zog ihn zum Ausgang. Da erklang ein ungeheurer, alles durchdringender Schrei, wie man ihn seit Abschaffung der Folter höchstens noch in Gebärabteilungen von Spitälern zu hören bekam. Sogar die schwarze Putzfrau senkte ihre Elfenbeinaugen und bekreuzigte sich.

Was war das? Hast du das gehört? Alexander hielt Heidrun zurück und zog sie in die Richtung, aus der der Schrei gekommen war. Es ging erst in die Sakristei, dann durchquerten sie einen Garderobenraum, in dem goldbestickte

Messgewänder hingen, und von dort konnten sie in das Refektorium spähen, wo in einem gewaltigen Gewusel amerikanische Riesengartenzwerge, nein, Mönche standen und mit weit aufgerissenen Augen und offenem Mund zur Decke starrten, als würden sie einer Marienerscheinung gewahr. Manche beteten, andere sangen Messlieder, bekreuzigten sich. Nach einer Leiter wurde gerufen, Sessel wurden gereicht, man plärrte nach Sanitätern, Ärzten, Polizei und Feuerwehr, der Kongregation für Wunderbeglaubigung. Mit einem Wort, es ging zu wie in einem Ameisenhaufen, wenn man mit einem langen Kochlöffel darin umrührte.

Das Refektorium war ein festlicher Saal mit üppigen, schwanger aussehenden Barockmöbeln, sanft geschwungenen Dauerwellen-Verschnörkelungen, einem an Ornamenten reichen Parkettboden, riesigen Ölschinken, die die Leiden des heiligen Sebastian darstellten, und über allem ein gigantisches Deckenfresko: das Jüngste Gericht. Und während Alexander es bewunderte, erkannte er die Ursache des Geschreis, das Wunder, das Gott sich erlaubte, hier zu wirken, den Kochlöffel, mit dem er umrührte im Ameisenhaufen seiner Jünger. Die Erscheinung, die er ihnen zuteil werden ließ.

– Ach, du lieber Himmel, stieß Alexander unwillkürlich hervor, als er das sah. Wie entzückend. Dann ist es also wahr, mein Hirn, es löst sich auf.

– Was redest du denn da? Ich sehe es ja auch.

– Aber so was gibt es nicht. Entweder bin ich noch im Schlummerland oder mein Hirn wird von Salzsäure zerfressen.

– Blödsinn.

– Und das?

Ein Mensch mit entblößtem Hintern hing an der Decke, und zwar genau dort, wo ein gemalter Geier war, so dass es aussah, als ob der Kopf des Geiers im Arsch des gottgeweihten Mannes steckte. Die braune Kutte hing ihm über die Schultern und wäre, wenn er nicht mit den Armen wild gefuchtelt hätte, auch über seinen krebsrot angelaufenen Kopf gefallen. Das nackte weiße Hinterteil hing an der Decke wie ein dicker, bleicher Wurm am Angelhaken, während die Füße, die in Tennissocken und schwarzen Schnallenschuhen steckten, wild strampelten. Das ganze Tableau sah aus, als hätte Gott unter den Seinigen gefischt, den unglückseligen Pater erwischt und zur Decke hochgezogen, durch die er wegen nicht ergründbarer Dinge nicht hindurchzukriegen war, ein erleuchteter Wurm. Jetzt hing er da wie ein surrealer Leuchter.

– Der Weg zu Gott ist lang und beschwerlich. Und über der Welt spannt sich nur ein Himmel, und dahinter gibt es nur ein Jenseits. Alexander und Heidrun wurden von der schwarzen Putzfrau zur Seite geschoben. Sie hielt ihren Wischmopp in die Höhe, deutete auf die Patres.

– Was? Was ist denn hier los?

– Wenn Brüder der Kongregation schwere Verfehlungen begehen, flüsterte die Schwarze, müssen sie sich mit dem Himmel aussöhnen, ihm die Stange halten. Finger, Schlange, Geier, Leviathan. Sie wies mit dem Wischmopp auf vier Stellen des Freskos, wo das Jüngste Gericht durch Reliefe ergänzt worden war, einmal den warnend erhobenen Zeigefinger eines Apostels, dann eine Schlange, den Geierkopf, an dem der Pater hing, und schließlich das Ungeheuer.

– Was? Heidrun machte große Augen, studierte Widerhaken und Krallen am Leviathan. Da erfasste sie ein solches

Übermaß an Anstandsgefühl und tugendhafter Entrüstung, dass sie ganz laut *Geil!* schreien musste. *Geil! Ist das geil! Saugeil!* Worauf sich einige Mönche umwandten, in ihrer blonden, ätherischen, ganz in Weiß gekleideten Gestalt wohl einen Engel der Verkündigung erkannten, an den sie freilich nicht mehr glaubten und dem sie deshalb auch jede Ehrfurcht verwehrten, allenfalls raunten sie in einem Akt der Güte *Gusch. Gusch, hinaus. Schleich dich.*

– Kennen Sie die Butternummer im *Letzten Tango von Paris*? Die Schwarze lachte, zupfte neckisch am Mopp. Jedenfalls muss der Betreffende mit entblößtem Hintern eine Stehleiter erklimmen und unter demütigen Gesängen seiner Mitbrüder sich ein Stück des Himmels einverleiben.

– Geil, murmelte Heidrun, ist das geil, womit sie Alexander erahnen ließ, wie sie zu ihrem Spitznamen gekommen war, der *Slipeinlage* lautete.

– Ist da noch nie einer abgestürzt? Alexander bemühte sich, ernst zu bleiben.

– Nein, der Himmel lässt niemand fallen, aber der hier hat, scheint es, einen Krampf im Anus, einen Schließmuskelverschluss. Er sah erbärmlich aus, wie er da hing, alle viere von sich gestreckt.

– Durch den großen Schmerz in meinem Herzen, schrie der Mönch jetzt. Durch den großen Schmerz.

– Schwanz? Heidrun war völlig durcheinander, fühlte, wie ihr das Blut in die Wangen schoss. Wieso Schwanz?

– Schmerz, er hat Schmerz gesagt.

– Ich habe aber Schwanz verstanden, blieb sie hartnäckig.

– Du bist fixiert.

– Durch den großen Schmerz in meinem Herzen, schrie der am Geierkopf von der Decke hängende Mönch, werde ich mich jetzt von der Welt abwenden, weil ich kann ohne ihn nicht denken, fühlen.

– Ohne Schwanz?

– Sei still.

– Lasst mich hier nicht lichterloh brennen, wo ich mich verzehre nach einem Boden unter den Füßen. Hilfe! Ein Abführmittel wenigstens. Es steht mir zu. Ich drehe durch. Ich sehe Gott, er hat eine Baseballmütze auf, trinkt Bier, isst Chips. Wie ein Strichmännchen sieht er aus, oder wie ein Verkehrszeichen.

Bevor er aber völlig den Verstand verlor, waren seine Mitbrüder auf Stehleitern zu ihm hochgeklettert, um ihn herunterzuziehen wie ein Brathühnchen vom Spieß.

– Das ist ja unerfreulich, schrie Heidrun vulgo Slipeinlage, als der blutverschmierte Geierkopf zum Vorschein kam. Unerfreulich. Wie eine in Ketchup eingetunkte dicke Spargelstange sah das aus.

– Hol's der Geier! Komm jetzt. Alexander zog sie zum Ausgang. Komm!

– Aber das ist unglaublich. Nicht? Ficken mit dem Himmel? So etwas hätte ich nicht für möglich gehalten. Das muss eine Vision sein, ein Alptraum. Gimme five.

– Ich sag's ja, Schlummerland. Oder Salzsäure im Hirn.

– Wieso?, brummte die schwarze Putzfrau. Den Indianern und Negern hat die Kirche auch verboten, Menschen zu verspeisen, um dann selbst bei jeder Messe vor den Augen aller den Leib des Herrn zu verzehren, sein Blut zu trinken. Aber das hörten Alexander und Heidrun schon nicht mehr. Sie standen längst auf der Straße, schwankten wie Betrunkene.

– Absonderlich.

– Aber geil. Ich bin jetzt richtig aufgegeilt. Du nicht?

Sollen wir uns ein Zimmer nehmen? Heidrun war errötet. Ihre ganze wässrige Person, das kantige Kinn, die breite Nase, selbst die blonden Locken, alles schien zu kochen, zu strahlen, zu blühen und *Nimm mich, nimm mich* zu schreien. Nimm mich jetzt sofort.

– Du bist ja durcheinander.

– Gehen wir ins Hotel Kairo, ließ sich Heidrun nicht beirren. Das ist ganz nah.

– Ich weiß nicht, ob ich in der Stimmung bin.

– Stimmung? Wer redet denn von Stimmung? Hast du nicht gesagt, es muss überraschen, einen überkommen? Hast du nicht gemeint, es muss sich ergeben? Und zwar bald, weil ich sonst vertrocknen würde, wenn ich mich nicht öffnen könne für gewisse Dinge. Und heute bin ich es. Heute bin ich aufgetan. Wofür, glaubst du, war ich beim Friseur? Warum habe ich mir neue Kleider gekauft? Wozu mich geschminkt? Für dich! Jawohl! Nimm mich! Jetzt! Sofort! Nimm mich! Befruchte mich. Ja, ich will es blühen sehen. Los, mach schon. Gimme five! Schlag ein! Jetzt will ich es mit dir treiben. Jetzt sofort!

– Wieso nennt man dich eigentlich Slipeinlage?

– Das kommt von einem Wortspiel.

– Von Heidrun Scherübl?

– Ich glaube. Heidrun wollte die Herkunft ihres Spitznamens nicht verraten. Dabei wusste sie nur zu gut, woher er kam, weil ihr, dem prüdesten Wesen auf Erden, unentwegt Geschichten mit der Scham geschahen. Einmal hatte sie eine blutige Monatsbinde nicht ins Klo werfen wollen und sie, weil sie sonst nichts fand, in eine Frischhaltefolie gepackt, die sie dann gedankenverloren verlegt hatte – was kein Problem gewesen wäre, wenn es sich nicht ausgerechnet in der Wohnung ihres Schwiegervaters zugetragen hätte, der am nächsten Tag angerufen und gefragt hatte, was er mit dem Jausenpäckchen machen solle. Jausenpäckchen? Ja, oder was immer diese Blutwurst sei, eine neue Art Hundefutter vielleicht?

Ein andermal hatte ihre Muschi gebrannt, hatte sie Sitzbäder genommen, die aber nicht halfen, weil sie beim Herumspielen den Borstenteil ihrer elektrischen Zahnbürste verloren hatte, so dass er herausoperiert werden musste. Einmal war sie scheinschwanger gewesen, dann hatte sie mit einer Binde ein Klo verstopft, und ihre Tage hatte sie ohnehin zu den unmöglichsten Zeiten. Was alles nicht bemerkenswert gewesen wäre, hätte sie nicht aus Mangel an Bettgeschichten ihren Freundinnen immer nur davon berichtet – so lange und so ausdauernd, bis man sie Slipeinlage hieß. Doch das wollte sie Alexander nicht erzählen, stattdessen sagte sie, der Sommer könnte jetzt kommen.

– Ich habe die Sommersachen schon ausgepackt, Gestreiftes, Gepunktetes, Ausgeschnittenes, Luftiges – nur die Sonne streikt. Ich wäre bereit. Brr. Saukälte. Alexander legte den Arm um ihre Schultern, drückte sie. Lange konnte es nicht mehr dauern mit dem Frühling. Da kam schon etwas. Ein Sonnenstrahl?

Nein, eine Gruppe stummer Demonstranten. Sie hielten Transparente mit Parolen wie *Keine Rübe – keine Arbeit, Die Rübe ist unser Leben* oder *Stirbt die Rübe, stirbt das Land* hoch. Und über ihnen eiterte der Himmel. Licht spritzte wie aus einer großen Eiterbeule, als wäre die Sonne eine aufplatzende Pustel. Alexander war geblendet, wollte nicht zugeben, dass er Angst hatte. Angst, als Rüben-, als Scherübl-Stecher zu enttäuschen.

– Vielleicht kann ich mich nicht für dich entscheiden, weil ich Angst habe, dich wieder zu verlieren. Vielleicht hätte ich dich schon verloren, wenn ich mich für dich entschieden hätte.

– Blödsinn. Gimme five.

– Wieso heißt du eigentlich Heidrun?

– Keine Ahnung. Ich weiß nur, dass mein Bruder Lars heißt, meine Mutter die Namen ausgesucht hat nach einem nordischen Roman. Es geht um die Liebesgeschichte einer jungen Cellistin mit einem älteren Arzt. Eine unmögliche Liebe.

– Wie unsere?

– Es ist komisch, aber ich habe das Gefühl, dir ganz nahe zu sein, obwohl wir uns kaum kennen. Ich habe aber Vertrauen, tiefes Vertrauen. Ach, Alexander, ich möchte dir so vieles sagen. Du bist das, woran ich beim Einschlafen denke, und das Erste nach dem Aufwachen. Ich denke Tag und Nacht an dich. Ob das Liebe ist?

– Und dein Mann? Wie heißt er noch einmal?

– Peter. Erinnere mich nicht an ihn. Obwohl wir uns manchmal die Zunge in den Mund stecken, haben wir kein Gefühl von Nähe, wenigstens ich nicht.

Seit zwanzig Jahren war Heidrun in Alexander verliebt. Peter, der väterliche Freund und Ehemann, war nur ein angetrautes Alibi, keine Gefahr für ihre tief in Alexander hineingewachsenen Gefühle, die in einem Brachland dunkler Vergangenheit gediehen, einer Ödnis, der sie mit Gruppentherapie und Psychoseminaren beizukommen suchte, einer Vergangenheit, die in einer Weltreise wurzelte, einer dreijährigen Weltumsegelung, gegen die ihre Slipeinlagengeschichten harmlose Anekdötchen waren, wurde doch die damals zwölfjährige Heidrun drei Jahre lang beinahe täglich vom Freund der Familie, der als Matrose mit an Bord gewesen war, missbraucht. Missbrauchen und erpressen haben sich auch die Eltern lassen, auch wenn sie nichts mitbekommen wollten. Rührte daher Heidruns Scheu vor Männern, lebte sie deshalb ein asexuelles Leben und verzehrte sich in Sehnsucht wie die Rübe nach der Tiefe? Jetzt war alles anders. Jetzt standen die Zeichen auf Aufbruch. Seit sie Alexander wieder getroffen und mit ihm geschmust hatte, seit ihre Körper beschlossen hatten, sich zu gehören, sie diesen Moment nur hinauszögerten, um ihre Lust zu steigern, war ihr bewusst, dass Gansebohn der Stoppelzieher war, der ihre Büchse der Pandora öffnen könnte, so dass all das Rübische und Verwachsene, all die gestaute Sexualität herauskäme. Eine Wandlung würde sich in ihr vollziehen, aus diesem schüchternen, ätherischen Wesen würde bald eine hemmungslose, wollüstige Fickerin werden, eine, die mit ihrem lauten Stöhnen ganze Wohnviertel um den Schlaf brachte; aus der Rübe würde Zucker werden, süßer Sirup, zumindest dann, wenn Alexander seine Sache gut machte. Aber was, wenn er versagte? Wenn er nicht auf seine Rechnung kam? So drückte sie sich aus, die Slipeinlage, dass er schon auf seine Rechnung kommen werde.

Dabei hatte er gar keine Rechnung aufgestellt.

2. Der Ausritt

– Ich weiß nicht, ob es gut ist, sagte er am Portal des Hotels Kairo. Große rote Neonbuchstaben waren auf einem kleinen, flachen Vordach montiert. Darunter stand ein braunlivrierter Türsteher vor einer bescheidenen Glastür und blickte streng auf einen neben dem Eingang sitzenden Handwerker, der sein Gewerbe mit einem kleinen Fleischmesser betrieb: Er schnitt Gummistoßdämpfer aus Turnschuhsohlen und murmelte: Amerikaner! Kauft Stoßdämpfer! Billige Stoßdämpfer! Kauft Stoßdämpfer! Amerikaner!

Ein Verrückter, dachte Alexander, und kam nicht umhin, ihn zu beneiden. Schon wie der aussah? Die Hose bis zu den Brustwarzen. So einer muss keine Rüben stechen.

Was kann ich dafür?, schien die Miene des Türstehers auszudrücken, als ihn Alexander fragend ansah.

– Soll ich die Polizei rufen? Der Einlasser zog ein mürrisches Gesicht.

– Bemühen Sie sich nicht.

– Bullenschweine! Bullenschweine! Bullenschweine machen uns Beine, und haben wir keine, so rennen wir doch, begann der Verrückte zu singen. Da waren Alexander und Heidrun schon im Hotel, durchschritten eine kleine, mit Kristalllustern behängte Vorhalle und landeten an der Rezeption.

– Ob das gut ist?, fragte Alexander.

– Was?

– Na, mit uns?

– Du hast Recht, flüsterte Heidrun. Ihre Augen schwammen in einem Azurblau, wässrig war ihr Blick. Ich weiß auch nicht, ob ich dich liebe. Das braucht vielleicht Zeit. Aber es ist schön, dich in meinem Leben zu haben, an dich zu denken und zu wissen, dass ich in irgendeiner Weise wichtig für dich bin. Ich will gar nicht wissen, wie sehr und warum. Gimme five. Warum verliebt man sich? Weil man sich selbst wieder entdecken will, indem man sich neu definiert, sich von der besten Seite zeigt.

Wenn du wüsstest, dachte Alexander.

– Bar, Scheck oder Karte?, unterbrach sie der Portier, ohne aufzusehen.

– Bar.

– Ausfüllen. Ein Meldezettel wurde über den hölzernen Tresen geschoben. Scheinbar war die Laune des Portiers miserabel. Eine Missstimmung, die auch die Zimmermädchen und Hausangestellten erfasst hatte. Alle waren grantig, machten ein Gesicht wie verhagelte Petersilie. Mag in anderen Betrieben die Plapperhaftigkeit dominieren, wo keiner den anderen zu Wort kommen lässt, in wieder anderen die Gier vorherrschen, die Ironie, Freundlichkeit, der Stolz oder sonst eine Eigenschaft, so war es hier, im Hotel Kairo, die miese Laune. Dennoch wurde ihnen ein Zimmerschlüssel ausgehändigt.

Alexander hatte sie als Ehepaar eingetragen, das klang moralisch einwandfrei und passte zu den Eheringen an ihrer beider Finger, die freilich nicht zusammengehörten.

– Weißt du, sagte Heidrun, ich habe mich jahrelang gefühlt wie auf einer Straße, die nur in eine Richtung führt. Aber ich bin ein Schiff, kein Auto. Ihre Augen strahlten. Sie lächelte, strich ihr weißblondes Haar zurück, zog ihn ins Zimmer. Kaum war die Tür verriegelt, das *Bitte-nicht-stören*-Schild angebracht, war sie ihm auch schon so nahe, dass er nur noch ein Auge in ihrem Gesicht sah. Und selbst wenn er gar nicht wollte, umarmte und küsste er sie doch, merkte, wie eine warme Erregung ihn durchflutete, wie plötzlich alles in ihm kribbelte, vibrierte, auf ein Ziel zulief. Was bist du jämmerlich, Alexander Gansebohn, sagte er sich selbst, aber wenn sie will, soll sie es bekommen. Bin ich halt ihr Korkenzieher.

– Ich muss dich warnen. Er umfasste ihre feste Hüfte, drückte ihren Arsch, der auf derselben Höhe wie sein eigener war, so lange Beine hatte sie.

– Wovor?

– Vor mir! Ich habe einen Eselsschwanz, der ist so ungeheuer groß und dick, dass er dich aufreißen wird. Nicht hineingehen wird er. Man hat mir eine Karriere im Pornofilm prophezeit.

– Wirklich? Heidrun kicherte in freudiger Erwartung.

– Absolut. Er umschlang sie fester, drückte ihr Becken gegen seines.

Sie lächelte und wehrte ab, wie sie auch die Schmuserei abgewehrt hatte, damals vor Wochen, als er nicht auf seine Rechnung gekommen war. Diesmal jedoch – nicht weil er wirklich wollte, sondern weil er musste – riss er ihr die Kleider vom Leib, drückte sie aufs Bett, merkte erfreut, wie sie ihr Becken hob, um ihm beim Ausziehen ihres Höschens zu helfen. Und schon sah er eine bleiche, nackte Heidrunfigur, die sich ihrer selbst schämte, roch den Geruch von frischen, warmen Brötchen. Alexander spürte sein Glied, hatte noch pinkeln gehen wollen, merkte, dass es zu spät war, zog den Vorhang vor, schaltete eine Nachttischlampe an, so dass aus dem hellen weißen Licht ein warmes rotes wurde, und warf sich zu ihr aufs Bett.

– Was schaust du so?

– Darf ich nicht?

– Du bist der erste Mann, der mich nackt sieht, fiepste Heidrun. Alexander musterte sie, verbiss sich eine blöde Bemerkung. Voller Wohlwollen blickte er an sich hinab, sah seinen Bauchansatz, die schlabberige Unterhose, die verwachsenen, ungeschnittenen Zehennägel, seine ganze aus dem Leim gegangene Gestalt und fühlte sich unsicher, ob das, was sie hier im Begriff waren zu tun, richtig war. Wenn es wenigstens Musik gegeben hätte, um sie von sich selbst abzulenken; hier waren nur sachliche Eichenmöbel, die wie hölzerne Voyeure glotzten. Ein Fernseher, auf dem in grünen Buchstaben zu lesen war: Herzlich willkommen, Herr und Frau Gansebohn. Das Hotel Kairo wünscht Ihnen einen angenehmen Aufenthalt. Die Bibel, ein mieser Kunstdruck an der Wand, eine abscheuliche Tischdekoration, ein dunkelblauer Spannteppich mit Flecken, von denen man lieber nichts wissen wollte. Eine Minibar, Spinnen in den Ecken und ein schwerer gläserner Aschenbecher. Das waren die Zeugen ihres Versuchs, die Verzweiflung zu besiegen.

Heidrun rekelte sich auf der vanillegelben Bettwäsche. War das die Frau, die er begehrte? Nein, sie roch aber gut. Er war nur der Korkenzieher. Warum er? Warum heute? Hätte er nicht Pipi machen müssen? Was tat er? Warum kümmerte er sich nicht um seine tote Familie? Marie! Die Kinder! Warum stand er nicht auf und ging pinkeln? Tausend Gedanken liefen wie Ratten in einem Versuchslabor durch ein Labyrinth namens Gehirn, um alle bei dem einzig möglichen Ausgang zu landen: Potenzprobleme! Ja, er würde versagen, ihn nicht hochbringen oder zu früh kommen, oder beides zugleich. Er würde Heidruns leicht schwammigem Körper keine Freude bereiten, ihren Korken nicht herausbekommen. Er liebte sie nicht, er liebte Dunja. Die Quitte. Dunja! Wo war sie? Diese Schlampe, die ihn beerdigt und ihm womöglich Salzsäure ins Hirn gespritzt hatte. Zuzutrauen war ihr alles. Ach, Dunja, wenn du eine Ahnung hättest, dass ich schon wieder mit einer in der Kiste, schon wieder im Infight bin. Ach Dunja.

Slipeinlage hatte eine ansprechende Figur, lange Beine, kurzer Oberkörper, verschieden große Brüste über einem bescheidenen Bäuchlein. Jetzt lachte sie. Lachte sie ihn aus, die dumme Nummer? Oder lachte sie aus Verlegenheit? Weil sie sich wie eine Seifenblase fühlte, die Angst vor dem

Zerplatzen hatte? Na, sie würde schon sehen, was sie davon hatte, gleich würde er sie aufstechen. Alexander strich über das weiche Fleisch dieses holden Wesens, sah ihre vielen Muttermale, kleinen Narben, hörte ihr Entzücken, als er ihre Brustspitzen berührte, glitt über den Bauch, den Po, dachte an kaltes, totes Hühnerfleisch, das nach Mayonnaise lechzte. Sie wollte ihn wegstoßen, aber jetzt war es zu spät, jetzt musste er sich vergessen und sie zum Vergessen bringen. Jetzt ging es los mit dem alten Rein-raus-Spiel, wie es in *Clockwork Orange* heißt. Jetzt musste er diesem blonden Tuttelvogel eines reinbraten, dass sie wünschte, nie geboren oder lieber gleich von der Hebamme ersäuft worden zu sein.

Kaum hatte er seine Zunge an ihren Schamlippen, begann sie wie aufgespießt zu kreischen. Wenn je ein Mann zärtlich war, so war es Alexander in diesem Augenblick. Heidrun war wie elektrisiert, wollte sich wegdrehen, er ließ es nicht zu, fand mit sicherem Instinkt den Klingelknopf und läutete wie wild in ihren Körper.

– Na, gefällt dir das?

Zur Antwort drückte sie seinen Kopf, ließ ihn gewähren. Hin und wieder unterbrach er sein Geschäft durch einen tiefen Seufzer, was seinen Appetit keineswegs beeinträchtigte, sondern den Zungenschlag nur zu beflügeln schien. Glossolalie. Es war ein ungeheures Bimmeln, das das holde Wesen da durchfuhr. Wie auf einer Abschussrampe ging es zu, der Reihe nach wurden Raketen gezündet. Und so verwandelte sich die sanfte, schüchterne Heidrun in eine wild schreiende, zuckende Fleischmasse. Sie grinste, packte ihn am Schopf, verlor die Kontrolle über sich, wirbelte herum, schrie, zitterte, vibrierte, spannte alle Muskeln an, ließ einen fahren. Alexander nahm diese Komplimente ihres Fleisches in aller Ruhe hin, dachte, ich sag's ja, ich verdiene einen Heiligenschein, Sankt Korkenzieher, und überlegte, ob sich Nachbarn oder das missmutige Hotelpersonal daran ergötzten.

Durch einen Spalt im Vorhang lachte eine verwaschene Nachmittagsdämmerung, und während Alexander an Heidruns fruchtiger Blüte schleckte, sie Schreie wie Raketen in die hohle, ausgedehnte Stille sandte, sah er ihren achtlos über den Fauteuil geworfenen, graukarierten Rock, die dazugehörigen Bestandteile ihres Ärztinnenkostüms. Ihre Uniform. Slipeinlage war keine praktische Ärztin, keine Zahn- und keine Kinderärztin, auch keine Gynäkologin oder Urologin, sondern eine Nischenärztin. Ja, sie lebte von den Nischen und von denen, die nicht mehr hineinpassten. Alle Welt sprach davon, erwartete sich Wunderdinge von dieser neuen Art der Medizin, dieser heutigen Form des Schröpfens und Quacksalberns: der Magenverkleinerung.

Heidrun war eine Weltraumforscherin im Universum der Dicken. Sie schickte Sonden in Hälse, um mit kleinen Scheren und Drähten Gummiringe über die Magensäcke zu ziehen, diese Unendlichkeiten zu halbieren. Wie früher die Sklaven durch das Brenneisen gingen jetzt die Dicken durch Heidruns Magenberingung. Sie schnürte die Pansen der Ultrafetten ab, damit die nicht mehr weiterfressen konnten. Fünf, sechs solcher Operationen machte sie am Tag. Ein Geduldspiel, ähnlich den in Vergnügungsparks aufgestellten Automaten, aus denen man mit einem Greifarm Plüschtiere herausholen konnte, was fast immer misslang. Nicht bei Heidrun, sie durfte nichts fallen lassen, sonst wäre sie nicht an die Spitze ihrer Nischenmedizin gekommen, wo man entsprechend spitzenmäßig verdiente, ein Spitzengehalt, das bei Heidrun in Therapien und Aktien floss. Sie war Hauptaktionärin einer Tiefkühltortenfirma. Attrappenessen, das nur von den Fresssüchtigsten verschlungen wurde, von denen, die noch keine verkleinerten Mägen hatten und die, sobald sie durch Heidruns Mangel gegangen waren, keinen Bissen dieser Tiefkühltorten mehr verdauen konnten. So gesehen war ihre Investition komplett widersinnig, als würde sie beim Roulette auf Rot und Schwarz zugleich setzen, aber daran hatte sie noch nie gedacht, und auch jetzt, da sie vor Alexander lag wie eine Tiefkühltorte vor einem Fresssüchtigen, kam sie nicht zum Denken.

– Ich liebe dich, hauchte sie.

– Ja.

– Und du? Sag auch etwas.

– Was denn? Was willst du hören?

– Dass du zu mir was sagst. Wenn du es gesagt hast, werde ich nicht danach fragen.

– Vielleicht später. Armes Mädchen, dachte Alexander, und Gott verzeihe mir, dass ich mich vor so einer armseligen Kreatur aufspiele. Er begann sie zu streicheln. Das war Fleisch! Festigkeit und Solidität!

– O du mein köstlicher Ananassaft. Weißt du, dass jede Stadt einen anderen Geruch hat? An den U-Bahn-Schächten schmeckt man ihn. Man muss mich nur in eine U-Bahn stellen und schon weiß ich, ob ich in Paris, London, Rom, Berlin, Moskau, New York, Tokio oder Buenos Aires bin. Heidrun stöhnte, und Alexander schmatzte, dachte, genauso ist es mit den Frauen. Er musste nur an der Bettwäsche riechen, schon wusste er, ob Marie, Dunja oder Heidrun darin geschlafen hatte. Es waren fruchtige, blumige oder gebackene Gerüche, ganz verschieden alle drei.

– Mach mich fertig. Bitte mach mich fertig, stöhnte Heidrun. Gimme five. Gimme five.

– Ja, ich mach schon. Mach schon.

– Aber warte. Warte noch.

– Was denn?

– Das da. Sie griff neben sich und hielt ein Tütchen hoch. Es beginnt mit K und endet mit om.

– Komm! Muss das sein?

– Warum haben alle Männer eine Kondomallergie?

– Woher weißt du das?

– Ich habe Freundinnen.

– Hast du schon mal mit einem Kondom geküsst? Das ist wie … Stell dir vor, wie wenig du schmeckst, wenn du verkühlt bist.

– Ich hab schon in der Schule gelernt: Nie ohne Kondom.

– Hast du Angst vor Aids oder vorm Schwangerwerden? Brauchst du beides nicht.

– Und warum?

– Weil ich immer aufgepasst habe.

– Aufgepasst? Pah! Ich hab schon in der Schule gelernt: Nie ohne Kondom.

– Jetzt sei nicht so. Vertraust du mir? Liebst du mich?

– Ach, seufzte Heidrun, warf das Kondom zur Seite und sah erstmals Alexanders Glied. Das ist ja winzig, dachte sie. Mit dem kleinen Finger will er mich fertigmachen? Eselsschwanz? Angeber.

Und während Alexander sich hochwuchtete und endlich, nachdem er sich minutenlang an ihrer scharfen, nach Ingwer schmeckenden Spalte gütlich getan hatte, ihre Hände packte und über ihrem Kopf festhielt, um ihr sowohl oben als auch unten zu Leibe rücken zu können, in sie eindrang wie ein Entkerner in den Pfirsich, mit aller Aufrichtigkeit und Eindringlichkeit, die er aufbringen konnte, in die Laden ihres Körpers griff wie ein Dieb in eine Registrierkasse, sich gleichzeitig über ihren lebhaften, stursinnigen Kopf ärgerte, der sich ihm mit aller Kraft in die Wange presste, so stark, dass er fürchtete, sie wolle ihm das Jochbein brechen, fiel ihm unvermittelt ein, wie er sich vor Jahren mal für homophil gehalten hatte, ihm der Mann kurzzeitig als das weitaus schönere Geschlecht erschienen war, so dass ihm sein bisheriges Liebesleben beklemmend und über alle Maßen verkehrt vorgekommen war, er mit einem völligen Gesinnungswandel, einem Outing und einer Tuntenkarriere kokettiert hatte. Auch jetzt dachte er an diese Möglichkeit. Eintunken ins Tuntenreich. Eingetunkt werden, vollgesogen mit Tuntentunke. Während er also wie ein Kutscher in das wiehernde Pferd Heidrun peitschte, um sie durch die Wälder ihrer Lust zu jagen, gingen dem ehrenwerten Herrn Alexander Gansebohn Schwulenumzüge, Loveparades und schrille Outfits durch den Kopf.

– Ins Ohr, schrie das galoppierende Postross unter ihm, hauch mir was ins Ohr. Ins Ohr.

– Was?

– Was Zärtliches, was Heißes, schnaubte die Stute, während ihm ihr Kopf noch immer derart ins Gesicht drückte, dass er glaubte, alle Zähne würden ihm aus dem Kiefer springen. Schneller! Schneller! Was Zärtliches. Mach.

– Schwul.

– Ja, mehr. Mehr!

– Ich glaube, ich bin schwul, kam von des seltsamen Kutschers Lippen.

– Ah, das tut gut. Ja, gib's mir. Ich will durchgehen. Durchgehen.

– Ich bin homo.

– Mehr. Noch mehr. Ich will alles. Alles.

– Ich glaube, ich liebe Männer.

– Ja. Besorg's mir. Ja. Gimme five. Five.

– Schwul bin ich.

– Was? Wie bitte? Schwul? Hast du schwul gesagt? Du stehst auf Männer? Das mir? Das Pferd bäumte sich auf, wieherte und bockte, warf den Kutscher ab. Heidrun stieß ihn von sich, sprang vom Bett, rannte ins Badezimmer, unter die Dusche, um sich diese Beleidigung sofort vom Leib zu waschen, sie herunterzuschrubben, kam endlich zurück und schnaubte. Wofür hältst du mich? Wofür? Willst du mich verarschen?

– Das ... Entschuldige, mir ist das rausgerutscht. Ich wollte dich nicht beleidigen.

– Und warum grinst du dann so blöd? Ich will nichts hören. Heidrun versuchte ihr Gekränktsein zu verbergen. Sie stieg in ihre graukarierte Uniform. Und ich eingebildete Kuh dachte, wir hätten eine Zukunft.

– Haben wir.

– Im Sarg hätte ich dich lassen sollen. Bei deinem Gerippe, auf dass dich die Würmer fressen, du Schwuchtal ...

– Aber Heidrun, ich, ich liebe dich, log Alexander und kam sich schäbig vor. So tief war er gesunken, dass er sogar einer Heidrun etwas vorlügen musste, nur weil er sonst niemanden mehr hatte. Er begann sie abwesend zu streicheln, etwa so wie jemand, der Salz in einen Braten reibt.

– Ich hab nur gescherzt.

– Du nimmst mich nicht ernst.

– Ich nehme dich ernst, ich mache Witze.

– Ich könnte dich erdolchen und deine Leiche Hunden zum Fraß vorwerfen.

– Ich wusste doch nicht, dass du so …

– Ich bin sensibel. Frauen sind so!

– Entschuldige.

– Ich hatte eine Fehlgeburt, sagte sie merklich besänftigt. Ich stehe vor dem Abgrund, sterbe aus. Und wie um dies zu demonstrieren, starb, nein, stand sie auf, ging zum Fenster, zog den Vorhang beiseite und sah hinunter. Schreie der Wut und der Langeweile waren da als Schriftzüge an eine Wand gemalt. Moderne Kalligraphie. Daneben Plakate für Fertigsuppen, Baumärkte und Politiker. Leere Versprechungen. Und dann lag da noch ein totes Versprechen, ein krepiertes Pferd. Eine unbewegliche, braun glänzende, wie karamellisiert wirkende Masse, zusammengerollt wie eine schmutzstarrende Socke. Leblos und verfault wie Heidruns Lust.

– Ist der Verrückte mit den Turnschuhen noch da?

– Ich kann ihn nirgendwo entdecken.

– Manchmal möchte ich mit so einem tauschen, der hat was, woran er glaubt. Der hat ein festes Weltbild. Ich habe nichts.

– Jetzt hättest du mich haben können.

– Ich mag es nicht, wenn man mich drängt.

– Ich?

– Ich habe keine Freunde. Früher hatte ich so viele, dass ich mich nicht um sie kümmerte. Jetzt sind sie weg. Schade, denn es ist nicht leicht, Freundschaften zu schließen. Keiner hat mehr Zeit und noch weniger Vertrauen. Alles Karrieristen – wie ich. Alexander seufzte. Ahnungen drängten sich in seine Seele, Angst vor dem Alleinsein, vor der Hilflosigkeit, dem Tod. Ein leichtes Frösteln lief an ihm hinab, ihn fror. Heidrun spielte mit ihren Fingernägeln wie mit einer Handarbeit, sah nicht auf und fragte hartherzig:

– Bist du einsam?

– Allein bin ich, aber einsam? Nein! Und du?

– Sehr.

– Einst gab es Moral, Anstand und Ehrgefühl. Heute gibt es keine Regeln, keine festen Rollenbilder mehr, keine gültigen Systeme, aber man muss lernen, sich zurechtzufinden, man muss lernen, die Freiheit zu ertragen, begreifen, damit umzugehen. Das Schicksal annehmen und akzeptieren, auch wenn es schwierig ist. Er griff sich ans Herz und vollführte eine dramatische Geste. Auch wenn man schwul ist, was ich aber gar nicht bin.

– Und warum sagst du's dann?

– Weil … Wahrscheinlich habe ich Angst vor dir, Angst, dass du meinem Herz zu viel wirst. Versprichst du mir etwas?

– Was denn?

– Dass du mir niemals böse bist.

Heidrun verdrehte ihre Augen, lächelte. Idiot! Alexander blickte an sich hinab, sah sein kleines, halb erigiertes Glied, das wie ein Würstel auf dem Grill im Schamhaar lag. Er stand auf, ging ins Badezimmer, zog am weißrandigen Chromwasserhahn, spuckte ins Waschbecken, wusch sich mit kaltem Wasser das Gesicht, kämmte sein Haar, zog sich an und tat, wozu er bereits die längste Zeit Lust gehabt hatte, er band sich die Schnürsenkel. Dazu musste er vorher seine Schuhe wieder anziehen. Dann stieg er in seine Hose, versuchte die kleinen perlmutternen Hemdknöpfe in ihre Löcher zu bringen.

– Was hast du vor? Heidrun stand immer noch beim Fenster, blickte ihn aus großen Augen an.

– Ob die Gesetze der Mechanik auch beim Denken gelten? Ob, wenn geistig was ins Rollen kommt, es den Gesetzen der Massenträgheit unterliegt und weiterrollt? Ob die Schwerkraft auch im Hirn greift? Gedanken zu Boden sinken? Was ist mit den Gesetzen der Beschleunigung? Wenn einmal etwas in Bewegung ist, muss es dann fort? Und wie ist es mit dem Fühlen? Alexander war noch immer, als wäre er in einem Film. Alles kam ihm unwirklich vor, sogar seine eigene Hartherzigkeit und Gefühllosigkeit erschienen ihm wie inszeniert.

– Alexander! Heidrun sah auf und kreischte. Alexander, wenn du jetzt gehst, werde ich dich anzeigen. Hörst du, ich gehe zur Polizei. Alexander!

– Liebst du mich so sehr? Willst du mich verraten, um mir deine Liebe zu beweisen?

– Alexander?!

– Übrigens riechst du gut, nach frischen Brötchen.

– Das kommt, weil ich Weizenkeimshampoo …

Da war Alexander schon draußen. Er schlug die Tür zu, drehte das rote *Bitte-nicht-stören*-Schild um, womit nun ein grünes *Bitte-Zimmer-aufräumen* an der Tür hing, ging den Korridor entlang, spuckte auf einen roten Feuerlöscher, trabte das Treppenhaus hinunter, vorbei am mürrischen Portier, vorbei an einer weißgepuderten Prostituierten und ihrem Freier, dem bereits die Zunge aus dem Mund hing, durch die Glastür, und schon war er draußen, unter dem Vordach und einem Himmel, der gerade aufriss, platzte wie eine längst vernarbte Wunde, ein Sonnen-Wolken-Regenbogen-Gerinnsel ausspie. Alexander sah das tote Pferd, dieses Sinnbild von Heidruns zuschanden gerittener Lust. Männer mit Gesichtsmasken hoben es auf einen Lastwagen, der voller zerschlagener Kadaver war. Der Türsteher zuckte mit den Achseln, als wollte er sagen: Was kann ich dafür? Der Verrückte wieherte.

– Was soll das?

– Stoßdämpfer, quietschte der Idiot, sich vergnügt die Hände reibend, nützliche Stoßdämpfer. Nike? Puma? Adidas? Stoßdämpfer! Frische Stoßdämpfer! Kauft Stoßdämpfer, Amerikaner!

– Einen Zwanziger für zwei. Alexander hielt ihm einen Schein hin. Und ich bin auch kein Amerikaner.

– Kein Amerikaner? Was machen Sie dann hier? Egal. Zwanzig ist zu wenig. Das Doppelte, mein Herr. Das Doppelte! Die Stoßdämpfer sind frisch, eben erst gepflückt.

– Was? Da kann ich mir ja drei Paar Schuhe kaufen.

– Darauf kommt es ja nicht an. Der Verrückte lachte – er hatte Recht, darauf kam es nicht an.

– Hier. Alexander gab ihm zwei Zwanziger und bekam dafür zwei kleine rote Gummireifen, die einmal als Laufschuhfederungen gedacht gewesen waren, wie dicke Magenringe sahen sie aus, geschrumpfte Einweckgummis. Alexander besah sich diese nutzlosen Dinger und wusste, er war am Ende, hätte sich zu dem Verrückten setzen und mit ihm Laufschuhe zerschneiden können. Frau und Kinder tot, abgesehen von der Kreditkarte kein Geld, Doyle samt Hund erschossen, wahrscheinlich wurde er steckbrieflich gesucht. Bald würde man ihn verhaften, einsperren, verurteilen. Wenigstens Heidrun hätte er nicht vergraulen dürfen, damit sie ihn später im Gefängnis besuchte, aber selbst das war jetzt egal. Er war am Ende, alles hatte er falsch gemacht und konnte sich noch nicht einmal bedauern. Er war sich egal, ohne Dunja war alles ohne Wert. Er fühlte nichts, nur dass er letschert war, das war das Wort, letschert, lasch wie alt gewordenes Gemüse.

Hätte er wenigstens Heidrun, dieser nach Brot riechenden Himmelsziege, eine Szene gemacht? Aber Schlussmachen war problematisch. Es gab Bücher über das Flirten, das Aufreißen und Kennenlernen, aber kein einziges übers Schlussmachen. Vielleicht sollte er im Gefängnis ein Buch darüber schreiben? Oder eine Fibel über nicht zustande gekommene Erfindungen? Über den zwischen Skiern montierbaren Liegestuhl, die Teleskopstraßenbegrenzungspfähle, den Auftauanzeiger bei Gefrierkost, die Tasse, die nicht umfiel? Oder sollte er mit sich selbst Schluss machen? Aus dem Fenster springen wie Marie? Sich Salzsäure in den Kopf spritzen? Dafür war er zu feig. Wie er überhaupt zu feig für alles war. Er war zu feig gewesen, sich früher für Dunja zu entscheiden, um sie zu kämpfen, sein Biotop für sie aufs Spiel zu setzen. Er war zu feig zum Rauchen, hatte Angst vor Krebs, und er war zu feig zum Leben, ja sogar zum Angsthaben war er zu feig.

Er wollte nur nach Hause, seine Maskensammlung sehen, winkte einem Taxi, stieg ein und blickte am Hotel hoch. Am Fenster stand ein Schatten. Heidrun. Er wusste, dass sie weinte. Er war ohne Mitleid, hob die Hand und murmelte:

– Gimme five.

Das Taxi roch nach billigem Aftershave. Alexander betrachtete die Fahrerlegitimation, prägte sich die Nummer ein, den ausländischen Namen, das Foto. Dann sah er aus dem Fenster, Häuser, denen Telefonwerbung im Gesicht prangte, zogen vorüber; Radfahrer, die ein Handy ans Ohr geklemmt hatten, telefonierende Autofahrer, Fußgänger, sogar eine Mutter, die einen Kinderwagen schob, telefonierte, spielende Kinder mit Handys, telefonierende Polizisten, Motorradfahrer, Rollstuhlfahrer, alle telefonierten. Wen die anriefen? Was war das für eine Sucht? Telefonitis? War das Telefon ein Mutterkuchenersatz? Eine Nabelschnur der Technik? Mischung aus Beichtstuhl und Psychotherapie? Sogar der Taxifahrer rief seine Zentrale an. Alle sprachen sie, sprachen, sprachen ohne Unterlass, nur Alexander nicht. Ihm fehlte der Draht zu allem, er versank in sich.

Er sah sich selbst, wie er im Stadium der Liebesblödheit um einen Häuserblock strich, um die Geliebte, deren Fährte er aufgenommen hatte, zu erlegen. Er sah sich Umwege gehen, hilflos durch die Welt taumeln, verzweifeln, sah, wie er sie endlich traf, ihr nahe kam, bald an die Nippel fasste, sie aber zog ihn weg und sagte: Nicht, sonst gehen die Raketen los. Und er sah auch, wie er sie anrief, wie all die telefonierenden Menschen ihre Geliebten anriefen, obwohl er wusste, dass er sie in ihrem eigenen Liebessaft schmoren lassen müsste, denn wer verliebt ist, ist verloren, und wer es zeigt, erst recht. Er sah sich Sätze murmeln wie: Wenn es deine Absicht war, mich zu verwirren, dann ist dir das gelungen. Ich kenne mich selbst nicht mehr, kenn mich nicht mehr aus. Und sie sagte, dass sie sich nicht hingeben könne, auch wenn sie wolle, aber es ging nicht, weil sie glaube, dass sie nicht betrogen werde, solange sie selbst nicht betrog, weil sie einen Freund habe, an Gerechtigkeit glaube. Woraufhin er meinte, dass dieses Betrügen kein Betrug sei, nur ein Überprüfen der Beziehung. Da lachte sie und sagte: Entschuldige, ich bin gerade am Beziehungsprüfen.

Und er sah, wie er sie umarmte, ihren Körper fest an seinen drückte, feste, mit aller Kraft, ihn nicht mehr loslassen wollte, nie mehr, immer mit ihr verbunden bleiben wollte, wie es nichts anderes, nichts Schöneres für ihn gab als ihre Nähe, ihren Atem, ihre Sätze, ihren Blick, ihren Geruch, ihr Fleisch und ihre Worte.

Sie wusste alle Sätze, die er ihr jemals gesagt hatte, wie auch er ihre Sätze alle wusste. Und er glaubte, in jeder Frau sie zu erkennen, hatte ständig das Gefühl, ihr zu begegnen, sah sie in jeder Silhouette, jeder Fremden, immer nur sie. Und er hörte sie sagen, dass sie ihren Freund nicht betrügen könne, weil man ihr das ansehe. Frauen sähen das, in den Augen, im Blick, in den Bewegungen, an allem sei dann zu erkennen, dass sie glücklich und geliebt sei, weil Frauen Blumen seien, die man durch Reiben zum Blühen bringen könne.

Und er sah sich krank, liebeskrank, verzweifelt. Hals über Kopf verliebt, verloren, weil die Liebe eine Sucht war, eine Krankheit, was Ansteckendes, Gefährliches. Etwas, wogegen es noch keine Medizin gab. Verliebt bis in den Irrsinn, in die Gewissheit, dass sein Leben ohne sie keinen Sinn mehr haben könnte. Aber war es Dunja, in die er so verschossen war? Heidrun? Oder wer sonst? Nein, es war Marie. Marie mit ihren schwarzen Haaren und ihrem rosa Gesicht. Marie mit ihren dünnen Armen und ihrem großen roten Mund. Marie. Schneewittchen-Marie. Nur an Marie hatte er einen solchen Narren gefressen gehabt. Nur nach Marie war er so verrückt gewesen. Damals hatte er etwas gefühlt, war er selbst in seinem Leben, nicht bloß Beobachter. Und jetzt, als das Taxi durch das Viertel fuhr, wo sie damals gewohnt hatte, stieg diese Verliebtheit wieder auf, stieg wie eine Seifenblase hoch und platzte.

III

Sanguinik: Der Geier

1. Ecce Homo

Vor seinem Haus blickte er sich um, weil er beim Aufsperren einer Tür immer ein mulmiges Gefühl hatte, aber da war nichts, nur zerschlissene Jalousien, leere Obstschachteln, ein grüner Kleinbus mit der Aufschrift *Remember God* und die anbrechende Dämmerung. Wie eine atmende, quallige Masse lag sie über ihm. Nichts rührte sich, einzig der Schlüsselbund klimperte. Er hatte eben den Schlüssel gefunden, als die Tür aufging und Galatea Gulch erschien. Alexander fuhr zusammen. Das Haucherl!

– Na, na, na, Herr Gansebohn, Sie brauchen mir nicht zu erschrecken. Ich beiß ja nicht. Da müsste schon eine Hungersnot ausbrechen, was wir aber nicht hoffen, davon sind wir weit entfernt, obwohl, wer weiß. Man wird ja hinten und vorne belogen, finden Sie nicht? Man kann sich auf niemanden verlassen. Was die Medien alles verzapfen!
Alexander sah irritiert auf ihr T-Shirt, das sich über zwei mächtigen Brüsten spannte. *Mein nächster Ehemann wird normal* stand in goldenen Lettern auf grünem Grund. Er schluckte, während das Haucherl einfach weitersprach:

– Ich jedenfalls weiß nicht, ob an diesem Virus etwas dran ist, nur weil in Hinterindien und Vorderhonolulu ein paar verendet sind, berichten sie von nichts anderem, die Verzapfer. Aber dass hier tote Vögel auf der Straße liegen, scheint keinen zu interessieren. Dass man alte Frauen wie mich überfällt, erst recht nicht. Dabei bin ich selber schuld, weil ich blöd bin, gierig, leichtgläubig – und eine alte Schachtel, das nützen die Betrüger aus. Kommen und sagen, dass sie Geld vom Sohn haben. Als ob der jemals Geld gehabt hätte. Im Gegenteil. Er ist in Amerika, aber in was für einem.

– In Südameri…?

– So ungefähr. Da ist auch nicht alles Eitel, Wonne, Eierkuchen. Man kann sich auf niemanden mehr verlassen. Alles muss man selber machen. Aber ich will Sie nicht aufhalten, nur kurz noch. Die Alte zeigte mit Daumen und Zeigefinger einen Zentimeter an.

– Geht schon. Alexander nickte gutmütig.

– So ein Schrank. Sie übertrieb die körperlichen Ausmaße Moses Eitelbecks geringfügig. Und ich hab mich über die Freunde meines Sohnes gewundert. Wo der plötzlich verkehrt. Verkehrt! Aber in Amerika ist alles möglich, wenigstens in seinem. Und Geld ist Geld, und Gier ist Gier. Stellen Sie sich vor, fünfhundert hat mir dieser Gauner abgeknöpft und mir dafür ein Bündel Falschgeld in die Hand gedrückt. Die sind geschickt, gerissen, schnell. Wenigstens mir ist nichts passiert, schließlich waren die in meiner Wohnung. Stellen Sie sich vor. Aber ich werde Ihnen etwas sagen, wir gehen trotzdem nicht zur Polizei, weil das Geld ist sowieso weg und kommt auch nicht zurück, na, habe ich nicht Recht, die Polizei ist zur Stelle, wenn es gegen Kleine geht, aber wenn man sie braucht, kann man lange warten, na, habe ich nicht Recht? Man kann sich auf niemanden verlassen. Aber ich fürchte mich trotzdem nicht. Die sollen nur kommen. Sind ja nicht blöd. Im Gegenteil, Verbrecher sind intelligent. Unlängst habe ich ein E-Mail gekriegt, ja, da schauen Sie, dass ich alte Schachtel …

– Aber Frau Gulch, ich halte Sie keineswegs für eine alte Schachtel. Alexander streckte bestürzt die Hände hoch.

– Natürlich tun Sie das. Aber dass ich mit den Errungenschaften der Technik Schritt halte, erstaunt Sie, gell?

– Absolut.

– Gut, das war fishing for compliments. Entschuldigung.

Ich bin zwar alt, aber nicht blöd, doch ich darf Sie nicht mehr aufhalten, steht in diesem E-Mail also, dass ich eine Million gewonnen habe, ich muss nur das Formular ausfüllen. Eine Million! Stellen Sie sich vor. Natürlich war das ein Trick, um meine Daten rauszulocken. So kriegen sie die Leute. Die meisten sind ja blöd, gierig und alte Schachteln so wie ich.

– Aber Frau Gulch. Nein.

– Schon gut. Ich halte Sie viel zu lange auf. Sie sind ja nicht mein Tagebuch. Das ist freilich eine andere Geschichte. Wie mein Mann, der Pimpelhuber, dieser Giftgasali, mein Gott, was der gefurzt hat, und ich war der heilige Sebastian seiner Gerüche, ich bekam die Pfeile ab, wie der also von mir gegangen und mein Sohn in sein Amerika ausgewandert ist, begann ich Tagebuch zu schreiben, kleine Notizen, aber doch von eigentümlicher aphoristischer Klarheit und spiritueller Qualität. Bald waren mir diese Seiten so kostbar, dass ich nichts so fürchtete, wie sie durch ein Unglück zu verlieren. Schon ein hungriger Hund kann so ein Büchlein verschlingen, oder ein Erdbeben, das Haus stürzt ein, eine Gasexplosion … Der Gefahren sind unendlich. Also begann ich, die einzelnen Seiten zu fotografieren. Die entwickelten Bilder wurden fotokopiert, kamen in diverse Safes, wurden aus Gründen der Sicherheit in die ganze Welt verschickt, wo man sie noch einmal kopierte …

Kurzum, bald war ich so sehr mit den Sicherungsmaßnahmen beschäftigt, dass auch im Tagebuch von nichts anderem mehr die Rede war, womit es widersinnig wurde, allen Reiz verlor. Wen interessiert denn schon die Angst einer alten Schachtel.

– Aber Frau Gulch …

– Schon gut. Seither schreibe ich nicht mehr. Auf Wiedersehen, Herr Gansebohn. Schönen Gruß an Ihre Frau. Die ist so nett. Sagen Sie ihr, dass ich Marmelade für sie habe. Ja? Nicht vergessen. Ich will Sie ja nicht länger aufhalten, aber …

Da riss sich Alexander los von dieser Sprachkrake, die ihn mit ihren Sätzen umfing und partout nicht loslassen wollte, noch immer mit Satzanfängen nach ihm schnappte. Er entkam, winkte ihr zum Abschied, war verwundert, dass sie vom Tod seiner Frau nichts mitbekommen hatte. Alte Schachtel, dachte er, trotzdem sieht sie witzig aus, das Haucherl: eine Nase wie ein römischer Zenturio, ein Mund so breit wie bei einem Frosch.

Gansebohn hastete das Treppenhaus hinauf, zog sich am Geländer hoch, vorbei an den Fußabstreifern, auf denen keine Zeitungen mehr lagen, über kleine Dackeltröpfchen auf den Stiegen, durch das Gründerzeittreppenhaus, vorbei an Wänden, von denen Putz rieselte, um endlich an seiner Tür zu stehen. War sie versiegelt? Mit einem Aufkleber der Kriminalpolizei versehen? Nein! Sperrangelweit offen stand sie. Alexander hörte Stimmen, dachte an die Polizei, merkte aber gleich, dass es raue, besoffene, selbst für Polizisten ungewöhnlich vulgäre Stimmen waren, die, wie wir gleich sehen werden, nicht der Exekutive, sondern dem Ehrenmann Moses Eitelbeck und seiner Begleiterin Ramona gehörten.

– Alter! Das ist ein Scheiß-, ein Scheidungshaus, wenn nicht eine Selbstmordhütte, grölte sie. Ich will hier nicht einziehen. Hier gibt es negative Energie.

– Unsinn, Arschkuh. Nichts passt dir, kam die Antwort.

Wer konnte das sein? Neue Mieter? Jetzt schon? Alexander schlich hinein, sah erst eine blonde, solariumsgebräunte Schönheit, die Glanz und Grazie einer aus dem Leim gegangenen Prostituierten verströmte, dann ihren tätowierten Kompagnon. Er stand nackt vorm Spiegel und posierte. Alexander sah eine Meerjungfrau auf einem seiner Oberschenkel, die in Richtung seines langen Penis griff. An den Pobacken war eine ins Loch schlüpfende Maus mit langem Schwanz zu sehen. Zwischen den Schulterblättern eine mit Pfeilen beworfene Dartscheibe mit einem Totenkopf im Zentrum. Sonderbar. Schwarz glänzende Locken, Vokuhila, kantiges Kinn. Auf seinem harten, aber nicht unschönen Gesicht saß eine Sonnenbrille. Sonst war er völlig nackt. Jetzt drehte er sich um, spreizte seinen behaarten Arsch und furzte.

– Schwein, schrie die Blonde.

Alexander aber sah die tätowierte Maus. Ihr Gesicht war menschlich, sah wie das von Adolf Hitler aus.

Beide, Moses und Ramona, tänzelten vor dem Schlafzimmerspiegel, probierten Alexanders und Maries Kleider, um sie dann achtlos zu verstreuen. Ein riesiger Gewandhaufen lag auf dem Boden. Beschriebene Blätter waren verstreut – das Werk, Gansebohns Arbeit der letzten sieben Jahre mit Flecken und Fußabdrücken übersät. Unweigerlich dachte Alexander an das Haucherl-Tagebuch, seine eigenen Sicherungsmaßnahmen, auf die er in den letzten Jahren zusehends verzichtet hatte. Was da nun auf dem Boden lag, war wirklich ein Unikat. Unwiederbringlich. Egal, ihm war, als sei alles Bisherige seines Lebens, die ganze lange Schleppe von Erlebtem, einfach hinter ihm abgerissen und liegen geblieben, liegen geblieben wie die Papiere seines Werks, abgestoßen wie ein Eidechsenschwanz. Überall standen leere Wein- und Champagnerflaschen, Teller mit Essensresten, so dass es Alexander nicht schwerfiel, die delikate Situation zu durchschauen: Einbrecher.

– Na, was meinst du? Der Mann trank aus einer Magnumflasche Bordeaux, die Alexander anlässlich seines akademischen Abschlusses eingelagert hatte, und stieß auf ihr Wohl an:

– Was habe ich gesagt, Alte, an mich musst du dich halten, dann wird alles gut. Häng mich auf, wenn's anders kommt. Prost, du Mistvieh.

Die Frau erwiderte nichts auf dieses Kompliment. Sie hatte eines von Maries kostbarsten Abendkleidern an und schien beglückt. Da packte sie den Ehemann, wohl in heiterer Aussicht auf das bevorstehende Geschäft, und feixte:

– Die Zivilisation beginnt, sobald die Frau sich umdreht und den Mann während der Paarung ansieht. Das zeichnet den Menschen gegenüber allen Viechern aus, dass man sich beim Bumsen ansieht. Gib mir einen Kuss. Sieh her! Schau mich an.

– Schleich dich, alter Saufkopf. Finger weg, was ich in meiner Hose habe, geht dich gar nichts an.

– Hohaha, es ist ein kitzliger Umstand, in so einer Brühe zu rühren. Komm, lass es uns tun.

– Was denn? Brunzzeug und Brunzzeug zusammenstecken?

– Red nicht so ordinär.

– Schau mal, du Schlampe. Moses lachte. Er hatte sich von Ramona losgerissen und die Kiste mit Alexanders

Pornoheften vor sich stehen, er griff hinein und warf mit Heftchen um sich. Wie sich diese Spießer selbst betrügen, studieren, Karriere machen, heiraten, und dann wichsen sie zu solchem Schund, erfinden Ausreden, um fremdzugehen, liegen im Ehebett und denken an jemand anderen. Verlogene Brut! Scheinheilige! Häng mich auf, wenn's anders ist. Diesen Kleinbürgern ist alles zuzutrauen, vorne kein Gesicht und im Hinterkopf ein Scheißhaufen.

Wie er das hörte, hatte Alexander Tränen in den Augen, war ihm, als blicke er auf den Grund seines Elends. Dieser Einbrecher, dieser dahergelaufene Spitzbub, hatte nämlich völlig Recht. Am liebsten hätte er ihn umarmt und geküsst dafür. Er, Alexander Gansebohn, war tatsächlich ein kleiner, eitler Spießer, eine Dumpfbacke, das Wrack seiner selbst.

– Was um Gottes Barmherzigkeit? Ramona hatte nach ihren Titten gegriffen und ließ sie aus ihrem BH hängen – nicht ohne vorher eine Rolle Falschgeld in ihre Träger gesteckt zu haben.

– Spießer, glauben, dass sie's geschafft haben, wenn sie so leben, dass sie wie ein Hund jedem Stöckchen nachjagen. Und dabei bitter werden.

– Wir sind alle Gottes Geschöpfe.

– Ach, halt die Fresse, du versoffener Arsch. Moses gab sich selbst eine Ohrfeige. Beide lachten.

– Komm jetzt, Alter. Infight!

– Du hast ein herrliches Hinterteil, Süße, richtig zum Abbeißen, kam es aus Moses' rotweinrotem Mund, während Ramona ihr Becken kreisen ließ. Er nahm die Sonnenbrille ab, so dass man seine tief herunterhängenden Augenlider, dunkle Ringe, Krähenfüße, sah. Sogar das Glasauge hätte man erkennen können.

– Lass uns tanzen. Sie leerte die Kiste mit den CDs, las sie hastig, warf sie von sich, legte schließlich eine ein, wartete die ersten Töne ab, rannte zu Moses, umschlang seinen Hals und zwang ihn so zum Tanzen. Unser Lied! Es war weder ein Tango noch ein Walzer, kein Foxtrott und kein Twist, eher ein Tanz von Fischen oder Skorpionen, und doch war es berührend, wie sie über Kleiderhaufen und Weinflaschen stolperten, Mühe hatten, ihre unförmigen Figuren im Takt zu halten, und dabei mitsummten.

Alexander, der die Szene über Vorzimmer- und Schlafzimmerspiegel beobachtete, war ergriffen. Diese beiden Einbrecher vermittelten ihm mehr Lebensfreude als alle Dunjas und Heidruns zusammen. Und wie er diesem Treiben, das seine frühere Existenz zuschanden machte, zusah, ahnte er, dass das Leben eine kleine, schützenswerte Insel im Meer der Unendlichkeit sein musste und dass auch ihm noch ein paar Abenteuer und große Augenblicke zustanden. Er ahnte Zukunft und kam auf den Geschmack. Wie ein Kaktus wollte er sein, der, bevor er endgültig zugrunde ging, ein letztes Mal das Leben feierte und aufblühte. Eine Zigarettenpackung in einem Spitalszimmer voller Lungenkrebspatienten, ein letztes, mächtiges Inhalieren. Einmal noch fühlen, leidenschaftlich fühlen und keine Gefühlsattrappen mehr.

Noch vor ein paar Augenblicken hatte er die Einbrecher vertreiben, die Polizei holen wollen. Nun hätte er sich ihnen am liebsten angeschlossen, um mit den Reliquien seiner Existenz Schindluder zu treiben. Wie versteinerte Schalentiere aus einer prähistorischen Zeit kamen ihm seine Anzüge, Schuhe, Hemden und Krawatten vor. Kaum zu glauben, dass er darin mal gelebt hatte. Er war ein Toter, der zum Schauplatz seines Lebens zurückkehren und feststellen musste, dass sich seine Zeit geneigt hatte, er fehl am Platz, nur ein Schatten seiner selbst war, ein Bachbett ohne Bach.

Alexander, mit seinem Schicksal ausgesöhnt, lächelte zufrieden, als hätte er die Vergänglichkeit, den Fluss des Lebens, ja, den Sinn des Universums begriffen. Langsam zog er sich zurück. Zwar hörte er noch ein dumpfes Klopfen, doch kümmerte er sich nicht darum. Wie hätte es ihm ins Herz geschnitten, hätte er gewusst, dass diese Laute, diese verzweifelten Rufe eines Ertrinkenden, von der gefesselt und geknebelt im Kinderbett liegenden Marie stammten.

Er aber bemerkte nichts, schloss die Türe, ging über die Stiegen hinunter, sah im Flur bei den aufgebrochenen Postkästen mit der herausquellenden Reklame das Bild einer Vermissten, wunderte sich, dass ihm das nicht früher aufgefallen war, blickte in ein Gesicht mit leeren Augen, in ein typisches Pornodarstellerinnengesicht. *Abgängig* stand darüber. *Belohnung,* eine Telefonnummer. Alexander spuckte ihr ins Gesicht, verließ das Haus, sah die Pension Valentino, kämpfte sich durch eine Gruppe stummer, wild gestikulierender Albinos, landete auf einer Hauptstraße, ging an Tiergeschäften, Supermärkten, Kiosken, leeren Farbkübeln vorbei, musste toten Katzen und Ratten ausweichen, über Vogelkadaver steigen, vorbei an einem Bettler mit Rückenkorsett, der etwas von der Mafia murmelte, dass er ausgestiegen, dafür so zugerichtet worden sei, weil er keine Drogen mehr verkaufen wollte. Alexander sah Plastikwanne und Lederriemen des Korsetts, wollte ihm was geben, griff in seine Taschen, fand nichts, drückte ihm schließlich die beiden Laufschuhdämpfer vom Hotel-Kairo-Verrückten in die ausgestreckte Hand, hörte erst ein *Vergelt's Gott*, gleich darauf *Idiot, hoffentlich sieht dich der liebe Gott, sieht was für ein schmutziger Mensch du bist, einen Bettler derart zu verhöhnen. Was soll der Dreck?* Und es folgte eine Kaskade derbster Schimpfwörter, deretwegen Alexander Zuflucht in einem Designerladen suchte. Da kamen die Schimpfwörter nicht rein, war alles edel, elegant.

Er berührte teure Anzüge, ließ seine Hände über exquisite Seidenhemden gleiten, sah sich handgefertigte Schuhe an, um sich schließlich in einem Spiegel selbst zu begegnen. Er erstarrte. Wie gewöhnlich sah er aus, wie durchschnittlich, unauffällig. Ein unbedeutender Mann in mittleren Jahren in einem mittelmäßigen Leben. Aber damit war jetzt Schluss. Inhalieren! Fühlen! Leben! Leidenschaft!

Eine Verkäuferin, die sich wie ein gerupftes Huhn bewegte, deren Arme und Beine beim Gehen nicht nach vorn, sondern zur Seite weggingen, kam angedackelt. *Aphrodite* stand auf einem kleinen grauen Schild an ihrem Busen. Sie roch zitronig. Leicht vorspringendes Kinn, tiefliegende Augen und dazwischen eine überlange, aber sehr gerade Nase. An irgendjemand erinnerte ihn das Gesicht. Und Alexander musste auch nicht lange überlegen, schon fiel ihm die Gulch ein. Sollte es möglich sein, dass auch das Haucherl mit ihrer violett schimmernden Blumenkohlfrisur einmal eine Attraktion gewesen war? Oder zumindest ein saftiges Hühnchen?

– Kann ich helfen?

– Wissen Sie, sagte Alexander, ohne seinen Blick von den Anzügen zu heben, und in einem zugeknöpften Ton, mit dem man Bedienstete zurechtweist, wissen Sie, ich hatte einmal einen Hund, für den ein gefundenes Fressen wirklich eine Freude war. Wer isst sonst schon was Gefundenes? Dieser Hund fraß alles. Oft habe ich ihn geschimpft: Wie willst du durchs Leben kommen, wenn du so verfressen bist? Aber es half nichts. Er verschlang, was ihm vor die Schnauze kam, Insekten, Papiertaschentücher, Damenbinden, Schuhe, Geldbörsen, auch einen Babyschnuller.

– Hihihi, kicherte das jugendliche Haucherl, hielt sich die Hand vor den Mund.

– Sie lachen, aber nach dem Schnuller war es ernst. Ich bin zum Arzt mit ihm, der aber nichts machen konnte, meinte, eine Operation sei zu riskant. Ein Jahr verging, ich hatte alles längst vergessen, als sich das Tier plötzlich veränderte – und zwar aufs Hund-, nein, Huldvollste und Herzzerreißendste, er konnte nämlich nicht mehr scheißen, bekam Bauchkrämpfe, winselte vor Schmerzen, ging auf wie Hefeteig und schien zu platzen. Wieder bin ich zum Arzt, der diesmal meinte, der Hund sei alt und müsse sterben, er könne nichts machen, eine Operation sei zu riskant. Und? Was ist geschehen? Ist das Hundsvieh abgekratzt? Nein, es hat all seinen Hundemut zusammengenommen, verhundertfacht, und den Schnuller ausgeschissen, nachher war ihm wieder gut. Aber hat er auf gefundenes Fressen verzichtet? Nein. Wer isst sonst schon was Gefundenes?

– Hihihi, kicherte Aphrodite. Es war kein naives, kindisches Kichern, sondern voller Stolz und Unnahbarkeit. Auch wenn sie nur eine Verkäuferin war, die aussah wie das junge Haucherl, ging eine Aura und Eleganz von ihr aus, als würde ihr die ganze Ladenkette gehören. Und? Wollen Sie etwas für Ihren Hund? Eine krokodillederne Hundeleine? Ein Regenmäntelchen? Oder lieber einen Schnuller? Hihihi.

– Halt die Klappe! Alexander sah nun auf, besah sich den Eindruck dieser unvermittelten Beleidigung, blickte sie lächelnd an, nahm ihre Hand, küsste sie. So wie der Hund bin ich. Ich habe auch einen Schnuller geschissen. Ich habe mich befreit, Frau und Kinder auf dem Gewissen, die Geliebte vergrämt, ihren Freund erschossen, samt Hund, wofür sie mich in einen Sarg gesperrt hat in der Michaelergruft, wo ich glatt verendet wäre, hätte mich nicht eine Verehrerin befreit, mit der ich einem mönchischen Gang Bang mit dem Himmel beiwohnte, bevor wir ins Hotel Kairo … Aber was ist denn? Warum lächelst du so unverschämt? Du glaubst mir nicht? Gut, es klingt ausgedacht, aber es stimmt. Egal, du, Aphrodite-Haucherl, wirst mein gefundenes Fressen sein, an dir will ich mich satt essen bis zur Verstopfung, aber vorher brauche ich den besten Anzug, Hemd, Krawatte, Schuhe und alles Brimborium. Anständige Hosen, mit denen sich meine dürren Spindelbeine nicht in ihrer ganzen Hässlichkeit präsentieren.

Aphrodite schluckte, stand verwirrt herum, wie eine Libelle, die einen Hubschrauber abmaß, besann sich dann aber ihres Stolzes, rümpfte die Nase und brachte einige Modelle. Schwarze Zweireiher, Nadelstreif, taubengraue Westen, vanillefarbene Hosen, Kaschmiranzüge, Tweed, Burberry. Nachdem sich Alexander entschieden hatte, alles zu nehmen, verlangte er ein Telefon, ließ sich mit dem Bristol verbinden.

– Hallo. Hier Sir Alexander, ist die Fürstensuite frei? Dann brauche ich Friseur, Visagist und einen Vertreter der Nationalbank. Und einen Fahrer von Ihrem Sicherheitsdienst. Ich bin hier bei Christian Dior. Ja, Rolls-Royce, sofort.

– Und du zeigst mir die Dessousauswahl, Haucherl. Er klopfte ihr auf den Hintern. Aphrodite sah ihn mit stolzen Augen an. Während sie diverse Modelle auf den Tresen legte, plapperte sie von der Verarbeitung, der Stoffqualität, den schönen Knöpfen und Ähnlichem. Die typisch aufgeknöpfte Geschwätzigkeit der zum Tode Verurteilten, dachte Alexander, dasselbe Plappermaul wie die Gulch. Aber auch wenn sie lebte, verriet ihr Blick, dass sie hinter ihrem Stolz schon verwitwet war, zu viele ihrer Träume, Wünsche und Sehnsüchte in einer langen Gräberreihe lagen. Sie war zwar nur eine Verkäuferin, hatte aber doch hochfliegende Pläne gehabt, die nun alle begraben waren.

– Das reicht nicht. Alexander legte seine Hand aufs Herz und verbeugte sich. Ich muss sehen, wie der Krempel einem Mädchen steht. Er schnalzte mit der Zunge. Sei so lieb und führ die Sachen vor, Schatzi. Ich habe dir ja gleich gesagt, du bist mein gefundenes Fressen. Oder glaubst, ich scherze? Da kennst du Sir Alexander aber schlecht.

Aphrodite lief rot an, war voller Wut. Was fällt diesem arroganten Kerl ein? Wie kommt er dazu? Glaubt, er kann sich alles erlauben? Warum? Weil er Geld hat? O wie ich diesen Menschenschlag verabscheue. Nimmt er mich ernst? Erkennt er mich als eigenständigen, denkenden Menschen? Von wegen! Aber ich bin nicht sein Schatzi. Alls andere als das. Eine Lektion müsste man ihm erteilen, diesem neureichen Flegel. Doyle müsste man ihm schicken, dem würde schon was einfallen, Doyle war kreativ, ein Künstler – auch wenn es darum ging, andere auflaufen zu lassen, zu schikanieren. Doyle! Sie liebte ihn, er liebte sie. Und eben deshalb durfte sie ihm heute morgen auch nicht öffnen, eben deshalb musste sie ihn eine halbe Stunde lang klingeln lassen, warten, bis er wieder ging, um ihm ihren Stolz zu demonstrieren. Seltsam nur, dass er sich seither nicht mehr gemeldet hatte, dachte Aphrodite, die vom Schicksal Doyles nichts wusste und daher keine Ahnung haben konnte, dass er tot war und sie seinem Mörder gegenüberstand, sie diesen Mord sogar verhindern hätte können.

Doyle war, bevor er zu Dunja kam, bei ihr gewesen. Sie aber hatte ihm aus falschem Stolz nicht aufgemacht, weil sie so nicht mit sich umspringen lassen wollte. Was war denn das für eine Art? Unangemeldeter Besuch am frühen Morgen? Keine Art! Jetzt war er tot, und sie bediente seinen Mörder. Ach, Doyle. Wohlauf, Kameraden, aufs Pferd, aufs Pferd! Ins Feld, in die Freiheit gezogen! Im Felde, da ist der Mann noch was wert, da wird das Herz noch gewogen. Da tritt kein anderer für ihn ein, auf sich selber steht er da ganz allein.

Sie hob ihren Kopf, sah Gansebohn stolz und mit der größtmöglichen Verachtung an, wollte ihm schon ins Gesicht spucken, alleine wegen seiner Arroganz, besann sich schließlich, dachte, dass dieser Sir Alexander eine Person des öffentlichen Lebens sein müsse, der sich bestimmt erkenntlich zeigen würde. Waren bei solchen Gelegenheiten nicht manchen Verkäuferinnen Autos, Villen oder Diamantringe geschenkt worden? Aber wollte sie das überhaupt? Hatte sie als Doyles Freundin das notwendig? Niemals! Oder? Vielleicht! Eine Kleinigkeit? Ist nicht jeder …? Jawohl! Sie war käuflich, käuflich wie alle. Ein Bulldozer fuhr durch die aphroditischen Gräberreihen und legte alle vermoderten Wünsche und Hoffnungen wieder frei, die wie Zombies auferstanden. Sie aber, Aphrodite, eilte leichten Schrittes in die Umkleidekabine und memorierte ein Gedicht. Wohlauf Kameraden … Während sie dort in ein rotes Négligé schlüpfte, öffnete Alexander die Kassenlade und griff ungeniert nach einem Packen Scheine, steckte sie ein. Kaum war die Kasse zu, stand Aphrodite vor ihm: schlanke Fesseln, dünne Waden, Knie, die etwas hervortraten, ein dreister Hintern, Hüftspeck, draller Busen.

– Ich bin kein Mannequin, mein Herr, aber zwei, drei

chirurgische Eingriffe, und ich bin voll dabei. Nur lässt mein Salär so etwas nicht zu. Na ja. Sie konnte es sich nicht verkneifen, ihrem erwachten Wunsch einen kurzen Auslauf zu gewähren. Und mein Freund? Ein Künstler! Wohlauf, Kameraden, aufs Pferd, aufs Pferd! Ins Feld, in die Freiheit gezogen! Im Felde, da ist der Mann noch was wert, da wird das Herz noch gewogen …

Alexander betrachtete das volle Becken, die Rundungen am Bauch, den tiefliegenden Nabel, dachte an Mariendarstellungen und Stammbäume, die ihn stets an Courbets *Der Ursprung der Welt* erinnert hatten, und überlegte, ob er aus dieser Schale schlürfen, in den Trichter springen wollte. Das Haucherl fiel ihm ein, wurde aber von Aurora, Sylvia, Titanilla und all den anderen verpassten, aus lauter Schüchternheit entgangenen Gelegenheiten verdrängt. Es war wie ein Kampf zwischen der Gulch und den anderen, wo mal diese, mal jene Partei die Oberhand behielt.

Damit ihm angesichts derartiger Wettkämpfe nichts Unbedachtes unterläuft, wollen wir ihm etwas Zeit gönnen und springen noch einmal zurück in seine Wohnung, wo immer noch die gefesselte Marie im Bett ihrer Tochter liegt, während sich das ehrenwerte Pärchen Eitelbeck vergnügt.

2. Die Schlachtung

– Sind Hoden Innereien?

– Keine Ahnung. Das musst du einen Metzger fragen.

– Wieso schaust du immer?

– Weil ich dich gerne ansehe. Mein Herz hat Platzangst, und meine Seele feiert Auferstehung bei dir, hauchte Moses.

– Du bist ein Draufgeher, du lieber Gott, bist du ein Draufgeher, Schasaugerter, flüsterte Ramona, immer gehst du gleich drauf auf alles. Aber meistens bin ich es, die unter deine Räder kommt. Mensch, gehst du drauf.

– Dein Mund ist sehr heiß.

Wie Kätzchen hatten die Eitelbecks getollt, waren herumgewirbelt, hatten sich geneckt, geküsst und sich wie Herr und Frau Gansebohn benommen. Als dabei ein Buch von einem Regal fiel, *Die kleine Geschichte der Anarchie*, und Moses den dick angestrichenen Satz *Eigentum ist Diebstahl* entdeckte, musste er unerhört lachen. Eigentum ist Diebstahl, das war gut.

– Dann gehöre ich dir nicht mehr.

– Na warte, ich werde es dir gehörig zeigen.

– Aber gehört sich das?

– Geh her da, du gehörlose Hörschingerin.

– Setzt du mir Hörner auf, Schasaugerter?

– Wenn du mir nicht gehörst?

– Hört, hört!

Sie hatten sich in einem endlos langen Vorspiel produziert, um dann übereinander herzufallen, sich gegenseitig abzuschlachten, einander zu opfern, um endlich voreinander zu kapitulieren, sich mit den weißen Fahnen ihrer Körpersäfte zu versöhnen. Zufällig kamen sie dabei vor dem Gitterbett zu liegen, und als Moses aufblickte, sah er in die stahlblauen Augen der gefesselten und geknebelten Marie. Er zuckte. Ein Geistesblitz! Schon oft hatte er nach Möglichkeiten gesucht, sich vom Trickbetrüger in eine lukrativere Branche zu verändern. Und wie er nun in die angsterfüllten Augen Maries sah, taten sich unerhörte geschäftliche Felder für ihn auf. Er löste sich von der klammernden Ramona, die ihn nicht hergeben wollte, wie eine Schnecke vom Salatblatt, lief ins Wohnzimmer und kam mit einer Videokamera zurück, gerade rechtzeitig, bevor Ramona ins Badezimmer gehen konnte.

– Bleib, wir drehen ein Video. Er packte sie am Arm.

– Wieso? Mit großen Augen sah sie ihn an.

– Weil das unsere neue Arbeit wird, sagte der angehende Jungunternehmer. Weil ich die Trickbetrügereien satt habe, weil mir die Taxierung einer Wohnung nach der Fülle des Briefkastens zu unsicher ist.

– Je voller, desto höher die Wahrscheinlichkeit einer Rückkehr der Besitzer, replizierte Ramona wie ein auswendig gelerntes Gedicht.

– Darum satteln wir jetzt um.

– Videofilme?

– Filme, die sich Leute auf ihr Handy laden.

– Was für Filme?

– Interessante, spannende Filme. Wo jemand stirbt.

– Wer soll sterben?

– Na, wer wohl? Der zukünftige Gewerbetreibende nickte zur verschnürten Marie, die große Augen machte und wild in ihren Knebel hineinschrie. Ihr Gesicht schien vor lauter Angst zusammengeschrumpft und kleiner geworden zu sein – so als wollte sie verschwinden.

– Die willst du abmurksen? Die Gamsenpohn? Unser Schneewittchen?

– Ich war nie für Gewalt und bin es noch nicht, aber wenn man sich unternehmerisch entwickeln kann, muss man Veränderungen in Kauf nehmen, auch moralische, das erhöht den Gewinn. Als Gewerbetreibender darf man das Risiko nicht scheuen. Wie ging noch einmal dieser Satz? Eigentum ist Diebstahl. Also gehört einem auch das Leben nicht. Es gehört der Allgemeinheit, dem Augenblick, der

Tat! Moses zog sein Messer mit dem Hirschhorngriff und ließ die scharfe Klinge über die arme Marie wandern. Ein Unternehmer muss expandieren, zupacken. Und er muss sich ins Zentrum setzen, andere und auch sich selbst. Es gibt welche, die aus der Peripherie nie hinauskommen, und andere, die ins Zentrum drängen. Ich! Ich bin ein Zentrumsmensch, ein Zentralist. Ein Dieb braucht das Zentrum wegen der Anonymität, dem größeren Angebot – wie erst ein Unternehmer. Ein Unternehmen ist eine organisierte Form von Diebstahl. Ein Unternehmer drängt ins Zentrum. Komisch nur, dass sein Blick, wie er diese Sätze proklamierte, sein aus tiefhängenden Lidern hervorstechender, vom Alkoholkonsum getrübter Blick, sich völlig zerspragelte. Das Glasauge machte, was es wollte. Er sah ziemlich dezentriert aus.

– Da, du bist nicht so schasaugert wie ich. Er gab Ramona die Videokamera, erklärte ihr die wichtigsten Funktionen und widmete sich dem Rohstoff seiner Unternehmung, setzte Marie das Messer an die Kehle, drückte ihren Kopf zurück, sah, um wie viel kleiner sie war als er, wollte sie schon ritzen, als er bemerkte, dass er sich so selbst ans Messer der Justiz lieferte. Er unterbrach sein Meisterwerk, holte sich eine von Alexanders Masken und begann das Schlachtungsritual erneut, strich der zitternden Marie, der dicke Schweißperlen auf der Stirn standen, mit dem Messer über die Wange und überlegte, wie er es anstellen müsse, damit das Video im Wert steige. Die totale Hinrichtung müsste es sein, Beispiel und Sinnbild einer Schlachtung. Ein Kunstwerk. Eine Tat als unteilbare Größe, Primzahl des Lebens.

Während all dies geschah, prüfte beim Eingangstor jemand die Namen an der Gegensprechanlage. Ein Geldbriefträger? Paketzusteller? Nein, Heidrun. Heidrun Scherübl, die Slipeinlage. Sie war wild entschlossen, sich Alexander zurückzuholen. Die unschöne Szene im Hotel Kairo, war sie überzeugt, ließ sich mit seiner inneren Zerrüttung erklären, mit Angst vor der Liebe. War er denn nicht mit ihr mitgegangen? Hatte er nicht mit ihr geschlafen? Liebte er sie nicht? O doch, er musste verzweifelt, wahnsinnig vor Liebe sein, verzweifelt wie sie selbst. Und er brauchte sie! Er war verrückt nach ihr, konnte gar nicht weiterleben ohne sie! Er bebte vor Verlangen, genau wie sie, wusste nur noch nichts davon.

Ihr Finger lag schon auf dem Knopf neben *Gansebohn*, als sie von hinten angerempelt wurde, eine Stimme fragte, zu wem sie wolle.

– Zu den Gansebohns? Dann kommen Sie gleich mit. Es spazieren ja so viele Individuen ein und aus, aber wenn wer rein will, sage ich immer, schafft er es so oder so. Kommen Sie. Ich will Sie nicht aufhalten, sagte Galatea Gulch, um genau das zu tun. Die Welt ist nicht mehr, was sie mal war. Besonders die Jugend, die spürt, dass etwas nicht in Ordnung ist, alles zugrunde geht. Aber es gibt keine Erziehung mehr. Oder können Sie einen Satz mit allen drei bestimmten Artikeln sagen? Können Sie nicht? Dass di der Teufel hol. Das Haucherl lachte. Sehen Sie sich nur diese Schnellfressrestaurants an. Der Earl of Sandwich würde sich im Grab umdrehen, wenn er wüsste, wofür man ihn missbraucht. Man kann sich auf niemanden verlassen. Die Welt ist voller Betrüger, heute hat man mir fünfhundert abgeknöpft. Und morgen? Aber gut, es soll mir niemals schlechter gehen. Zu den Gansebohns wollen Sie? Ich will ja nichts sagen, sagte sie, um genau das zu tun, aber das sind nette Leutchen, und wie gerne die sich haben, ich habe nie ein lautes Wort gehört, und mir entgeht hier nichts, das können Sie mir glauben.

– Ja, das glaube ich, stemmte sich Heidrun gegen diesen gulchschen Wasserfall von Worten, wurde aber mitgerissen und hineingezogen. Wahrscheinlich, dachte Heidrun, sprach die Alte so viel, weil sie nicht schneller Stiegen steigen konnte. Oder war es umgekehrt? Jedenfalls schlichen sie in einem veritablen Schneckentempo über die Treppen, Heidrun blieb aus reiner Höflichkeit an der Seite der Alten und hörte ihren Wortkaskaden zu.

Hätte Marie von dieser sich im Lahmenschritt nähernden Heidrun-Kavallerie gewusst, sie wäre vor Verzweiflung gestorben, was dann allerdings bereits das dritte Ableben innerhalb eines Tages gewesen wäre – ähnlich dem Schneewittchen. Immer noch in den Fängen ihres Peinigers, machte sie nun eben das nicht, was man von ihr so unbedingt verlangte, ein erschrockenes Gesicht. Im Gegenteil, sie kniff die Augen zusammen und träumte ihren Traum, den sie immer wieder träumte, ihren Traum, in dem sie an einer festlichen Tafel inmitten ihrer Familie saß, eben das Essen aufgetragen wurde, als es begann, Kirschen zu regnen, feuerwehrrote, saftige Kirschen. So hörte sie Moses' Schreie nicht, nicht Ramonas Flehen, die sich beide mit dem verzweifelten Mut erfolgloser Jungunternehmer, denen der Konkurs im Nacken sitzt, bemühten, ihr Geschäft zu einem erfolgreichen Abschluss zu bringen. Marie kauerte einfach da, ließ Kirschen in sich regnen und machte ein gleichgültiges Gesicht.

– So geht das nicht!, plärrte Moses. Das wirkt, als würden wir Euthanasie betreiben. Etwas mehr Ausdruck, wenn ich bitten darf, Angst will ich sehen. Schauspielkunst! Realismus! Er packte Maries Gesicht, sah sie streng an. Wenn du nicht machst, was ich dir sage, bringe ich dich um, das heißt … Und als ihm das Widersinnige seiner Drohung durch den Kopf ging, hörte er eine Stimme an der Tür *Alexander* rufen, merkte er, wie jemand ins Wohnzimmer trat, *Alexander, wo steckst du? Ich muss mit dir reden! Alexander!* Nun war Eitelbeck auf diese Art Geschäftsunterbrechung nicht im mindesten gefasst, sah er verdutzt zur Aufnahmeleiterin, aber Ramona zog nur ein geschäftiges, kaugummiblasendes Gesicht, dann zu Marie, deren Miene unbewegt war, und entschied sich, einem Instinkt folgend, zur Flucht. Er ließ Marie fallen, packte die Videokamera samt daranhängender Ramona, stürmte ins Wohnzimmer, sah die blonde Heidrun, roch den Hauch von frischen Brötchen, überlegte, ob er sie überwältigen und seine Rohstoffreserven verdoppeln sollte, griff bereits nach seinem Stilett, plante eine Großunternehmung, eine Expansion, als durch die offene Tür seine eigene kleinunternehmerische Vergangenheit trat und ihn Galatea Gulchs Schrei *Der Dieb! Der Dieb!* alle Pläne fahren und die Flucht ergreifen ließ.

Es liegt was Mysteriöses in dem Ruf *Ein Dieb! Ein Dieb!*, der alle aufhorchen, aufspringen und einem Fliehenden nachlaufen lässt. Nicht aber, wenn man selbst der Dieb ist, dann, so wenig notwendig es auch sein mag, rennt man, rennt, so schnell man kann, egal wie oft man Proudhons Satz *Eigentum ist Diebstahl* im Mund gehabt und durchgekaut hat. Man rennt. Egal wie sehr man ins Zentrum wollte, man rennt aus dem Mittelpunkt hinaus, rennt in die Peripherie, rennt und rennt. Und Moses rannte, Ramona hinterher, vorbei an Galatea Gulch, das Stiegenhaus hinunter und davon.

– Und das? Die Gulch hielt Moses' Jeansjacke in die Höhe, auf deren Rücken ein zwinkernder rosaroter Panther zu sehen war. Wir wollen nichts geschenkt, nicht von einem Mops.

3. Lamento

Nicht viel später und Marie, Heidrun und die Gulch saßen am Tisch und tranken Cognac, den die Eindringlinge freundlicherweise nur halb geleert hatten. Marie blickte immer wieder zur Decke hoch und rief: Das ist nicht gerecht, nicht gerecht. Sie sah die zerbrochenen Gläser, die herumliegende Kleidung, vom Regal geworfene Bücher, aufgeblättert, weil man Geldscheine darin vermutet hatte, auch die *Kleine Geschichte der Anarchie* lag da, obszön gespreizt, direkt vor der Gulch, die sich danach bückte und denselben angestrichenen Satz las, der schon Moses Eitelbeck so interessiert hatte: Eigentum ist Diebstahl.

– So ein Blödsinn!, schimpfte sie. Was passiert denn, wenn man alles enteignet und denen gibt, die nichts davon verstehen? Sie richten es zugrunde, wirtschaften es runter. Die Landwirtschaft, die Industrie. Alles kaputt.

– Der Körper, ergänzte Marie, wurde dafür aber nur verständnislos angesehen.

– Von mir aus auch der Körper. Das Fleisch ist ja eine Verlockung für Parasiten, für bösartige, zersetzende Krankheiten, redete sich die Gulch in Schwung. Ich bin nur eine alte Schachtel, nein, bin ich nicht, fishing for compliments …

Marie war verstört, hätte Heidrun und das Haucherl, die beiden Lebensretter, gern hinausgeworfen und ein Bad genommen, doch fehlte ihr die Kraft zu so viel Höflichkeit. Von Heidrun wusste sie gar nichts, und die Geschwätzigkeit der Gulch, die den Mund voller Blödsinnigkeiten hatte, konnte sie jetzt auch nicht brauchen. Wie die zu ihrem Spitznamen gekommen war? Von Hauchen konnte nämlich keine Rede sein, eher plärrte sie, schrie ihre Blödsinnigkeiten durchs Zimmer. Marie war verstockt, und je mehr die beiden anderen in sie drangen, wie sie denn in diese missliche Lage gekommen sei, desto mehr wehrte sie ab, hob die Hände, schüttelte den Kopf und sagte: Das war nicht gerecht, nicht gerecht.

Heidrun offenbarte bloß, dass sie eine flüchtige Bekannte Alexanders sei. So war das Feld der Gulch überlassen, die es mit Wollust bestellte, sie breitete sich aus, genoss es, sich als Lebensretterin zu feiern, denn wer hatte die bösen Einbrecher vertrieben? Sie! Und wer hatte Marie Gansebohn aus ihrer misslichen Lage befreit! Sie! Die Gulch! Das Haucherl! Gleichzeitig war ihr mulmig beim Gedanken, dass die Gauner auch sie hätten fesseln, knebeln und vergewaltigen können. Das Leben wird immer gefährlicher. Da haben wir's!

– Das waren Organdiebe, ich will ja nichts gesagt haben, aber ich habe gleich so was vermutet. Wahrscheinlich wollten sie mir an die Nieren, weil sie mich von der Ferne jünger eingeschätzt haben. Die Fünfhundert waren nur ein Vorwand. Ich sehe ja fast jugendlich aus, finden Sie nicht? Obwohl ich eine alte Schachtel bin, nein? Fishing for compliments, halten mich alle für jünger, als ich bin, das kommt daher, dass ich immer gesund gelebt habe, dreißig Jahre lang kein Mann, nur einmal einen Pimpelhuber, Giftgasali, und einmal … Ich will ja nichts sagen, aber zuerst zerbricht man sich den Kopf, wie man einen bekommt, und dann, wie man ihn wieder loswird oder wie man ihn behält, auf jeden Fall ist es zum Graue-Haare-Kriegen, nein, das ist nichts für mich, ein Mann. Mein seliger Alois freilich. So selig ist er gar nicht, mein Pimpelhuber. Sie schluckte. Und wie um von sich selbst abzulenken, wandte sie sich an Heidrun: Was machen Sie, mein Kind? Sie sehen seriös aus. Anwältin? Steuerberaterin? Sachwalterin?

– Ich bin Ärztin, sagte eine verdatterte, überrumpelte Heidrun. Wegen Alexander war sie gekommen, und nun saß sie mit seiner Frau und einer plappernden Nachbarin beim Cognac und wusste nicht, mit wem sie mehr Mitleid haben sollte. Mit sich selbst oder mit den anderen.

– Ich will ja nicht neugierig sein, aber was für eine Ärztin? Eine Zahnärztin? Sagen Sie nichts gegen meine Zähne, ich habe die besten Beißerchen, seit ich weiß, wie weh das Reißen tut. Aber Sie sind eine Praktische. Sie haben diesen Blick. Chirurgen kenne ich, die sind zynischer, und Hautärzte und Orthopäden kenne ich auch.

– Ich bin Internistin.

– Dann sind Sie fürs Innere, für Innereien? Eine Beuschelmantschkerin? Ich habe eine angeborene Herzschwäche, darum darf ich nicht Stiegen steigen, aber wie soll ich sonst außer Haus kommen? Schon die selige Mutter hatte Herzprobleme. Hätte es damals die Defibrillatoren gegeben … Mein Mann, der Pimpelhuber, wie er noch gelebt hat, wie er noch bei mir gelebt hat, hat auch immer gesagt …

– Ich setze Magenringe ein.

– Zum Abdichten?

– Für die Dicken.

– Wie?

– Magenringe? Marie fuhr aus ihrem Wachkoma. Magenringe?

– Kleine Gummiringe. Sehen aus wie gebratene Calamari. Man streift sie über den Dudelsack, damit die Fetten nicht mehr so viel fressen.

– Dudelsack?

– So nennen wir den Magen.

– Könnten Sie mir das auch machen?

– Sie? Sie sind doch nicht dick!

– Kindchen? Dünn wie Eberhard.

– Aber ich habe eine Ehekrise!

– Pah! Alles muss man selber machen.

– Erstens würde ich das nicht empfehlen, weil es ungesund ist, so als ob man einen Babymagen implantiert bekommt, zweitens darf man dann nichts mehr essen, nur Püriertes, keinen Käse, keine Salami, nicht einmal Eistorte. Nichts.

– Da haben Sie es.

– Und drittens, sie knirschte mit den Zähnen, kommt es zu einer Darmunterfunktion.

– Wissen Sie, was es heißt, einen Mann zu verlieren? Marie schluchzte. Wissen Sie, was es heißt, verlassen, nicht mehr begehrt zu sein? Ungeliebt? Es ist schrecklich! Eine maßlose Enttäuschung – als ob einen die Eltern abschieben und nur einen Brief im hohlen Puppenkopf zurücklassen. Entsetzlich! All die Anspannung der letzten Zeit stieg ihr nun zu Kopf, glühte durch ihren Körper, brannte mit ihr durch, dass sie sich nicht einmal vor den beiden Weibern verbiegen wollte. Alexander glaubt, ich bin tot, heulte sie los, er glaubt, ich hätte mich mitsamt den Kindern aus dem Fenster gestürzt.

– Aber warum?

– Weil ich gehofft habe, die Ehe zu retten. Ich habe gedacht, … ich war mir sicher, dass ihn das irritiert, dass er trauert, bereut, zu mir zurückkommt. Aber was macht er? Was?

– Er fährt schnurstracks zu seiner Geliebten, sagte Heidrun. Ich weiß es, weil ich hier war. Bin im Auto gesessen und habe gewartet. Warum, tut nichts zur Sache. Jedenfalls sehe ich Sie mit den Kindern hinauslaufen, höre sogar, wie die Kleine fragt, warum die Erwachsenen nie spielen, und zur Antwort bekommt, wieso, jetzt spielen wir ja, und wenig später Alexander, der Sie nicht bemerkt hat. Und wenn Sie es genau wissen wollen, ich bin ihm nachgefahren, weil …, weil ich in ihn verliebt bin, oder zumindest war oder geglaubt habe, dass ich es bin. Was weiß ich. Heidruns Augen waren feucht, starrten gebannt die Cognacflasche an, als ob von der etwas zu erwarten wäre. Jawohl! Ich bin in ihn verliebt! Und ich werde um ihn kämpfen! Und ich …

– Du? Dir kratze ich die Augen aus, du Erbrochenes, du blondes Schweinsgesicht, du Entenarsch. Marie fauchte. Sie war stumpf im Kopf, müde, ausgebrannt, doch voller Zorn. Der Dialog mit ihrer Tochter ging ihr durch den Kopf, die nicht nur gefragt hatte, warum Erwachsene nie spielten, sondern auch verkündet hatte, dass man, wenn man erwachsen ist, schneller sterben würde. Wie aber kam diese Heidrun dazu? Was hatte die so was zu hören? Das ging die gar nichts an. Marie fauchte. Galatea Gulch richtete derweil eine Verheerung unter den Plätzchen an und sagte endlich, da sie fürchtete, Marie und Heidrun würden sich als natürliche Feinde betrachten und gleich zerfleischen, wo es doch gerade anfing, gemütlich zu werden, sagte also in einer rührenden Äußerung des Mitgefühls, ohne dabei die Plätzchen aus den Augen zu verlieren:

– Kinderchen streitet euch nicht, spuckt euch lieber ins

Gesicht. Was wollt ihr denn? Männer. Ich habe es immer gewusst, Männer sind ungesund. Und wir? Wir armen, schwachen Geschöpfe sind der Willkür dieser rohen Barbarenbrut hilflos ausgesetzt. Ginge es nach mir, würden diese Bürschchen bald wissen, was Rücksicht ist und wie man sich einer Dame gegenüber zu verhalten hat. Aber nach mir geht es nicht, weil ich eine alte Schachtel bin. Schade, denn, wenn ich auch kaum Erfahrung habe, kenne ich mich doch mit Männern aus. Das meiste habe ich selbst herausgefunden. Es fehlt nicht viel, und ich könnte einen Beziehungsratgeber schreiben, wofür ich aber zu bescheiden bin.

Und während diese Bescheidenheit über sie hinwegbrauste wie eine russische Raumkapsel, stierten Marie und Heidrun auf den Tisch, hoben allmählich den Blick, wollten wissen, wie diese andere, die Nebenbuhlerin, aussah, ihre Blicke trafen sich, wurden gleich wieder weggezogen, suchten sich erneut. Anfangs ernst, todernst, mussten die zwei Frauen bei dem Blödsinn, den die Gulch verzapfte, doch bald schmunzeln. Erst zuckten nur die Mundwinkel, dann grinsten sie, und plötzlich lachten sie aus vollem Herzen, prusteten los und wieherten, wie sie noch nie gewiehert hatten, gleichzeitig riefen sie aus:

– Eine Lektion! Wir erteilen dem Herrn Gansebohn eine Abreibung! Und sofort begannen sie, ein Komplott zu schmieden, riefen bald: Ich hab's, und: Nein, so geht es nicht.

– Wie sieht diese, seine Erledigung, eigentlich aus?

– Dunja?

– Ist die jung?

– Angeblich liebt er sie nur, weil er sie schon als Kind …

– Aber jetzt wird er sie doch hoffentlich nicht mehr lieben? Nach der Michaelergruft?

– Wer weiß? Aber wie ihn zurückgewinnen?

– Eine Intrige!

– Ich denke, man muss ihm Angst einjagen.

– Sollen wir uns als Terroristen verkleiden und ihn entführen?

– Ich könnte ihm als Gespenst erscheinen. Marie machte *Huhu* und grinste.

– Ich könnte meine Aktien verkaufen und …

– Ich will ja nichts gesagt haben, aber meiner Meinung nach bedarf es einer Professionellen. Ich verstehe zwar von Männern nichts, aber soviel, dass man sie eifersüchtig machen muss, weiß ich doch. Ich verstehe von der Liebe nichts, aber ich weiß, sie ist erschütternd. Oder was glaubt ihr, wie ich meinen seligen Pimpelhuber verloren habe? Doch nur, weil ich verliebt war, weil ich Schmetterlinge im Bauch fühlen wollte, ihn betrogen habe und er mir draufgekommen ist. Weg war er. Direkt ins Kloster. Würde mich nicht wundern, wenn er der Pfarrer am Geierschädel war, von dem Sie, Frau Doktor, erzählt haben. Aber ich will nichts gesagt haben.

– Jetzt hab ich's! Nein, doch nicht.

– Ich!

Obzwar sie immer wieder von längeren Gulch-Monologen unterbrochen wurden, entwickelten sie doch einen irrsinnigen, wahnwitzigen Plan, mit dem sie sicher waren, Alexander zur Besinnung und Dunja aus dem Weg zu bringen.

Alexander stand derweil noch im Designerladen, reckte den Oberkörper zur wunderbaren, stolzen Aphrodite wie eine Eidechse zur Sonne, applaudierte ihr, überlegte, wo er die Sätze *Wohlauf, Kameraden, aufs Pferd, aufs Pferd! Ins Feld, in die Freiheit gezogen! Im Felde, da ist der Mann noch was wert, da wird das Herz noch gewogen …* schon gehört hatte. Es war gar nicht so lange her. Nur wo? Da stand der Bristol-Fahrer an der Tür:

– Sir Alexander?

– Sofort. Sie schicken mir alles ins Bristol, ja? Diesen Mantel nehme ich auch. Auf Wiedersehen. Er steckte einen Schein in Aphrodites Höschen, tätschelte ihren Oberschenkel, küsste sie auf die Wange und schrie plötzlich: Doyle! Natürlich! Doyle hat das zitiert.

– Sie kennen Doyle?

– Ich kannte ihn.

– Jetzt nicht mehr?

– Ich habe ihn abgemurkst, samt seinem Hund, ließ mich hinreißen.

– Abgemurkst? Aphrodite lächelte ihr Verkäuferinnenlächeln, doch darunter grollte es, fanden Erdbeben statt, wich alles Blut aus ihr, kam zurück, warf sie fast um. Sie bebte, ballte ihre Fäuste. Abgemurkst? Unmöglich.

Da hatte sich Alexander längst dem Fahrer mit dem brotfarbenen Bart zugewandt.

– Haben Sie eine Zigarre?

– Montecristo, Ramon Allones …? Der Chauffeur holte ein dunkles Holzkistchen hervor und hielt es Alexander hin.

Im Inneren der Limousine war es wie in einer Raumkapsel für Millionäre, es roch nach Leder, Gold und Edelhölzern. Alexander öffnete eine kleine Bar, griff zum Whiskey, türmte Eiswürfel darauf und sprach zu sich selbst: herrlich! Jetzt hat das Wetter umgeschlagen. Aber was, wenn ich nun doch nicht so ein leerer Mensch bin? Was, wenn ich Gefühle habe? Und Moral? Was tue ich? Bin ich nicht total von Sinnen? Was geschieht hier? Andere würden sagen, dass nichts geschieht, aber ich spür's. Etwas passiert. Wie Kartoffeln durch ein Passiersieb wird alles durchgequetscht, püriert. Ich bin ein sonderbarer vermantschter Kerl. Einmal noch auf die Pauke hauen und dann Abgang. Tschüsske.

Er spürte, wie ihn ein warmes Glücksgefühl durchströmte, wie es ihn hochhob, trug wie einen Schwimmer. Im sanft schnurrenden Auto war es gemütlich, wie es in den Bürotürmen und Einkaufstempeln niemals sein konnte. Das Leben war alles andere als gemütlich. Schuld waren die Moderne, die Kriege, der Zusammenbruch der Monarchie. In den Sechzigern und Siebzigern hatte man mit Waschbeton gebaut, um die Vergangenheit abzuwaschen, sich reinzuwaschen von der Schuld vergangener Zeiten, und heute waren alle Bauten gläsern, durchsichtig, um zu zeigen, dass man nichts mehr zu verbergen hatte. Futuristisch, schön, aber ungemütlich. Es gab keinen Platz mehr zum Verstecken, keinen Platz zum schmutzig sein. Eine Gemütsverschandelung.

Zum Glück war wenigstens das Bristol alter Stil, wo man schon beim Empfang den Duft der großen, reichen Welt spürte. Schwere Holztüren mit silbernen Schlangengriffen, hohe, stuckverzierte Räume, Goldtapeten, dunkelgrüne Läufer, Möbel im Kolonialstil, schwere Luster, die wie Hämorrhoiden von der Decke hingen.

– Was wollen denn die Fotografen? Alexander reckte

das Kinn. Mein Lebtag hab ich Fotografen nicht ausstehen können, als hätte ich's vorausgeahnt! Und da haben wir's.

– Klatschreporter. Sie verstehen. Wenn eine Persönlichkeit wie Sie uns die Ehre gibt, Sir Alexander. Der Portier machte einen Bückling. Zahlen Sie in bar, mit Scheck oder Karte?

– Bar. Alexander schob ihm einen Schein hin. Und jetzt sorgen Sie dafür, dass ich nicht belästigt werde! Nicht von solchen Knipsern.

– Friseur und Visagist warten in der Fürstensuite. Der Mann von der Nationalbank …

– Gut, dann brauche ich zehn Kilo Kaviar und ein paar Kisten Sprudel. Pommery. Außerdem habe ich Lust zu spielen.

– Wir haben einen Spieltisch in der Bar. Oder wünschen Sie ein Casino?

– Ich hätte eher an Roulette gedacht, großes Besteck. Bestellen Sie bei einem Begleitservice sechsunddreißig Mädchen, aber die jüngsten, die allerjüngsten. Und Papiertüten müssen sie mitbringen.

– Mit Vergnügen, lächelte der Empfangschef, der früher als Konzertveranstalter gearbeitet hatte und Extravaganzen gewohnt war.

Er dachte an all die Krokodilsteaks, Straußeneier und Thunfischaugen, die er damals den Musikern bereitstellen hatte müssen, an all die Tricks, mit denen er die dummen, oft stumpfsinnigen Stars überlistet hatte. Derweil zog in Alexanders Rücken eine Front der Zweifel und Flüsterwolken auf.

– Sir Alexander? Wer ist das?, fragten die Fotografen. Sir Alexander? Nie gehört.

– Ein Popstar, Künstler, russischer Geldadel?

– Jedenfalls ein Wichtiger.

– Eine Persönlichkeit!

So einfach war es zu bluffen. Ein Wink mit der dicken Brieftasche und ein großspuriges Auftreten reichten, dass man den aus kleinbürgerlichen Verhältnissen stammenden Arabischübersetzer Alexander Gansebohn für einen Menschen des öffentlichen Lebens hielt. Selbst Friseur und Visagist, die ihn aufpolierten, ließen sich gutgläubig mit einem *Kommen Sie übermorgen, dann machen wir die Rechnung* abspeisen. Beim Gedanken an das große Geld wurden alle leichtsinnig und scheinbar locker. Während sie einem armen Schlucker nicht den geringsten Kredit gewährt hätten, benahmen sie sich gegenüber Millionären so, als ob Geld gar keine Rolle spielte – sie hofften, der Geldmensch würde sich daran ein Beispiel nehmen, ebenso locker mit dem Geld umgehen und ein unerhörtes Trinkgeld geben.

Alexander lächelte. In seinen Augen war ein Hauch von Traurigkeit, doch er blieb stur. Wenn er sich einmal etwas in den Kopf gesetzt hatte, konnte ihn nichts, aber auch gar nichts davon abbringen. Das war schon immer so gewesen. Hatte er sich etwa vorgenommen, fünfzig Längen zu schwimmen, so hätte ihn selbst ein ertrinkendes Kind nicht dazu gebracht, sein Pensum zu unterbrechen. Stur war er an seine Arbeit und an seine Ehe herangegangen, stur hatte er seine Liebschaften betrieben, und stur war er auch jetzt, wo er beschlossen hatte, sich zu amüsieren. Ein Sturschädel.

Die Suite war gigantisch, mindestens viermal so groß wie seine Wohnung und derart vollkommen, dass er sich darin wie Schmutz vorkam. Alles spiegelte und glänzte. Im Salon thronte ein schwarzer Flügel, Tierfelle lagen auf dem Boden, und auch sonst packte einen all der Luxus. Überall volle Obstschüsseln, Pralinen, Blumenkörbe und andere Spenden von der Wirtschaftskammer, den großen Zeitungen und Fernsehanstalten, vom Bürgermeister, den Parteien. Ob diese Präsente ihm persönlich galten? Oder bekam jeder Fürstensuitemieter solche Aufmerksamkeiten?

Alexander ging zum Fenster, sah die pulsierende, von der untergehenden Sonne beleuchtete Stadt und konnte kaum glauben, was sich dank seiner Sturheit in den letzten vierundzwanzig Stunden zugetragen hatte: die Nacht mit Dunja, ihr Schlussmachen, der Laufpass, den sie ihm gegeben hatte. Laufpass? Was für ein Wort. Ob das vom Fußball kam? Ein Pass, der nicht mehr zu erlaufen war, mit dem man ins Verderben lief? Nein, es kam vom Militär, bezeichnete die Entlassungspapiere. Mit dem Laufpass war man wieder frei. Nicht Alexander, der war stur. Ziemlich alischbesti, hätte Marie gesagt. Marie? Auch die war stur, immer noch zwangsverpflichtet in Sachen Dunja. Wie konnte sie das tun? Sich stur das Leben nehmen. Gar nicht kalimusisch.

Ja, in Marie war er einst verliebt gewesen. Stur! Wie hatte es nur so weit kommen können, dass alles zwischen ihnen vergiftet war, sie aufgehört hatten, sich zu lieben, miteinander zu schlafen, sie nur noch telefonierte und Möbel herumschob, von Diät und Kindererziehung sprach, er aber nichts mehr mit ihr zu tun haben wollte, sie verachtete, jede ihrer Berührungen als unangenehm empfand, er Nacht für Nacht nur wartete, dass sie endlich einschlief? *Nimm es nicht persönlich* sagte, und ihr doch den Rücken zuwandte.

Wie hatte es nur so weit kommen können, dass ihre anfänglich so heiße, zugespitzte Liebe konturlos, stumpf und schwammig geworden und schließlich ganz verschliffen war? Waren die Kinder schuld? Hatten die sie wie Keile auseinandergetrieben? Oder waren es die Ansprüche des Alltags? Die Ideale der Gesellschaft? Die Werbebilder? Wer bestimmt die Regeln und den Rhythmus einer Beziehung? Aber war er nicht trotz aller Klippen und Strömungen wie eine Meeresschildkröte zum Laichen stets zu ihr zurückgekehrt? War er zu feig zur Trennung? Wäre er es nicht immer noch? Weil er zu stur war, so etwas nicht in seinen Kopf passte? Sein von den Eltern vorgelebtes Muster ein anderes war?

Und als er so an Marie dachte, war ihm, als würde sie unter seinem Fenster vorbeigehen, sogar die Kinder glaubte er zu sehen. War das möglich? Nein, vollkommen ausgeschlossen! Schließlich waren alle tot, tot, wie es seine Ehe zum Schluss gewesen war, er spürte, wie ihm die Augen feucht wurden, Selbstmitleid hochstieg, seine Wirbelsäule gefror. Arme Kinder! Ob an der Geschichte vom herumirrenden Geist der Toten etwas dran war? Ob die toten Seelen seiner Kinder sahen, wie er sich benahm? Wie stur er immer noch an sich festhielt, nicht zusammenbrach, nicht verzweifelte, nicht trauerte.

Warum hatte er sich um die Toten nicht gekümmert? Zumindest um die Kinder? Warum hatte er nicht die Rettung gerufen, sondern war fortgeeilt? Geflohen zu Dunja. Weil er verkommen war? Ein schrecklich unmoralischer Mensch? Und Dunja? Zeigte sie Verständnis? Wie von Sinnen war sie, wollte benutzt werden, aber Alexander war kein Benutzer; und der Einzige, der es verstand, Benutzung, Durchputzung und Beschmutzung zu verbinden, Doyle nämlich, war erschossen. Wenn Alexander die Erinnerung nicht trog, hatte er außerdem Dunja vergewaltigt, einen Joint geraucht, der ihn aus sich selbst hinauskatapultiert hatte, hinein ins Schlummerland. Als er wieder bei sich war, fand er sich in einem Sarg neben Nastassja Filippowna wieder. Ohne Heidrun wäre er dort krepiert. Dann die geiernden Mönche. Was für ein eigenartiger Stuck war das? Ragten wirklich Eisenstangen aus der Decke, an denen Zeigefinger, Schlange, Geierkopf und Leviathan befestigt waren? Brachen wirklich Gipsbrocken davon ab? Und die Schwarze? War die nicht der Teufel selbst? Das Hotel Kairo mit seinem missmutigen Personal. Der verrückte Turnschuhaufschlitzer. Und nun das. Er sah den aufgehenden Mond über weiß glänzenden Häusern, sinnierte über die Krümmung der Mondsichel, die den Eindruck vermittelte, die Erde sei keine Kugel, sondern eine Zwirnrolle, ja, Zwirnrolle. Veranstaltete der Raum täuschende Krümmungen, die die Erde auf jedem Foto wie einen Knödel aussehen ließen, obwohl sie eine Zwirnrolle war, die all die unsichtbaren Schicksalsfäden aufrollte?

Als er all das dachte und schon glaubte, den Verstand zu verlieren, klopfte es, betraten sechsunddreißig junge Huren und ein öliger Cowboy mit langem schwarzem Haar, Bleistiftbärtchen und einer Zigarette im Mundwinkel die Suite. Das gleiche billige Aftershave wie Moses Eitelbeck.

– Na, glauben Sie an Gott? Was halten Sie von meinen Lieschen?

– Hübsch! Alexander pfiff. Ein persisches Sprichwort fiel ihm ein: Heb nur einen Stein hoch, den du auch werfen kannst. Sechsunddreißig waren etwas viel. Doch er blieb stur und schnalzte mit der Zunge. Vierzehnjähriges Fickfleisch. Große Augen in vollwangigen Gesichtern auf aufgesprungenen, eben erst aus dem Kokon der Pubertät geschlüpf-ten Leibern. Die Mädchen standen hier nicht wie selbstbestimmte, freie Menschen, sondern erinnerten mit ihrem gesenkten Blick an Schlachtvieh vorm Abschuss. Da nützten alle Kajals, Lippenstifte, Haarfärbemittel und Strapse nichts.

– Alles Jungfrauen, ganz Liebenswürdigkeit, Süße, Schönheit, flötete der Bleistiftbart. Sie können sie wie einen Faden durchs Nadelöhr ziehen, aufs Stöckchen setzen, mit ihnen machen, was Sie wollen. Oral, anal, vaginal, animal, banal, von mir aus letal. Was Ihnen Spaß macht, mir egal. Der Cowboy lachte ein stumpfsinniges, brutales Lachen, tippte sich mit dem Zeigefinger an den Hut und sagte, dass er in der Bar warten wolle, drehte sich noch einmal um und zischte *Wehe ihr macht nicht, was verlangt wird* und verschwand. Nach diesem tröstlichen Versprechen hatten sechs, acht Mädchen Tränen in den Augen, sahen bang zu Alexander.

Der stand an der Tür und dachte über dieses Angebot nach. Letal? Der Mensch ist grausam, fängt Skorpione oder Tiger und sieht zu, wie sie sich bekriegen, töten. Früher hat man Menschen in Stadien gesperrt und zugesehen, wie sie sich gegenseitig abschlachteten. Man hat zum Vergnügen Pfählungen, Folterexzessen und Hinrichtungen beigewohnt. Ja, der Mensch ist grausam, ohne Mitgefühl. Aber Umbringen? Sehen, wie jemand um sein Leben winselt? Nein, Alexander hatte Doyle erschossen, Dunjas Flehen gesehen, und es hatte ihm nichts bedeutet. Er verabscheute Gewalt. Im Grunde war er ein Filou, einer, der seinen Rüssel in jede Blüte steckte, daran roch, pflückte, was ihm schmeckte. Aber trotz Dunja und all seinen Affären war er immer noch ausgehungert wie ein Schiffbrüchiger, schlang hinein, was sich ihm bot. Freilich keine Mahlzeiten, sondern Bestätigung, Anerkennung, Sex, weil man so gezeigt bekommt, dass man etwas richtig macht, das Leben einen

Sinn hat. Aber wie können einem andere, die meist selbst missratene, verkrachte Existenzen sind, Lob geben? O ja, sie können! Anerkennung hat etwas mit Liebe und Elternersatz zu tun.

Von den Mädchen verlangte er, dass sie sich auszogen. Asiatinnen, Schwarze, eine Inderin, alles hübsche Dinger, die kicherten, als er ihnen Schampus einschenkte und Kaviar reichte. Ihre milchweißen, kaffeebraunen, schokoladeschwarzen Körper glänzten im weichen Licht.

– So Ladys, Alexander klatschte in die Hände, nun möchte ich, dass ihr euch Kaviar in die Muschi stopft, aber nicht zu knapp. Kaum war das geschehen, begann er, sie zu schlecken. Zumindest einige, die alle ganz hysterisch glucksten. So viel nacktes Fickfleisch, Schamlippen, die wie Speck glänzten, umsäumt von dünnen, strohgelben Flaumstrichen oder von großen schwarzen Eichkätzchenschwanzbuschen – mit Kaviar verschmiert. Straffe wie wabbelige Oberschenkel, glatte Ärsche oder welche mit Orangenhaut, zungenrote Revolverknie, kleine, große Brüste, hängende, birnenförmige, dralle oder winzige – und Gesichter? Verdrückte, verknitterte Säuglinge, Schulmädchen, Bräute, Weiber, Greisinnen. Doch so sehr sich die Mädchen auch mühten, hurisch zu wirken, parfümiert waren und mit tiefer Stimme sprachen, Alexander erinnerte es eher an Geräteturnen in der Schule als an einen Harem oder Gruppensex. Der Geruch von verschwitztem jungem Fleisch und vor allem ihre unbeholfenen, eckigen Bewegungen ließen erkennen, dass es sich um Anfängerinnen handelte, Debütantinnen voller Angst.

Alexander hätte sie fortjagen müssen, aber er war stur. Er wollte etwas haben, womit er prahlen konnte, außerdem gefiel ihm sein Roulette, das er nun erklärte. Zuerst mussten sich alle im Kreis hinsetzen, dann kamen die … Aber wo waren die Papiertüten? Hatte er die nicht geordert?

– Was ist mit den Papiertüten?, brüllte er ins Telefon.

– Sofort, entschuldigte sich ein verschüchterter Rezeptionist.

– Filzstifte brauchen wir auch.

Wenig später klopfte es. Alexander streifte einen seidenen Bademantel über und öffnete.

– Papierstifte und Filztüten, sagte ein nervöser Laufbursche.

– Was?

– Papiertüten und Filzstifte.

– Magst du was Hübsches sehen? Komm herein. Der Bursche bekam Basedowaugen und brachte den Mund vor Staunen nicht mehr zu. Da schaust du, gell? Wenn du dich anstrengst, kannst du dir das eines Tages auch leisten. Und jetzt verschwinde, kleiner Spanner.

– Nun zu Ihnen, meine Damen. Das Roulette geht so: Zuerst bekommt jede eine Papiertüte, schreibt eine Nummer von 1 bis 36 drauf. Du fängst an. Dann zieht ihr die Tüte über den Kopf, steckt durch das Papier den Zeigefinger in den Mund. So, bis es reißt, jetzt diese Löcher vergrößern. So. Bei den Augen könnt ihr ebenfalls Löcher machen. So. Und nun zum Spiel. Wie heißt es, wenn man eine runde Nummer schiebt? Richtig, gutbürgerlich nennt man das. Unser Spiel aber heißt Fellatioroulette, nur spielt man es mit keiner weißen Kugel, sondern mit dem Archetyp des Weißen, Kugeligen, mit Sperma. Die Nummer, bei der es landet, hat gewonnen und bekommt den Haupttreffer, diese kleine Hütte. The winner takes it all. Alexander hielt einen Prospekt mit einem prächtigen Schlosshotel in die Höhe. Ein Raunen ging durch die Runde.

– Ihr dürft aber nichts tun, einmal rein und einmal raus, mehr nicht. Das ist die Crux. Und denkt daran, dass ein besonderes Zungen- oder Lippenspiel nur den Nachkommenden zugute kommt. Es ist so wie beim Doppellitertrinken, der Vorletzte zahlt. Alexander blickte in die Runde nackter Körper. Kniend, mit den nummerierten Tüten auf dem Kopf, den züchtig in den kaviarverschmierten Schoß gelegten Händen und den offenen Mündern erinnerten sie ihn an die Nacktschnecken, die er im Wahn, ein Magengeschwür zu haben, auf Geheiß der hölzernen Paula gegessen hatte. Sanften weißen Schleim sonderten die Tiere ab, ähnlich wie Kleister, ihre Fühler waren eingezogen, unter einer Hautkuppe verborgen. Glitschige Dinger, die er nur mit Mühe hinunterwürgen hatte können.

Auch bei den Tütenschnecken brauchte Alexander Zeit, die er sich gerne nahm. Es ist immer gut, wenn man die Dinge hinauszögern kann, im Alter besonders. Als er bei den höheren Nummern war, hatte er aber zu lange gezögert, meldete sich eine Stimme: So also hältst du dich an deinen Schwur? Oder hast du vergessen, was du in der Michaelergruft in Todesangst geschworen hast? Hast du vergessen, wie sehr du um dein Leben gewinselt? Was du versprochen hast? Alexander war, als hätte eine Kneifzange seine Seele erwischt und anständig hineingezwickt.

– Aber ich mache doch nichts Unrechtes, bin nur dabei, mich zu amüsieren, oder ist es nicht erlaubt, sich mit Nutten zu vergnügen? Heidrun habe ich glücklich gemacht, na ja, wenigstens habe ich's versucht, aber man hat nur eine begrenzte Anzahl von Ejakulationen im Leben. Nicht? Ich war ehrlich bestrebt, Liebe zu verbreiten. Sogar dem Verrückten habe ich Gummistoßdämpfer abgekauft. Gut, vielleicht habe ich die Anker gelichtet und bin auf das Meer hinaus, ohne mich nach dem Wetter zu erkundigen. Ich gebe zu, ich bin eine erbärmliche, sture Marmeladenseele, aber wenn ich dir meine intimsten Gedanken mitteile, das, was ich so bei mir selbst denke, wirst du Erbarmen haben und frohlocken. Wie? Ich handle? Krämerseele? Ich? Entschuldigung, dass ich schachere, mein Gott, aber Handeln ist eine schöne Form, um ins Gespräch zu kommen, Handeln macht Spaß. Hast du nicht selbst gehandelt mit dem Teufel? Steht nicht im Koran … Man muss handeln im Leben. Man darf nicht zeigen, wenn man etwas will, darf nicht zu früh seinen Preis verraten, muss als Interessent die Ware schlechtreden, als Verkäufer umgekehrt, darf keine Skrupel haben. Handeln! Auch mit den Monstern, die man in sich drinnen hat und nur mit Fleischer-, äh, Feilscherei bezwingt. Aber du hast natürlich Recht, bevor ich dir eine Kathedrale baue, wachsen den Hühnern Zähne. Also bitte ich um Hinrichtung. Aber bedenke, auch ich bin nur dein Ebenbild, und was du mir antust …

Ganze viereinhalb Roulette-Runden dauerte dieses Zwiegespräch mit seinem Gott, bis sie ihm bei der Nummer 19 endlich kam – die Macht des Faktischen, die göttliche Erleichterung. Da waren die Tüten dann zerdrückt, eingerissen, sahen ihn alle Mädchen traurig an. Nur die Nummer 19 strahlte und weigerte sich, die Kugel zu schlucken oder ihren Mund zu säubern, lief damit herum, so dass jeder, der es wollte, das Gemisch aus Speichel- und Spermafäden sehen konnte. Alexander fluchte, schickte alle, auch die Nummer 19, zu ihrem Bleistiftbärtchen, vertröstete sie wegen Rechnung und Schlösschen auf die nächsten Tage, wollte jetzt nur Ruhe.

Er war hundemüde, voller Ekel. Es war wie mit den Schnecken, die hatten zwar das vermeintliche Magengeschwür geheilt, ihm aber ein anderes ungutes Gefühl gebracht. War er doch seither überzeugt, sie wären noch lebendig, würden in seinem Inneren eine Schleimspur ziehen, mal hier, mal da zum Vorschein kommen. Auch wenn ihm Ärzte das Gegenteil versicherten, blieb er stur. Die Schnecken waren seine weißen Krokodile. Wie diese Echsen der Großstadtkanalisation, von Leuten, denen sie über die Badewanne hinausgewachsen waren, ins Klo gespült, wo sie nicht starben, von Ratten lebten, ihre Pigmente verloren, mussten auch seine Schnecken farblos sein, durchsichtig wie Gallert. Manchmal konnte er sie spüren, glaubte er, ihre wurstförmigen Knabenpeniskörper, ihre Fühler unter seiner Haut zu sehen.

– Schnecken innen, Schnecken außen. Schnecken! Er duschte, war erstaunt über all die Whirlpooldüsen, betätigte ein paar und spritzte alles voll. Sollte er eine Wechseldusche nehmen? Kurz drehte er auf kalt, fluchte, sprang aus der Wanne und ließ sich ohne Abtrocknen ins Bett fallen. Kaum waren seine Augen zu, erschien eine Festtafel, an der alle sechsunddreißig Mädchen saßen, nur waren sie nicht mehr so jung, sondern gealtert, manche auch behindert, hatten Arm- oder Beinprothesen, Glasaugen, Perücken, Hautkrankheiten, goldene Zähne. Je länger er sie ansah, desto hässlicher wurden sie, ja, sie waren Leichen, verschrumpelte, geschwollene, blau angelaufene Leiber, von denen braune, orange und schwarze Nacktschnecken fraßen. Und dann bemerkte er noch etwas: Alle hatten die Menstruation, nur kam kein rotes Blut, sondern ein Leichensaft-Kaviargemisch aus ihren Scheiden, aus allen ihren Löchern. Es war so grauslich, dass Alexander sofort erwachte und trotz dieser Bilder einen ungeheuren Hunger verspürte.

Hunger. Er griff um sich, umarmte, drückte ihn. Wie lange war er nicht mehr hungrig gewesen? Wann hatte er, der immer ein kräftiges Frühstück und ein verspätetes, aber üppiges Mittagessen eingenommen und dabei prinzipiell, aus Sturheit, einen kleinen Rest übrig gelassen hatte, zuletzt Hunger verspürt? War er nicht zu einem Gewohnheitsesser, einem *Jetzt-ist-es-aber-Zeit*-Esser geworden? Nun spürte er Hunger, wahnsinnigen Hunger. Der Hunger umarmte, drückte ihn. Kein Wunder, hatte er doch außer dem Mösenkaviar und Dunjas trockenem Weihnachtsstollen seit Stunden nichts gegessen.

– Hunger! Aber flotti, rief er in den Telefonhörer. Und wenig später wurden auf allerlei Silbertabletts Suppen, gebratene Wachteln, Fischpasteten, Austern, Schweinshaxen, Pralinen und andere Köstlichkeiten serviert. Dazu eine ganze Batterie erlesener Weine.

Während Alexander alles Mögliche hineinschlang, zappte er durch das Fernsehuniversum, verweilte bei Berichten über die Todesstrafe, Polizeipressekonferenzen und Gefängnisreportagen. Bald würde man auch ihn, den Hochstapler und Mörder, einbuchten. Noch war es aber nicht so weit. Noch konnte er auf die Pauke hauen – und dann Abgang. Tschüsske. In einem Kuvert hatte er eine Einladung des Bürgermeisters entdeckt, der sich die Ehre gab, ihn, Sir Alexander, zu einer Charitygartenparty einzuladen. Und wie Alexander darüber nachgrübelte, sich ausmalte, wie er diese Veranstaltung zu seiner Abschiedsvorstellung umfunktionieren konnte, zu einem großen Paukenschlag, und bereits an seiner Ansprache feilte, sank er in tiefen Schlaf, reiste er neuerlich durchs Schlummerland.

Als er erwachte, dachte er zuerst an Erdbeeren, dann an Erleben, Ererben, später erst formierten sich die Buchstaben zu Erdbeben, aber es war nur die Tür. Jemand klopfte. Ein kleiner Mann mit rotem Gesicht, schwarzem Bartschatten und einer ins Gesicht gedrückten Nase, die aussah wie ein Knopf in einer Polstergarnitur. Darunter plusterte sich ein schwarzer Schnauzer.

– Ja, bitte? Sie sind von der Nationalbank?

– Sind Sie Alexander, Sir Alexander, von dem es in der Zeitung heißt …?

– Zeigen Sie her. Alexander riss dem Mann das Morgenblatt aus der Hand und erkannte sich selbst. *Große Persönlichkeit im Bristol abgestiegen*. Alexander lachte. Wer hätte gedacht, dass er auf den Fußabstreifern seiner Nachbarn landen würde?

– Sind Sie es?

– Natürlich. Alexander nickte. Aber ich weiß nicht, ob ich in der Lage bin, jetzt Geschäfte zu machen.

– Geld? Hier geht es um etwas viel Kostbareres, um Gefühle.

– Das hat Geld so an sich.

– Ich versichere Sie …

– Dann sind Sie nicht von der Nationalbank?

– Keineswegs!

– Was wollen Sie also?

– Der Kampf zweier Männer um eine Frau, sagte der Rotgesichtige, ist wie ein Kampf um einen freien Parkplatz.

– So, wenn Sie meinen?

– Jeder hat die Krankheit, die er verdient. Aber sagen Sie das mal einem Kranken, erst recht einem Liebeskranken. Wenn man krank wird, ändert sich die Perspektive … Man beneidet die Gesunden, denkt nur an seine Krankheit, verkriecht sich in sich selbst. Aber wie ist das, wenn man liebeskrank ist?

– Ich fürchte, ich verstehe nicht.

– Ah ja, ich muss mich vorstellen. Gestatten, Peter. Er fuhr die Hand aus wie die Klinge eines Springmessers.

– Terpe. Alexander ignorierte die Hand, trat einen Schritt zurück.

– Wie? Die Hand hing in der Luft, einsam wie eine Hässliche im Tanzkurs.

– Ein Spiel von meiner Frau. Silbenverdrehen. Toffkarbratel statt Bratkartoffel, time-in, statt intim, matschiphleg statt phlegmatisch, Terpe statt Peter.

– Peter Scherübl, der Ehemann Heidruns. Nun machte er, die Hand immer noch ausgefahren, einen Schritt auf Alexander zu, hielt sie ihm wie ein Stöckchen hin.

– Interessant. Alexander fürchtete den rustikalen Händedruck des Schnauzbartes, verschränkte demonstrativ die Arme vor der Brust, dachte an Sätze, die er von Heidrun über diesen Peter gehört hatte: Lässt keine Gefühle zu, nicht bei sich und nicht bei anderen, will nicht, dass man etwas reflektiert, den Atem, die Stille, das ist für ihn, für Peter Scherübl, alles Blödsinn. Er bügelt alles nieder, mag keine Gefühle, keine Tiefe, umarmt nur mit dem Kopf, nicht mit dem Körper, öffnet nicht die Brust. Peter Scherübl also, ein Hölzerner, ein Mann mit Handschlagqualität, die männliche Version von Paula (die mit dem Schneckentipp). Alexander lächelte. Kommen Sie halt rein. Was trinken? Ich hab noch gar nicht gefrühstückt. Wie spät ist es? Schon Mittag? Alexander sah kleine Akupunkturpflaster an Scherübls Ohr.

– Sie hören mit dem Rauchen auf?

– Wissen Sie … Der Schwarze machte ein angestrengtes Gesicht, seine Nase kauerte sich zusammen wie eine sprungbereite Katze. Ein Landmensch! Ein Besessener! Mit seiner roten Haut, den angeklatschten Haaren, der karierten Hose und den klobigen Schuhen sah er wie ein Bauer aus. Ein Rübenbauer. Ohne Rübe stirbt das Land. Keine Rübe – keine Arbeit. Ein Scherübl. Aber seine Augen! Seine Augen funkelten, sprühten vor Leidenschaft. Ein Wahnsinniger! Wissen Sie, ich bin nur ein einfacher Mann, sagte er gehetzt, aber ich glaube, dass jeder die Monster, die er in sich drinnen hat, bändigen muss. Das ist der Sinn des Exorzismus. Ich glaube nicht an einen Teufel mit Hörnern, Schwanz und Pferdefuß, aber an den Teufel glaube ich sehr wohl. Es ist der unreine Geist, das falsche Denken. Und dieser Teufel ist überall. Die Welt ist voller Versuchungen.

– Bei manchen sind die Monster nicht nur drinnen. Alexander sah diesen Scherübl verächtlich an. Irgendwann wächst den Menschen doch das ins Gesicht, was sie ein Leben lang zu verbergen trachten. Hier war es der Irrsinn. Wie hatte Heidrun nur an den geraten können? Was wollte er?

– Spotten Sie ruhig, aber ich glaube, jeder hat im Leben eine Aufgabe, der er sich stellen muss, zischte es aus seinem Mund. Es ist falsch, sich treiben zu lassen und seinen Gelüsten zu frönen. Man muss sich beherrschen. Aber manche werden nie! Manche werden nie!

– Was werden manche nie? Sie selbst?

– Erwachsen!

– Was wollen Sie damit sagen? Dass ich ein Hochstapler bin? Das weiß ich selbst.

– Sie werden der Gerechtigkeit nicht. Werden Sie nicht. Entgehen.

– Danke für die freundliche Prophezeiung. Was macht Heidrun? Ist sie …? Alexander dachte an das Hotel Kairo, wo er sie zuletzt gesehen hatte – am Fenster stehend, Tränen in den Augen, Brotgeruch. Macht sie noch immer dieses *Gimme five*? Blöde Angewohnheit.

– Macht sie. Macht sie. Frauen haben immer einen Grund, deprimiert zu sein. Sie sagen zwar, es sind die Hormone, aber irgendwas ist immer, zu wenig Liebe, zu wenig Erfolg. Irgendwas immer.

– Wie?

– Ich habe mir Sorgen gemacht gestern und mich gefragt, wo sie, wo sie bleibt. Und wie sie endlich gekommen ist, weit nach Mitternacht, war sie ausgetauscht. Sie hat auch gleich zugegeben, wer die Ursache, wer die Ursache war für die Veränderung, wer das Objekt ihrer Versuchung ist. Sie! Sie sind der Grund für ihr ständiges *Gimme five*. Macht sie. Macht sie. Ich bin nur ein einfacher Mann, aber … Seine Augen sprühten, wie Sichtluken in einem Hochofen sahen sie aus.

– Aber ich liebe sie gar nicht. Ich …

– Das ist mir trotz meiner Einfachheit auch klar geworden, auch klar. Ihnen geht es nur darum zu überprüfen, ob sie noch attraktiv sind. Geht es nur darum. Aber wollte sie davon was hören? Nichts! Macht sie. Macht sie. Je offensichtlicher es wurde, desto verzweifelter wurde sie, schrie: Hör auf! Hör auf! Aber wie hätte ich aufhören können? Wie? Ich bin nur ein einfacher Mann, zu durchtriebenen, hinterlistigen Spielen nicht fähig. Das Wort Intrige kann ich nicht mal aussprechen. Konnte ich meinen einzigen Trumpf aus der Hand geben? Ich konnte nicht. Also flüsterte ich immer wieder: Er liebt dich nicht, er liebt dich nicht. Nicht so wie ich.

– Bravo, sehr gut! Alexander hielt die Hand hoch und wollte *Gimme five* rufen, überlegte es sich aber wieder anders.

– Es war ein Kampf wie der zweier Geschwister um die Liebe ihrer Eltern, etwas Verzweifeltes, Existentielles. Ich habe sie geschnappt und gesagt, dass das die Wahrheit ist, weil ich sie liebe, leidenschaftlich, scherüblisch, petrisch, weil sie nie wieder so geliebt werden wird wie von mir. Er lachte. Es war das Lachen eines Verrückten, eines Durchdrehenden – wie ein Wagen war er, dessen Räder nicht mehr griffen, durchdrehten, weil ihm der Boden entzogen war, gab er verzweifelt Gas. Umsonst. Ich habe sie geschüttelt, weil ich aus ihr diese andere, diese falsche, diese teuflische Liebe herausschütteln wollte, und ich habe sie, meine kleine Heidrun, gegen die Wand gepresst, gepresst wie einen Stempel in sein Kissen, um diese andere, diese Teufelsliebe aus ihr herauszupressen, aber aus Liebe, weil ich nicht ertragen konnte, dass sie so etwas, so eine Fremdliebe, in sich drin behält, und ich habe nein geschrien, nein, Heidrun, du liebst ihn nicht, nein, das ist nicht wahr. Nein! Er liebt dich nicht, hat sich nur in dir eingenistet wie ein Teufel in einem schwachen Körper.

Oder wie ein Brief in einem hohlen Puppenkopf, dachte Alexander, wagte es aber nicht, den Rasenden, der nun immer lauter und heftiger sprach, zu unterbrechen.

– Ich bin nur ein einfacher Mann, einfacher, aber ich liebe dich, ich liebe dich, wie Gott all seine Menschen liebt. Unendlich. Und ich habe sie in meiner Einfachheit gerüttelt und geschüttelt wie im Kinderlied. Was sollte ich sonst tun? Rüttelt sich, schüttelt sich, wirft die Schlechten hinter sich. Ich bin zur Hinterlist nicht fähig, nur zur Austreibung, zur Herauslockung des Bösen, Schlechten, Teuflischen. Also habe ich sie wie ein Exorzist so lange geschüttelt und gerüttelt, bis alles aus ihr draußen war. Rüttelt sich, schüttelt sich, wirft die Schlechten hinter sich. Bis sie von dieser Fremdliebe nichts mehr sagen konnte. Ich habe meine Gefühle nie gut ausdrücken können, war immer einfach, still und stumm, aber wie ich sie so gegen die Wand geschlagen habe, rüttelt sich, schüttelt sich, wirft die Schlechten hinter sich, und ihr zartes blondes Köpfchen in einer exquisiten Schlichtheit begonnen hat zu bluten, wie sie plötzlich ein purpurrotes Mäntelchen umhatte, eine Blutkrause, und mit weit aufgerissenen Augen, einen versiegten Schrei auf ihren blau angelaufenen Lippen, vor mir lag, wie meine geliebte, meine einzig geliebte Heidrun auf einmal nicht mehr zerbrechlich und orientierungslos war, weil sie am Ziel angekommen war, in der teufellosen Zone, weil sie geruhte, ewig zu ruhen, macht sie, macht sie, war auch ich plötzlich kein plumpes Männlein mehr im Walde mit einer hölzernen, verharzten Sprache, konnte ich auf einmal formulieren. Ganze Sätze. Scherübl lächelte, hielt die Hand hoch. Gimme five. Gimme five.

– Sie! Sie haben sie umgebracht? Heidrun? Die göttliche Himmelsziege? Abgemurkst!

– Das, das haben Sie gesagt.

– Ist sie tot?

– Es fiel ihr immer schwer, hallo zu sagen, aber noch schwieriger war für sie auf Wiedersehen. Hat sie, hat sie.

– Ob sie tot ist, habe ich Sie gefragt, Sie Wahnsinniger, Sie von allen guten Geistern Verlassener.

– Sie hat gesagt, ich mag dich noch, aber ich mag nicht mehr mit dir schlafen. Hat sie. Hat sie. Das war eine Ungeheuerlichkeit, eine ausgewachsene Beleidigung – für brave Eheleute unzumutbar. Sie war die große Liebe meines Lebens, und dann so etwas. So eine Teufelei. Meine Heidrun. Wenn man sie ansah, kam man sich selbst wie Schmutz vor. Also habe ich ihr five gegeben, fünfe gerade sein lassen.

– Fünf? Einen haben sie ihr gegeben. Alexander zeigte den Fuck-Finger, machte eine abfällige Geste, ging zum Fenster. Draußen setzte plötzlich heftiger Regen ein, es war, als würde Heidrun Morsezeichen senden: Gimme five, Gimme five. Schwere Tropfen trommelten aufs Fensterbrett, ein Wassergeäder bildete sich auf dem Glas, sah aus wie ein Blutgefäßgeäst. Auch Peter rannen Tränen übers Gesicht. Sein wirrer Blick war voller Narben. Noch röter und noch knopfiger erschien jetzt seine Nase, so als wäre sie an einem Strick befestigt, der durch den ganzen Scherüblkörper direkt an sein Arschloch reichte, irgendwo im Bauch gewickelt wurde.

– Sie hatte immer eine Gänsehaut, und einschlafen konnte sie nur mit einer blauen Schlafbrille von Air France. Sie war zerbrechlich, zart. War sie. War sie.

– Und was wollen Sie von mir?

– Was haben Sie, was ich nicht habe? Sind Sie gut im Bett? Ich bin nur ein einfacher Mann, aber ich muss, ich muss es wissen. Stimmt das, was in der Zeitung steht? Das phallische Prinzip?

– Was?

– Das Penisdenken! Die ganzen Verleumdungen. Sind Sie ein Skorpionmensch? Einer, der mit dem Schwanz überm Kopf herumläuft? Sind Sie? Sind Sie?

– Ich weiß nicht, was Sie meinen. Wie ich mit ihr geschlafen habe, hat sie dauernd *Peter, Peter* geschrien. *Ach Peter.* Alexander hauchte die Fensterscheibe an, zeichnete ein Gesicht in den Beschlag. Er spürte die Luft, fühlte, wie sich die Zwischenräume ausfüllten, alles verdickte, Gelatine wurde. Oder Schnecken?

– Hat sie? Hat sie? Ist nicht wahr. Das sagen Sie nur, um mich zu besänftigen. Sagen Sie. Das sagen Sie, um Ihre Haut zu retten, damit ich Sie nicht auch erschlage und aufschlitz, wie ich die Heidrun aufgeschlitzt hab.

Alexander sah ein großes Küchenmesser in Peters Hand, dachte an Heidrun, ihr blödes kariertes Kostüm, ihre Magenringe, ihr Gimme five, die Beharrlichkeit, mit der sie ihm nachgestiegen war, da war sie stur wie er gewesen, wie alle Liebesidioten, und dass es wirklich ein schöner Schachzug des Schicksals wäre, wenn er ausgerechnet für diese Heidrun, die ihm immer gleichgültig gewesen war und mit der er nur aus Barmherzigkeit geschlafen hatte, und auch das nicht richtig, wenn er ausgerechnet für diese Heidrun mit seinem Leben zahlen müsste. Das käme teuer.

Und wie es so in ihm herumwurmisierte, er in Ermangelung von Schnürsenkeln das rechte Bein auf den Heizkörper stellte, um mit seinen Zehen zu spielen und dabei erst das blitzende Küchenmesser beäugte, dann die Knopfnase über dem Schnauzer, in der dieser Verrückte kulminierte wie andere in einer Warze oder einem Bärtchen, klingelte das Telefon. Es schrillte wie verrückt. Alexander wurde losgerissen, hingezogen – also hob er ab. Er hörte erst die Stimme des Rezeptionisten und dann eine warme, feuchte Stimme: Dunja. Dunja!

Alles in ihm bimmelte, schrillte, explodierte. Dunja! Er fühlte sein Herz rasen, es zitterten die Knie, und in seinem Kopf stach es, als ob er etwas zu Kaltes getrunken hätte. Dunja! Alles in ihm floss, ging unter. Die gestockte Luft zerfiel. Scherübl und sein Messer waren wie weggespült. Dunja! Und sofort war klar, sie war der Pflock, an dem er angekettet war, um den er seine Runden laufen musste. Dunja? Sie war sein Teufel.

– Was willst du? Hast du mich nicht in einen Sarg gesperrt? Bist du enttäuscht, dass ich wieder heraußen bin. Damit hast du nicht gerechnet. Ja, da kennst du deinen Alexander schlecht. Er bemühte sich, cool zu bleiben, obwohl er seine Eier schon beim Gaumen spürte, seine Kehle trockengelegt war, alles in ihm zitterte.

– Können wir uns treffen?

– Nein. Auf keinen Fall. Ich habe mit dir abgeschlossen, bitter bist du mir geworden. Treffen? Sicher nicht! ... Also ... Nur wenn es unbedingt sein muss. Wo denn? Wann?

– Im Prater bei der Geisterbahn. Sofort.

– Sofort? Unmöglich ... Das heißt .... Warte ... Ich komme. Ich eile.

Und ehe Peter Scherübl in seiner Einfachheit den Schwall dieser hereinbrechenden Ereignisse begreifen, ihm sein langes Küchenmesser entgegenstemmen konnte, war Alexander auch schon angezogen und davongerannt. Nicht einmal Zeit zum Schnürsenkelbinden hatte er gehabt.

5. Fußwaschung

Alexanders Leidenschaft überstieg nun alle Grenzen, er grinste übers ganze Gesicht, schwelgte in der Vorstellung, der Göttin seines Herzens, seiner Heimsuchung, wieder zu begegnen. Er jubilierte, kaum auszuhalten war's. Blind, wie einen nur die Liebe machen kann, irrte er herum, ließ sich den schwächer gewordenen Regen auf den Kopf nieseln und war sicher, die dritte große Liebesgeschichte des Abendlandes zu erleben: Romeo und Julia, Tristan und

Isolde und jetzt Alexander und Dunja; na ja, das klang zwar nicht so schön, hörte sich nach einem französischen Romanschriftsteller an, und dennoch war er überzeugt, der glücklichsten, vollkommensten Stunde seines Lebens entgegenzueilen. Warum sonst hätte Dunja ihn bestellt? Doch nur, um ein neues Leben mit ihm anzufangen, doch nur, weil ihrer Vernunft die Argumente ausgegangen waren, weil sie nun den Schnabel halten musste, sich die Leidenschaft erholen hatte können, eine zweite Luft bekommen hatte, der dummen Vernunft eine verpasste, ihr das Maul stopfte, das Gespräch in Dunja an sich riss, einen feurigen Monolog der Leidenschaft vom Zaun brach, einen herzzerreißenden Diskurs, in dem die Liebe etwas ganz Kostbares war, ein unwahrscheinliches Glück, weil einem beim Geliebten das Herz aufging, alles in einem jubilierte, juchzte, weil Alexander ihr Geliebter war, Dunja ihn mit Wimpernschlägen berühren musste, um ihm nach diesen Schmetterlingsküssen ihre Liebe zu gestehen, ewiges Beisammensein zu erflehen.

Wie hatte sie einmal gesagt? Männer unterscheiden, sagen: Ich liebe dich geistig, oder: Ich liebe deinen Körper. Es ist schön, mit dir zu sprechen, oder: Lass uns ficken. Für Frauen gibt's das nicht, Frauen lieben ganz und gar – mit Hirn und Haut, mit Geist und Fleisch. Frauen lieben alles. Aus Frauensicht ist die männliche Lochfixiertheit nicht zu verstehen. In der männlichen, lochfixierten Gesellschaft aber muss der Körper leiden, weil er nicht so wichtig ist, reduziert wird auf ein Loch und einen Stöpsel, die nicht so wertvoll wie das Denken sind, weil in der Welt der gestopften Löcher nur die Vernunft zu Wort kommt, nie die Leidenschaft. Fleisch denkt nicht, hatte sie gesagt. Und dass es nicht mehr lange dauere, bis eine neue, eine weibliche Zeit kommen würde, eine Zeit, in der die Vernunft und die Leidenschaft gleichberechtigt beisammenstünden und nicht immerfort ums Wort stritten.

Alexander war's egal, weibliche, männliche Zeit, Hauptsache Dunja, für ihn stand alles still, er war in der Verliebtheitsfalle, sein Denken setzte aus. Obwohl er wusste, dass die beste, die erträglichste Art des Verliebtseins war, nicht verliebt zu sein, weil man sonst abhängig, ausgeliefert war, in jedem Machtkampf unterlag, obwohl ihm sein Denken zuredete, sich nur so weit zu verlieben, dass ein genügend Maß an Nichtverliebtheit in ihm blieb, schnappte er über, schüttete sich aus, war so aufgeregt, so sehr auf Seiten der Leidenschaft, dass die Vernunft nicht mehr zu Wort kam. Angekettet wie ein Hund war er, ein kläffender Köter, der sich nicht rühren, nur nach Dunja schnappen konnte.

Warum fließen alle Flüsse nach Osten? Warum sind Liebende blind? Warum ist der Himmel blau? Alexander rannte vorbei an Autos voller Blütenstaub, durch eine Reisegruppe namens *Die vazierenden Jungfrauen*, vorbei an raufenden Bettlerkindern, die ihn an seine eigenen Pausenraufereien mit dem dicken Faxe erinnerten, an Würgen, Mickymaus und Glühohren, weiter, vorbei an einigen Bayern, aus deren Hemden das Bauchfett und aus deren Mündern das Sprachfett quoll. Sie unterhielten sich über den Streik der Müllabfuhr. Alexander schnappte Wörter wie *greislich* und *scheißlich* auf. Weiter. Vorbei an einem Punk, dem die Tannenzapfen einer Schwarzwälder Kuckucksuhr aus den Nasenlöchern hingen, ein Vogel war ihm auf die Stirn tätowiert. Weiter. Mitten durch einen Schwarm von Mücken, die herumschwirrten, als hätten sie dringende Geschäfte zu erledigen – hatten sie auch, die der Arterhaltung. Weiter. Vorbei an einem Fenster, aus dem Klavierspiel kam.

Etwas Gehetztes, ein Galopp. Weiter. Hinein in einen Supermarkt, er kaufte Champagner, den teuersten, raste in den Wiener Wurstelprater, den großen Vergnügungspark der Stadt, hatte vor, ihr dort seine Liebe zu gestehen, Dunja um die ihre anzuflehen. Er wollte vor ihr niederknien, ihre Waden küssen und sagen: Ich bin nur ein unbedeutender Gansebohn, kalt, stur und eitel. Das Leben, diese Schule der Verstellung, hat mich gelehrt, meine Gefühle zu verbergen. Ein kaltes Herz habe ich, aber du, Dunja, du verwandelst mich, du machst mich offen, gütig, treibst mich an. Seit du mich heimgesucht hast, lebe ich, lebe ich nur für dich, nur für dich … Nein, das war nicht gut. Vielleicht sollte er so beginnen: Keiner kann in dich hineinschauen. Keiner weiß, wie es in deinem Herzen ist. Ich aber … Nein, auch nichts. Du hast mir die glücklichsten Stunden meines Lebens geschenkt. Du bist das Schönste, was mir je passiert ist. Ich habe das Gefühl, dir ganz nahe zu sein … Blödsinn. Vielleicht: Du hast gesagt, es ist aus, und ich habe versucht, dich wie einen Schmetterling aufzuspießen und in meinen Setzkasten der Verflossenen zu stecken, aber so einfach geht das nicht, du zappelst noch. Unsere Liebe ist etwas ungeheuer Starkes, diese innige Vertrautheit, diese Nähe … wir sind füreinander geschaffen …

So raste er vorbei an der Hochschaubahn, dem Autodrom, der Todesschaukel, dem Riesenrad, wand sich zwischen Regenschirmen, die nun zugeklappt wurden, zwischen nassen, durchsichtigen Regenpelerinen, sah zum Himmel, wo die Sonne durchstach, sich alle Mythologie des Weltenendes abspielte, große Wolkenformationen, sah mit rosa Zuckerwatte verklebte Kindermünder, reiche Araber, die wegen des Regens nach Wien kamen, und wusste, dass seine Liebesgeschichte nicht in der Nacht spielen und nicht im Tode enden würde. Er würde Glück haben, ein Happy End erleben. Er war in den Zaubertrank gefallen, bei ihm endete alles gut. Da war er stur. Sie, wenn sie nur wollte, konnte die Erschießung Doyles als Unfall darstellen, sie, wenn sie nur wollte, konnte alles gut werden lassen. Und sie wollte. Ja, sie wollte. Ihre Leidenschaft hatte der Vernunft das Maul gestopft. Sie war eingesperrt gewesen in einer tiefen Gruft, benebelt, vom Schlummer umwölkt, doch sie konnte sich befreien, die Oberhand gewinnen. Jetzt war sie da, jetzt wollte sie.

Ein Kinderkarussell, daneben war die Geisterbahn. Er sah ein lächerliches, sensenschwingendes Plastikskelett, in dem grüne Augen funkelten. Läppische Monster streckten ihre Zunge raus, versuchten ihn zu schrecken, Totenköpfe lachten, Fledermäuse kreischten ein *Huhu,* und ein Schmieriger mit weiß geschminktem Gesicht und viel Pomade im Haar verkündete: Kommen Sie, meine Hin- und Herrschaften, hier lernen Sie das Fürchten, hier gefriert Ihnen das Blut, hier werden Sie lahm vor Schreck. Immer nur hereinspaziert, ins kalte Reich des Grauens und der Finsternis, wo der Grusel keine Grenzen hat und keine Gnade kennt. Immer nur hereinspaziert. Immer nur ... Aber keine Dunja. Alexander blickte um sich, sah sie nicht, verzweifelte. Sie? Sie hatte ihn versetzt? Betrogen? Sie ... Nein! Da. Da war sie. Dem Falafelstand gegenüber, er sah, wie sie in eine frittierte Kugel biss. Ihr Gesicht glänzte wie Schokoladeglasur, sie strahlte, gefiel sich selbst, fühlte sich jung. Das war die Leidenschaft. Sie lachte unverschämt. Oder sollte sie Liebeskugeln in sich haben? Neben ihren Ausflügen ins tantrayogische Federspiel hatte sie auch einen Kurs in feministischem Heimwerken belegt. *GAR – Garantiert entspannte Stunden für die gestresste Frau.* Wo ihr gezeigt worden war, wie man aus Kugelschreiber, Noppenfolie und Kondomen Dildos bastelte, aber auch die Herstellung von Vibratoren und Liebeskugeln wurde da gelehrt. Das brauchte sie jetzt alles nicht mehr, jetzt hatte sie ihn, der hergeeilt war, all ihre Löcher zu stopfen, ihn, der stur war, sie nicht zur Verflossenen werden ließ, ihn, der gewartet, bis der Wind wieder gedreht hatte, ihn, der sich seinen Weg gebahnt hatte, ihn, der sie liebte.

– Dunja! Dunja! Hallo! Alexander winkte. Aber warum lief sie nicht her? Nur um ihn zu quälen! Er sah ihre braunen Augen, den kauenden Mund, sah, wie ein Stück Salat aus dem Falafelsandwich fiel, ihr rundes Kinn streifte, im Ausschnitt ihres gepunkteten Kleides landete, über den weißen Saum hüpfte und wie ein Paragleiter vorbei an ihren festen Schenkeln sacht zu Boden segelte, um endlich auf dem weißen Kies neben ihren mintgrünen Sandalen zu landen. Er kannte diese Schuhe, wusste, dass sie solche auch in Schwarz und Rot hatte, weil sie Dinge, die ihr gefielen, immer mehrfach kaufte. Ob ihre Fußnägel noch schwarz lackiert waren? Er war zu weit weg, das zu erkennen. Aber warum lief sie nicht her? Um ihn zu quälen! Er sah bunte Buchstaben auf dem umgebauten Wohnwagen: Falafel-King! Eine rot-weiß-rote Fahne. Grelle Getränkedosen in der Auslage, Aluschüsseln mit verschiedenen Zutaten, den Falafel-King persönlich, der ein Gesicht machte wie einer, der um zwei Uhr morgens aufstehen muss, ein Gesicht, als würde die ganze Welt ihn ankotzen, nicht einmal die Zigarette, die er sich anzündete, schien ihn zu erwärmen, und Alexander sah seine Kunden, Alkoholiker, Touristen, sah die Schiefertafeln mit den Preisen, blieb bei *HAUSCAFE + TORTE 5,00 €* hängen, dachte, wie er früher als Interventionist daraus ein *HAUSCAFF – TUNTE 500 €* gemacht hätte, aber das war lange her, zu einer Zeit, als er Postkarten mit toten Fliegen und der Grußformel *Dein Jagdfreund* verschickte, Verkehrszeichen manipulierte, Hinweistafeln versetzte oder angebundene Hunde, Kanaldeckel entwendete, Speisekarten veränderte und auch sonst allerlei Eingriffe tätigte.

Den internationalen Interventionismus wollte er damals begründen, mit ihm als Präsident und Marie als Vizepräsidentin. In dieser Zeit war er so arm, dass er ständig Zucker, Salzstreuer, Klopapier und alles andere nicht Niet- und Nagelfeste mitgehen lassen musste. Mittlerweile war aus allen seinen damaligen Mitstreitern, aus dem ganzen internationalen Interventionismus, nichts geworden. Alle waren sie hängen geblieben, hatten Kinder, waren geschieden, Alkoholiker. Und er? Er blickte zu Dunja. Warum lief sie nicht her? Nur um ihn zu quälen! Und was machte dieser Sandwichmann, der ihm mit seinen Werbetafeln die Sicht verstellte. Was fiel dem ein? Wie kam der dazu, zwischen ihn und seine Dunja zu treten? Alexander hörte Vögel schreien, den Schmierigen rufen: Kommen Sie, meine Hin- und Herrschaften, hier lernen Sie das Fürchten, hier gefriert Ihnen das Blut, hier werden Sie lahm vor Schreck, ... Fühlte geschwängerte Wolken, wurde von der Sonne geblendet, sah einen schreienden Jungen, der direkt auf den Falafel-King zulief, seine billigen Turnschuhe, ein grünes Stirnband, grün wie das zu den mintgrünen Sandalen gesegelte Salatblatt, hassentstelltes Gesicht, ein Kindergesicht, ohne Zuckerwatte, zu alt zum Greinen. Ein Läufer? Warum Jogger immer so verbissen dreinsahen, nie lachten? Wichser! Alexander fühlte ein Zittern in der Luft. Oder war es in ihm selbst? Eine Schwärze, düster wie die geheimsten Sünden des Papstes, roch grünen, süßlichen Schweiß, übertrug das

Wort Wichser vom schreienden Jungen auf den Falafel-King, auf die Touristen, Alkoholiker, Eltern, Araber, Juden, Christen, ahnte, dass alle nur lebten, um zu wichsen, um Bilder abzuspeichern, zu denen sie dann wichsen konnten, Wichsergesellschaft, wo sich alle selbst betrogen, alle bis auf ihn und Dunja – das dritte große Liebespaar des Abendlandes.

Aber warum sah sie denn so komisch drein? Nur um ihn zu quälen! So wie damals, als sie sich wochenlang nicht gesehen hatten, er vor Lust beinahe explodierte, sie aber meinte, dass es nicht ginge, Menstruation. Worauf er sich auf die Brust klopfte und sagte, dass er Österreicher sei, wo schon die Fahne ein Menstruationsfick-Leintuch war, angeblich so zustande gekommen, dass der gute Kaiser Leopold V., der Tugendhafte, was nur ironisch gemeint sein kann, mit zwei menstruierenden Geliebten schlief, eine oben, eine unten, und nachher stolz sein Leintuch zeigte: rot-weiß-rot – mir graust vor nichts. Lang lebe Österreich! Später sagte man, es sei Sarazenenblut gewesen, Blut seiner Feinde, vergossen beim dritten Kreuzzug im heiligen Land, doch das war kompletter Unsinn und passte gar nicht zu den fried- und blutwurstliebenden, sanguephilen Österreichern.

Aber warum schaute Dunja so? Hatte die Vernunft, diese ordinäre Kuh, sich zurückgemeldet? Er sah die Farbe beim Falafel-King: rot-weiß-rot, hörte den Pomadigen: Kommen Sie, meine Hin- und Herrschaften, hier lernen Sie das Fürchten, hier gefriert Ihnen das Blut, hier werden Sie lahm vor Schreck. Immer nur hereinspaziert, … Alle Liebesgeständnisse fielen ihm ein, gerieten durcheinander, da plötzlich, ein Schrei, er sah den Wichserkopf. Warum nur alle Jogger so ernste Gesichter machten? Rot-weiß-rot.

Und plötzlich brach ein Rums heraus, RRRRTZRTRZR-TRR-UUUUMMUUMU-MMAAMMAAMAMMAMMM-STSSTTTSSSSTSTSSSTSSSS, ein ungeheurer Knall, der über das Land herfiel wie eine jähe Übelkeit. Ein greller Blitz! ZZZZZZ! Und alles kam jetzt hoch, alle Falafel, alles Regelblut, alle Leidenschaft, plötzlich waren Menschen wie Erbrochenes, hässlich, zerstückelt, verdaut. Rot-weiß-rot. Plötzlich waren alle Liebesgeständnisse böse, hasstriefende Tiraden. Näher Herrschaften! Kommen Sie! Es war, als wäre Gott aus einer postmasturbatorischen Traurigkeit heraus mit einem großen Stabmixer in die Szene gefahren, alles zu pürieren, die ganze Wichserlandschaft, Vernunft und Geisterbahn und Regelblut und Leidenschaft zu verquirlen. Schuhe, Hautfetzen, Bretter, Kleidungsstücke, Haarbüschel, Fladenbrote, Finger, Plastikbecher, Innereien, Essiggurkerln, Holzplanken, Handtaschen, die rot-weiß-rote Fahne, alles wirbelte herum, vermischte sich mit allem. Wie große Klötze fielen die Hundertstelsekunden von der Decke des Weltgebäudes. Alles erstarrte, verharrte, härtete aus, gefror.

Als Alexander wieder zu sich kam, sah er zuerst das Kinderkarussell, das sich noch immer drehte. Auf und nieder gingen die Pferde, Drachen und Flugzeuge, die Leierkastenmusik spielte unentwegt, und auch die Kinder saßen noch darin und machten große Augen. Manchem steckte ein Schrei im Hals, anderen liefen Tränen über das Gesicht. Alle sahen in die Mitte, wo ein abgerissener, stark behaarter Arm lag, der eine Geldbörse umklammerte. Alexander drehte sich weg. Er stand inmitten einer großen Unappetitlichkeit, rot-weiß-rot lagen Leichenteile, Haut- und Kleidungsfetzen um ihn herum. Instinktiv begriff er, dass er vom Tod nur durch eine dünne Membran getrennt gewesen war, dass er es dem Sandwichmann, den er eben erst verflucht, zu verdanken hatte, dass er noch lebte, zumindest äußerlich unversehrt. *Circus Krone* stand auf den Blechtafeln, ihr Träger hing darin wie eingeschlafen, tot. Alexander suchte Dunja, fand ihre hübschen Beine in den mintgrünen Sandalen, die sie auch in Rot und Schwarz hatte, ihre aufgeschlagenen Knie, Blutschorf, den er als Kind gegessen hatte, Knochen, die wie Pfähle aus einem See ragten, aber kein Steg, kein Körper, der war weggerissen. Dunja?! Schreie hingen in der Luft. Alexander sah den mürrischen Falafel-King, der aus seinem Wagen herausgeschleudert worden war, tot auf dem weißen Kies lag, aber wie durch ein Wunder immer noch die Zigarette zwischen den Lippen hatte, lächelte.

Der Himmel hielt den Atem an, blaue Farbe lief ihm ins Gesicht. Das Kinderkarussell spielte Hmmtata, und Alexander wusste, dass das eine ungeheure Intervention, kein Unfall, sondern eine Großtat der neuen Interventionisten war. Ein Selbstmordattentäter. Oberwichser! Aber warum? Wo war der Sinn? Wozu? Jetzt sah er Dunja, oder das, was von ihr übrig war. Sie lag regungslos da, mit einem seltsam zufriedenen Ausdruck im Gesicht, blutete nicht, hatte keine Schrammen, nur das Haar war angesengt. Hätten die Beine nicht gefehlt, man hätte denken können, sie sei unverletzt. Alexander stürzte zu ihr, hob sie hoch, schüttelte sie und flehte:

– Bitte, Dunja, bleib. Verlass mich nicht. Er wollte sie küssen. Seine Lippen wurden von den ihren magnetisch angezogen. Er küsste sie, bohrte seine Zunge in ihren verschlossenen Mund, schmeckte etwas Kaltes, Schneckisches. Dunja! Dunja! Warum sagst du nichts? Nur um mich zu quälen. Sag doch was. Mach dein angewidertes Gesicht, sag, dass du heute nicht mehr mit mir Liebe machen willst, weil du deine Tage hast, sag, dass ich stur bin, aber ich liebe dich. Ich liebe dich, aber ich warne dich, wenn du jetzt Schluss machst, muss ich eine Strategie entwickeln, um dich nicht zu hassen. Dunja!? Es kann nicht einfach in Freundschaft übergehen, das ist zu sehr mit Schmerzen verbunden. Dunja. Ich will deinen Atem spüren, ich, ich liebe es, wenn dein Haar nach Jojoba riecht. Sei nicht so stur. Dunja. Quittchen. Ich. Sag etwas. Sag, dass nur wir beide von unserer Liebe wissen, niemand sie verwässert. Sag, dass wir den Spiegel des anderen brauchen, unsere Liebe eine Zukunft hat. Um Himmels willen sprich, sag, wie sehr du Doyle liebst, diesen Dolm, und von mir aus seinen Hund, sag, wie sehr dir seine Kehlen-Vivisektion gefällt, aber bitte sprich, erzähl mir von GAR – Garantiert entspannte Stunden für die Frau, erzähl mir von den Briefen, die du deiner Mutter auf den Kopfpolster gelegt hast. Plappere von deiner Leidenschaft, deiner Vernunft. Dunja! Sprich! Erzähl von deiner Angst vorm Alter. Ich verlange nichts von dir, doch drück mich. Drück mich! Sie aber rührte sich nicht mehr.

Minuten, Stunden, Tage oder Jahre mochten so vergangen sein, bis Sirenen die Stille zerteilten, bis es zuging wie in einem zerstörten Ameisenhaufen, wirre Sanitäter mit Bahren herumliefen, Leichenteile einsammelten, Polizisten mit Absperrbändern alles abriegelten. Irgendjemand legte Alexander die Hand auf die Schulter, fragte, ob er mit der Toten verwandt, verheiratet oder verschwägert sei, hievte ihn hoch. Als er dies verneint und etwas von Heimsuchung gemurmelt hatte, bugsierte ihn dieser unsanft auf die andere Seite der Absperrung.

– Vorschrift!

– Aber ich liebe sie, brüllte Alexander. Liebe! Einen Heiratsantrag muss ich ihr machen! Ich will, weil es nicht sein kann, dass die Leidenschaft so siegt, mich besiegt. Wo bleibt da die Vernunft? Aber niemand beachtete ihn. Niemand. So stand er da und hasste, hasste die Lichter der Einsatzfahrzeuge, die sich im nassen Asphalt spiegelten, hasste die Männer in den Schutzanzügen, die Leichenteile sammelten, Fleischfetzen in Plastiktüten steckten, hasste die Kamerateams, die ihre Reporter in die Katastrophe stellten, hasste die Regieassistenten, welche Schilder hochhielten, auf denen Anweisungen wie *Betroffenheitsgesicht* oder *Bulldoggenface* standen, hasste die Feuerwehrleute, die mit der Reinigung begannen, alles abspritzten, hasste Wörter, Farben, Tiere, alles: mintgrüne Sandalen, Salatblätter, rotweiß-rote Fahnen, das Kinderkarussell, Kinder, Falafel, … Am meisten aber hasste er Gefühle, weil sie ihn beherrschten. Also hasste er sogar den Hass, von dem er doch so voll war. Da bemerkte er ein Blatt mit arabischen Schriftzeichen, ein Bekennerschreiben. Er setzte sich auf eine Parkbank, öffnete den verhassten Champagner, den er die ganze Zeit über in der Hand gehalten hatte, prostete sich zynisch selber zu, las das Bekennerschreiben, weinte und war bald von einem neuen Sinn erfüllt. Bestrich ihn mit Schokolade, machte Schaumrollen daraus, drehte ihn, biss hinein, ließ ihn über seine Zunge gleiten, tastete ihn ab, fand Geschmack daran und schluckte ihn hinunter. Nun wusste er, was zu tun war: Terrorist werden.

6. Geisterstunde

Hat sich ein Plan erst einmal festgesetzt, ist er ins Denken eingeschlagen wie ein Nagel in der Wand, muss geprüft werden, ob er was hält. Also waren auch Marie und die Gulch – ohne Heidrun, die sich nicht mehr gemeldet hatte – losgezogen, ihren Ehemannrückgewinnungsplan zu erproben. Obwohl ihre Herzen entsetzlich klopften, waren sie ohne Schwierigkeiten ins Bristol eingedrungen.

– Auf nichts kann man sich verlassen. Alles muss man selber machen. Ich hätte gedacht, gewisse Leute besäßen Verstand genug, um ihre Kunden vor unsereins zu schützen. Ich hätte gedacht, ein Bristol würde Personen wie unsereins verscheuchen wie Fliegen von einem Fleischbrot. Aber nichts. Nicht, dass du kein holdes Wesen bist, Fräulein Marie, aber eine wie ich. Dass man eine Galatea Gulch ins Bristol lässt? Ich will ja nichts gesagt haben, aber diese Sicherheitsvorkehrungen … Lachhaft! Auf nichts kann man sich verlassen. Alles …

– Pst, jetzt seien Sie still, Sie verderben ja alles! Marie hatte einen Finger auf die Lippen gelegt. Es war neun Uhr abends, und sie wollten sich in Alexanders Suite einschleichen, von der sie aus der Zeitung wussten, um ihm eine Geisterstunde zu bereiten. Das war der Plan, vielleicht nicht originell, aber gut.

– Wirst sehen, Kindchen, hatte die Gulch gemeint, wenn du ihm als Gespenst erscheinst, wird er sich ins Höschen machen, seine ganzen Saubartelgeschichten bereuen. Und wenn du verkündest, dass deine Seele keine Ruhe findet, ihn ewig verfolgen muss, wird er betteln, flehen, in die Knie gehen und es als wahren Segen ansehen, dass er dich zurück ins Leben holen und alles wiedergutmachen darf.

Wirst sehen, das klappt, Männer sind Angsthasen, weiß ich aus Erfahrung, ich hatte schließlich auch mal zwei. So hatte sie Maries Skepsis verscheucht, die von dem Plan soviel hielt wie von einem Brief im hohlen Puppenkopf, nämlich nichts. Schließlich wollte sie keine Beziehung aus Angst, sich auch nicht arrangieren, wie es andere Paare taten. Sie wollte, dass es wieder so wie früher war. Sie wollte um ihre Liebe kämpfen, arbeiten dafür. Aber als Gespenst?

– Du kannst dich auch mit einem Straßenkehrer vergnügen, einem Parkwächter oder mit dem Laufburschen vom Valentino, um ihn eifersüchtig zu machen. Ich an deiner Stelle würde mir aus Männern insgesamt nichts machen. Männer sind Saubartel. Kann man sich auf sie verlassen? Nein. Alles muss man selber machen. Nimm mich, das Haucherl machte eine große Geste, ich lehne Männer ab. Und? Was ist der Erfolg? Ich kann mich der Verehrer nicht erwehren. Warum verlieben sie sich reihenweise in mich, werden ihren Frauen zumindest in Gedanken untreu, ehebrüchig?

– Ich wollte ihn töten, hatte Marie gestanden. Wie ich das ehebrecherische Foto entdeckt habe, wollte ich sofort einen Killer anheuern, Alexander vierteilen oder pfählen, nur an Rache hab ich gedacht. Und wenn ich mir überlege, dass mir diese Fotografie aus purem Zufall in die Hände gefallen ist, nur weil ein Mensch namens Ganzeböhm gegenüber dieser Hure, dieser Dunja, wohnt, voyeuristische Aufnahmen von ihr macht, seine Filme zum selben Fotografen bringt wie ich die meinen … So viel Zufall kann kein Zufall sein. Aber hätte ich dieses Bild nicht bekommen, der Betrug würde weitergehen.

– Vielleicht wärst du auch wahnsinnig geworden? Oder dick? Das Unterbewusste merkt so etwas und wächst es im

Körper aus. Hast du von dem Anschlag im Prater gehört? Entsetzlich, all die unschuldigen Menschen.

– Ja, furchtbar. Und trotzdem gehe ich bei solchen Geschichten die Namen der Opfer durch und hoffe, dass auch sie darunter ist, die Nebenbuhlerin.

– So etwas braucht man nicht zu hoffen. So viel Glück ist einem nicht vergönnt. Alles muss man selber machen. Man kann sich auf niemanden verlassen. Aber Opfer gibt es ja viel mehr.

– Solange die andere nicht dabei ist … Marie spuckte.

– Und was ist mit denen, die zusammenräumen müssen? Mein armer Sohn, bevor er nach Amerika ausgewandert ist, musste er gleich an seinem ersten Zivildiensttag die Überreste eines Selbstmörders, der sich vor die Bahn geworfen hatte, einsammeln. Und die hauptberuflichen Sanitäter machten sich lustig über ihn, lachten, als er zitterte, sich übergeben musste. Das war zu viel für ihn. Mein Sohn hat ein zartfühlendes Gemüt, er ist ein Seelchen. Seither lebt er verkorkt wie in einer Flasche, schneidet Turnschuhe auf, glaubt, dass er ausgewandert sei, das arme Kind. Der Wahnsinn hat seinen Angelhaken nach ihm ausgeworfen, und er hat angebissen. Dabei liebe ich ihn, den Trottili, aber ich kann nichts tun für ihn. Weißt du, wie fürchterlich? Das eigene Kind? Ein in den Wahnsinn Ausgewanderter.

– Das tut mir leid.

– Dir braucht es nicht leid zu tun, kannst ja nichts dafür.

So waren eine ganz in Weiß gekleidete Marie und eine schwarzgewandete Gulch, nachdem sie den Rezeptionisten abgelenkt und einen Universalschlüssel entwendet hatten, unterwegs in Richtung Fürstensuite, wo sie alles für die Geisterstunde präparieren wollten. Zu ihrer Überraschung war die Tür nur angelehnt, sahen sie durch einen Spalt hindurch jemanden auf dem Kanapee dösen. Alexander! Das Opfer!

Sie mussten gleich zur Tat schreiten. Also schlichen sie hinein, Marie stellte sich auf einen Stuhl, während sich die Gulch mit einer starken Taschenlampe positionierte und *Huhuu* zu raunen begann. *Huhuu.* Und als sie merkte, dass der Schatten sich regte, brummte sie mit tiefer Stimme:

– Alexander, wir rufen dich. Wir rufen dich, Alexander Gansebohn. Zu allem Überfluss begann sie nun auch noch mit einer schweren Kette zu rasseln. *Huhuu. Huhuu.* Wir rufen dich. Wir sind gekommen, dich zu holen. Huhuu.

Der Schatten rieb sich die Augen.

– Alexander, wir rufen dich. Wir rufen dich. Huhuu. Jetzt sind wir da, Genugtuung zu fordern. Genugtuung. Huhuu.

Da fiel auch Marie mit einer hohen Gelsenstimme ein:

– Wie hast du mir das antun können?, Alexander Gansebohn. Keine Ruhe finde ich. Keinen Frieden. Bin dazu verdammt, dich zu verfolgen, dir nachzustellen, wo immer du dich verbirgst. Und du? Geht es dir besser jetzt? Bist du glücklicher, nachdem du deine arme Frau und deine armen Kinder in den Tod getrieben hast? Geht es dir gut? Oder spürst du die Miasmen deiner Verderbtheit? Reut es dich? Jetzt ist es zu spät. Jetzt bin ich da.

Galatea Gulch biss die Zähne zusammen, Tränen traten ihr in die Augen, fast musste sie sich Gewalt antun, um ihre Lachlust zu unterdrücken, und dennoch hörte sie nicht auf, *Huhuu* zu raunen. *Huhuu.* Jetzt sind wir da, Genugtuung zu fordern.

– Wenn du glaubst, einfach davonzukommen, hast du dich getäuscht! Marie hob drohend die rechte Hand. Ich werde nicht ruhen, bis ich dich in den Wahnsinn getrieben habe. Nicht ruhen. Niemals. Weil ich dein Quälgeist bin, dazu da, dich zu verfolgen und zu quälen, dich zu sekkieren bis aufs Blut. Und ich schwöre, keine ruhige Minute wirst du mehr haben. Es sei denn … Marie hielt inne, um die Wirkung ihrer Worte zu überprüfen, war aber von der Lampe so geblendet, dass sie die Person auf dem Kanapee kaum ausmachen konnte. Nur einen Schatten konnte sie erkennen, doch es schien zu wirken. Wer hätte das gedacht?

Ihr war, als hätte sie alles das schon mal erlebt, irgendwann vor langer Zeit. Ein Traum fiel ihr wieder ein, ein Traum von letzter Nacht. Sie musste vor Publikum *O Happy Day* singen, fand aber keinen Platz, wo sie üben konnte, stritt mit ihrer Mutter, wollte sich vor dem Auftritt noch schnell selbst befriedigen, suchte nach einem Bidet und nach einem Raum zum *O Happy Day* singen. Halleluja … Aber Marie, was fällt dir ein? Reiß dich zusammen. Wie kannst du so aus deiner Rolle fallen, wo du doch eine Erscheinung bist? Vergiss den dummen Traum. Sie brummte: Und ich schwöre, keine ruhige Minute wirst du mehr haben. Es sei denn, du machst das an mir begangene Unrecht wieder gut. Sie hielt inne, damit die Worte ihre Wirkung entfalten konnten.

Die Gulch rasselte mit ihrer Kette und raunte *Huhuu*, auf dem Kanapee rieb sich jemand die Augen und konnte nicht glauben, was für einen Unsinn er da träumte. Die Welt ist voller Täuschungen, aber das geht eindeutig zu weit. Scheiß Alkohol, dachte Peter Scherübl, als er die kettenrasselnde Gulch mit der Taschenlampe in der Hand erblickte. Zuerst war er wirklich über das illuminierte Gespenst erschrocken, hatte an Heidrun gedacht, die ihn holen käme. Kommt sie. Kommt sie. Aber da dieses Gespenst schwarzhaarig war, kein bisschen Heidrun glich, nie *Gimme five* sagte und augenscheinlich auch einem anderen galt, lag offensichtlich, das hatte er sogar im Schreck begriffen, eine geistesgeschichtliche Verwechslung vor, und, da auch noch der Lichtschein beständig wackelte, brauchte er nicht lange, um die Posse zu durchschauen.

Nachdem Alexander ausgebüchst war, hatte er, Peter Scherübl, beschlossen, seine Rückkehr abzuwarten, ihn später aufzuschlitzen. In der Zwischenzeit hatte er begonnen, sich für den Inhalt der Bar zu interessieren und schöne Dialoge mit ihrem Inneren zu führen. Reizende Zwiesprache, aber derart hochprozentig, dass er darüber eingeschlafen war. War er. War er. Nun hielt er diese Laiengespensterstunde zuerst für eine Schultheaterinszenierung, dann für ein Rollenspiel, bei dem es das Beste wäre, mitzuspielen.

– Ich bereue alles, brüllte er, griff sich ans Herz. Ich mache alles wieder gut. Mache ich. Mache ich.

– Huhuu, rief die Gulch begeistert. Huhuu. Der Plan, er hielt!

– Aber ich weiß nicht, ob du mich noch einmal lieben kannst. Ob du mir noch einmal sagen kannst, dass ich einzigartig für dich bin. Ich weiß nicht, ob ich dir noch glauben kann. Marie bemerkte, dass sie am ganzen Körper zitterte. Sie war wie in einem hysterischen Zustand, wo man alle Grenzen vergisst, ganz aufgelöst. *O Happy Day.*

– Ich werde alles dafür tun, rief Scherübl. Alles tun! Er dachte an Heidrun und hatte Tränen in den Augen. Mach ich. Mach ich.

– Nur wenn du mich wirklich und aufrichtig liebst, kann ich zurück ins Leben kommen, sagte eine völlig in Auflösung befindliche Marie, die es kaum glauben konnte, dass der blöde gulchsche Plan so sicher saß.

– Ich liebe dich! Tu ich! Tu ich!, brüllte Scherübl.
– Und bereust du deinen Seitensprung?
– Ich bereue alle. Alle.
– Huhuu, jubilierte die Gulch und suchte an der Wand den Lichtschalter. Huhuu.
– Dann wollen wir noch einmal von vorne beginnen? Dann schwörst du?
– Schwöre. Schwöre.
– Und in die Kirche wirst du mich begleiten, damit dich der Pfarrer einmal sieht. Der glaubt nämlich, ich habe keinen Mann, hätte meine Kinder alleine hinter einem Baum gezeugt.
– Ich werde. Werde.
– Liebst du mich?
– Ja! Ja!
O Happy Day. Das war der Moment, an dem die Gulch den Lichtschalter betätigte. Halleluja. Alexander! Wer stand aber da? Gansebohn? Nein! Ein kleiner Rotgesichtiger mit Schnauzbart und Knopfnase. Alexander?
– Gestatten, Scherübl, kam er auf sie zu, natürlich mit ausgeklappter Hand. Scherübl Peter, Mensch mit Leidenschaft.
– Teufel, was?, brüllte Marie. Wie das? Man hat mich reingelegt. Gulch, was hat das zu bedeuten? Betrug! Warum? Wo ist Alexander? Was für eine Schmierenkomödie? Haucherl?
– Ich weiß von nichts! Alles muss man selber machen. Auf nichts kann man sich verlassen. Auch die Geistergehilfin war irritiert. Sie versuchte, diesen falschen Alexander mit den Händen zu verscheuchen. Gsch, gsch, zischte sie, aber es half nichts. Gsch. Gsch.
– Wer sind Sie? Wie kommen Sie hierher? Wo ist Alexan-

der? Was strecken Sie mir so obszön Ihre Hand entgegen? Erbost stürmte Marie hinaus.

– Warten Sie … Ich dachte …, schrie ihnen Scherübl hinterher. Wollen Sie nicht etwas trinken? Quälgeist! Bleiben Sie, quälen Sie mich weiter! Sie … Ich habe es verdient.

– Heute geht's nicht, heute begeh ich Selbstmord, zischte Marie. Aber da war sie fast schon verschwunden, die Gulch im Schlepptau. Scherübl hinterher.

IV

Phlegma: Leviathan

1. Judaskuss

Irgendjemand raste durch die Stadt und zerkratzte Autos, irgendjemand verbog Rückspiegel und pflückte Mercedessterne, verstopfte Auspuffrohre, irgendjemand schmiss Mülleimer um und beschimpfte Passanten, irgendjemand spuckte Kleinkindern, die in Buggys saßen und ihn mit großen Augen ansahen, direkt in den Mund, irgendjemand fluchte, so laut er konnte, läutete an Türen und stieß, sobald sich jemand meldete, einen Schwall obszönster Beleidigungen hervor, irgendjemand riss Verkehrstafeln aus Verankerungen, demolierte Parkbänke, trat nach Katzen, Hunden, fetzte Plakate von Litfasssäulen, geriet in einen Furor, stieß Passanten nieder, wurde mit dem Ruf nach der Polizei bedroht, flüchtete, rannte durch Gässchen, über Treppen, stürzte, kugelte weiter.

Irgendjemand war nicht mehr, hatte keine Ahnung, wer statt seiner in ihm lebte, irgendjemand wusste nicht mehr, wer er war, verstand nichts, wusste nicht wohin, sah, wie jede Fliege glücklich war und jedes Blättchen wusste, wohin es zu wachsen hatte, jedes Lebewesen seinen Platz kannte, nur er nicht. Irgendjemand war ohne Perspektive, ohne Ziel, irgendjemand dachte, es gibt zu wenige Verliebte auf der Welt, nur Frustrierte, Ungeliebte, Verbitterte, weil jeder sich die Dinge suchte, um nicht glücklich zu sein. Irgendjemand schwitzte, fiel in sich zusammen wie ein

Kartenhaus, irgendjemand hatte einen Brummschädel, einen Kreisel, der sich beharrlich drehte in diesem Irgendjemand, drehte, drehte, und allmählich erwachte jemand in diesem Irgendjemand und erkannte sich als Alexander, als ein trauriger, wütender, alles verachtender, bitter gewordener Alexander. Ein Alexander, den nur eines antrieb: Schmerz. Beißender, hässlicher Schmerz, der ihm wie eine Wäschekluppe im Nacken saß, ihn gepackt hatte und nicht mehr losließ, Schmerz, der ihm die Kehle abschnürte, Schmerz, den er auch anderen reichen wollte. Köstlich schrecklicher, süßlicher Schmerz. Schmerz, die letzte Gewissheit, dass er am Leben war, ein wirkliches Gefühl.

Aber wie sollte er es anstellen, Terrorist zu werden? Er konnte ja nicht einfach an Al Kaida schreiben und sich als Terrorist bewerben? Sollte er in eine Moschee oder ein Teehaus treten und sagen: Grüß Gott, ihr habt meine Geliebte in die Luft gesprengt, jetzt nehmt zur Kenntnis, dass ich ein Selbstmordattentäter werden will, weil auch ich ins Jenseits will? Man würde ihn belächeln, beschimpfen und zum Teufel jagen. Nein, er musste ins Epizentrum des Terrors, nach Pakistan, Ostafrika oder in den Irak. Dort wollte er, ein graziler junger Mann von vierunddreißig Jahren, blutarm, nervös und einem teigigen Gesicht, sich ausbilden lassen, konvertieren zum Islam, um an einer großen terroristischen Aktion mitzuwirken, an einer Sache, die seine Verachtung für die Menschheit, diesen verlogenen, hart gewordenen Patzen Humanismus, zum Ausdruck brachte. Einen großen Knall stellte er sich vor, eine Sache mit tausenden Opfern. Ein Gedanke, groß wie die Welt, aber schmerzhaft, bitter.

Der einzige Haken war, dass man ihn als Ehebrecher im Islam zum Tode verurteilen würde. Aber war das bei einem

Konvertiten mit selbstmörderischer Absicht nicht hinfällig?

So stand er am Wiener Flughafen, beobachtete die schwarze Tafel mit den ratternden Destinationen, schwankte zwischen São Paulo und Venedig, London, Johannisburg, Petersburg und Peking, entschied sich schließlich, weil es der nächste Flug in Richtung Nahen Osten war, weil ihm der Falafel wieder einfiel, für Tel Aviv. Er kaufte ein Ticket, strich, da Zeit war, durch die Duty-free-Läden, testete Parfümsorten, erkannte Dunja, Heidrun und Marie, das Fruchtige, den Brotgeruch, das Blumige, seine drei toten Frauen, die er sich auf den Arm rieb, so dass sie wie bei einer Ampel angeordnet waren. Rot, gelb, grün – die erste Frau hatte sein Herz zerstört, die zweite seine Psyche – und die dritte? Er kaufte eine Reserveunterhose und ein frisches Hemd, wollte einen Drink nehmen, als er in zwei bekannte Augenpaare blickte: Moses und Ramona. Sie sahen einander an und ahnten, dass sie sich kannten.

Moses war der erste, der es wusste. Nervös drängte er Ramona, die schon grüßen wollte, aus Alexanders Gesichtsfeld.

– Bist du verrückt?

– Wer war das?

– Gansebohn! Der Wohnungsbesitzer, in dessen Anzug ich herumstolziere.

– Der hat uns gerade noch gefehlt. Da wachsen mir ja Erdbeeren zwischen den Zehen. Was macht der hier?

– Was weiß ich? Wahrscheinlich Zufall.

– Hoffentlich.

– Jetzt erwischt zu werden wäre Dummheit.

– Wo ich mich schon so auf Brasilien freue.

Alexander blickte ihnen nach. Er wusste, dass sie bei ihm

eingebrochen waren, der Mann seinen Anzug, seine Schuhe, die Frau eine Bluse und eine Hose von Marie trug. Trotz der seriösen Kleider sahen sie wie Gauner aus. Wo die hinflogen? Machten Einbrecher Urlaub? Alexander hatte das Gefühl einer Vertrautheit. Am liebsten wäre er dem ehrenwerten Pärchen nachgelaufen, hätte es umarmt und gesagt, wie froh er sei, dass sie statt seiner das Leben des Alexander Gansebohn und seiner Frau lebten. Es waren schließlich seine Ersparnisse, die sie entschlossen waren zu verprassen. Das aber störte Alexander nicht, im Gegenteil, es war erquickend, von zwei glücklichen Existenzen zu wissen, die auf seinen Namen gegründet waren. Das war Wohlfahrt!

Freilich waren Moses und Ramona weniger den Gansebohns als mehr einer Alten verpflichtet, der sie die Kehle durchgeschnitten hatten. Mit der Kleinigkeit von zweitausend gebündelten Fünfhundertern, die die Alte in ihrem Küchenkasten gehortet hatte, waren sie nun nach Bahia unterwegs, wo sie in die wohlverdiente Gauner-Rente treten wollten. Ein schmuckes Landhaus mit Swimmingpool, ein paar Hausangestellte und das Geld für sich arbeiten lassen, das war es, was sie wollten. War es nicht herzzerreißend bescheiden? Moses würde der Filmerei nachgehen, und Ramona könnte sich in die Gesellschaft einführen, Charityveranstaltungen und Wohltätigkeitsbälle organisieren. Während er Pornofilme drehte, könnte sie für den guten Ruf der Familie sorgen. Schließlich sollte es keine ordinäre Sexwirtschaft sein, sondern eine gute Sache. *Ficken für den Wohlstand* sollte Moses' Firma heißen, die den Gewinn offiziell den Menschen in den Favelas schenkte, praktisch aber in die eigene Tasche arbeitete.

So weit die löblichen Pläne der Eitelbecks, die am Gate

des Wiener Flughafens saßen, wegen der Tierseuchen lange Kontrollen über sich ergehen lassen mussten und fürchteten, im letzten Augenblick erwischt zu werden.

Alexander saß bereits im Flugzeug Richtung Israel. Von den Ereignissen der letzten Stunden war er stumpf geworden. Er versuchte, eine Fliege zu erschlagen, was misslang, blätterte im Bordmagazin, blieb bei den Landkarten hängen. Die Städte waren keine Orte der Sehnsucht, sondern potentielle Anschlagsziele. In Barcelona oder Los Angeles könnte man wunderbar in die Luft fliegen, in Rom oder Berlin, auch Kairo klang nicht schlecht.

– Bitte, lieber Gott, lass es nicht Bochum sein, nicht Dortmund, Kiel, Bern oder Aberdeen. Auch Cuxhaven, Budweis und St. Pölten erscheinen mir gering. Besser Paris als Kaiserslautern, Braunschweig – Nazis Gusch. Wo aber setzte sich die Fliege hin? Auf Helsinki. Mit ihren Hinterbeinen putzte sie die Flügel, mit den Vorderbeinen das Gesicht. Wie ein kleines Ufo stand sie da, immer noch auf Helsinki – Sonnenuntergang auf Finnisch. Seltsam, dass die Flugzeugindustrie nie versucht hat, eine Fliege zu kopieren. Gsch. Gsch. Und erschlagen werden muss sie doch. Daneben.

Alexander steckte das Magazin in die Tasche vor sich, lehnte sich zurück und schloss die Augen. Doch etwas störte, drückte gegen seine Seite. Es war die Zeitung, die Scherübl, dieser Irrsinnige, mitgebracht hatte. Hat er. Hat er.

Alexander musste sie eingesteckt haben. Was für ein Mist. In einer grobkörnigen Aufnahme erkannte er sich selbst, wie er das Bristol betrat, las Vermutungen, die in Sir Alexander einen Oligarchen oder Medienzaren erkennen wollten. Dreck, murmelte Gansebohn, und konnte nicht umhin, das Blatt zu überfliegen. Sport und Angstgeschichten. Eine Kurzmeldung fesselte seine Aufmerksamkeit: Hirnhautentzündung durch halbrohe Schnecken. Alexander musste den Artikel gar nicht lesen, um sogleich schmerzhafte Stiche im Kopf zu spüren. Er fühlte, wie die farblosen Schnecken, die Albino-Krokodile seiner Körperkanalisation, unter der Haut krochen, kleine wurstförmige Ausbuchtungen seinen Körper entlangliefen, und sah sich bereits mit einem zerfressenen Kopf im Wahnsinn dahinsiechen. Hatte er ein löchriges Hirn? Waren alle Ereignisse der letzten Stunden bloß eingebildet? War es nicht Salzsäure, sondern Schneckenfraß? Schließlich las er: *Peking. Gefährliche Mahlzeit: Nachdem sie nicht ganz durchgekochte Schnecken gegessen hatten, sind mindestens 50 Gäste eines Restaurants in Peking mit Hirnhautentzündung in Krankenhäuser eingeliefert worden. Die Behörden warnen: Eine Schnecke kann bis zu sechstausend Parasiten enthalten, die das Nervensystem angreifen und zu Fieber, Gesichtslähmung und Hirnhautentzündung führen.*

Aber meine Schnecken waren roh! Und während Alexander nach der Fliege schlug, die sich auf seine Nase gesetzt hatte, tauchte seine Hauptschnecke in ihm auf: Dunja, nackt, mit festem Po und einer Zuckerschneckenscham. Er hörte sich sagen, wie schön es sei, dass sie unten, bei der Zuckerschnecke, rasiert sei, worauf sie lächelte und mit warmer, tiefer Stimme meinte, dass sie da stets ein Preuße – mit Bürstenhaarschnitt oder Glatze sei. Und das soll ich dir glauben?, so ein tolles Sexualleben führst du auch nicht. Trotzdem! Sie gab nicht nach, war stur wie er. Ein Wunder, dass sie sich einmal auf ein Urlaubsziel hatten einigen können. Venedig, ihre einzige gemeinsame Reise, wo er eine

Gondelfahrt und den Bellini in Harry's Bar spendierte. Beides so unverschämt teuer, dass ihm beim Gedanken daran immer noch das Blut in Wallung geriet. Und niemand wollte mit ihm handeln. Venedig war ein Drecksnest, wo nur Touristenfänger lebten, leergefilmt, seelenlos. Trotzdem war es schön. Sie waren mit jeder Vaporettolinie gefahren, die Giudecca abgewandert, hatten nachts auf dem Markusplatz getanzt, den Straßenkünstlern zugesehen, im Caffè Florian weingetränkte Mandelkuchen gegessen, den Dogenpalast besichtigt, sich inmitten eines Taubenschwarmes fotografiert, sich auf der Rialtobrücke geküsst, und in den Dünen des Lido gefickt. Wäre nicht die Geschichte mit dem Taschenkrebs passiert, hätten sie nicht viel erlebt. Vier Tage lang Normalität, anders als bei der großen romantischen Aktion, sie hatte ihm nachts den Rücken zugewandt, um als Erste einzuschlafen, hatte herzallerliebst geschnarcht. Venedig – und untergehen muss es doch.

Und Alexander hatte Dunja geliebt, hatte alles an ihr geliebt, sogar die trompetenartigen Fürze am Klo empfand er als süßen Ausdruck ihrer Seele, ebenso ihr missmutiges, verknittertes Morgengesicht, ihre liebenswerte Gabe, den Zimmerschlüssel zu verlegen, bei jeder Gelegenheit Pass, Geld und Handy liegen zu lassen. Andere hätten sie für gewöhnlich, ordinär und dumm halten können, für ein schrecklich reizbares und launisches Weib, er aber liebte sie. Für ihn war Dunja eine Göttin, höchstes Glück, er verehrte den Boden, auf dem sie stand, liebkoste Gläser, aus denen sie getrunken hatte, roch an Klodeckeln, wenn sie darauf gesessen war, verehrte ihre schmutzige Unterwäsche, ihre verschwitzten Socken, fand sogar ihren Morgenatem, der jeden andern als muffig und faulig angeekelt hätte, warm, intim und liebenswert. Er mochte das Schwarze unter ihren Fingernägeln, ihr angerotztes Taschentuch, und nur mit äußerster Beherrschung konnte er sich bezwingen, nicht die gebrauchten Ohrenstäbchen aus dem Mistkübel zu klauben, um sie als Souvenir ihrer Herrlichkeit zu fetischisieren.

Was hätte er jetzt für so ein Ohrenstäbchen gegeben. Alles! Vergeblich. Nichts war von ihr geblieben, nur Erinnerung. Erinnerung an ihr Lachen, ihre Sommersprossen, Erinnerung an sein Onanieren vor jedem Treffen, um beim Ficken ausdauernder zu sein. Erinnerung an Dunjas Prämisse, dass man immer das kriegt, was man braucht. Man sich verliebt, sobald man es benötigt. Man sich aber nur verlieben kann, wenn es einem gut geht, nicht wenn man leidet. Aber sinnlos ist es doch. Wenn man stirbt, so Dunjas Überzeugung, ist alles bedeutungslos, alles wurst.

– Dir fehlt der Glaube, hatte er entgegnet. Gibt es etwas, das dir heilig ist? Und darauf sie, die beim Lachen immer den Mund weit aufriss:

– Nichts! Was ist, wenn alle Sonnen erloschen, die letzten Lichter ausgegangen sind?

– Dunja! Ich weiß nicht, ob es rechtens ist, aber ich weiß, dass die Stunden mit dir zu den schönsten meines Lebens gehören.

– Und Marie?

– Marie? Wieso Marie? Sogar die profitiert davon. Ich bin ausgeglichener, wenn ich mit dir bin, zufriedener, belastbarer.

– Du bist ein echter Araber, ein Teppichhändler, nimmst dir, was du brauchst, drehst es dir zurecht. Ein Sturkopf. Aber erschlagen werden musst du doch, du Katholik.

Für Dunja mochte er einer unter mehreren gewesen sein, aber für ihn kam nur sie in Frage.

– Du bist wie Chips, ich kann nicht aufhören mit dir, hatte er ihr oft gesagt, und dabei wusste er genau, dass man sich als Mann nur solange zum Narren macht, als man eine Frau nicht hat. Besitzt man sie, wird sie einem schnell egal. Dunja hatte er wohl nie besessen. Jetzt, im Flugzeug, stiegen Erinnerungen an ihre Wohnung in ihm hoch, an die Bilder junger Künstler, die Schautafel vom Nervensystem eines Schweins. Erinnerungen an Dunja, die ihn stets an seine Grenzen, an die Ränder seiner Möglichkeiten gebracht hatte. Seine große Liebe, sein Denkgefängnis, seine Liebesfolter, mit der er sich verstümmelt hatte.

Denn was ist die Liebe anderes als ein vermeintlicher Gewinn, von dem man erst verführt und dann betrogen wird, eine gewonnene Reise, die man nur mit einem Zweiten, einem Vollzahler, antreten kann, ein angeblicher Geldbetrag vom Sohn in Übersee, ein vorgeblich gefundenes Schmuckstück? Die Liebe ist ein Taschenspielertrick. Schwindel! Die Liebe ist ein Termitenstaat, höhlt einen aus. Und die Liebe ist dumm. Einfältig wie eine Schildkröte in Gefangenschaft, die einen Stein begattet, den Mund weit aufreißt, quietschende Geräusche von sich gibt, alles für die Arterhaltung gibt – und dabei doch naturgemäß nicht glücklich wird. Die Liebe ist eine Sau. Alexander nahm die Zeitung und schlug nach der Fliege, verfehlte sie erneut. Und erschlagen werden muss sie doch. Er steckte die Zeitung wieder in die Tasche, sah auf der Rückseite etwas, das ihm bislang entgangen war, erschrak, nahm das Blatt wieder heraus und las:

Wer ist Sir Alexander? Eine Offenbarung des Kleingeistes.

Seit jüngst ein Sir Alexander im Bristol abgestiegen und bald in die bessere Gesellschaft hineingeraten ist, zerbre-

chen sich die klügsten Menschen ihre Köpfe. Weder weiß man, woher er stammt, noch kennt man die Quelle seines Reichtums. Sein großspuriges Auftreten ist rätselhaft. Kein Wunder, handelt es sich bei diesem Sir doch um einen Hochstapler, einen unverschämten Menschen, dem außer seinen Lügen und Gemeinheiten nichts heilig ist. Dieser selbsternannte Sir ist ein gewissenloser Verbrecher, der aus purem Egoismus seine Frau zugrunde richtete, sie samt ihren Kindern aus dem Fenster stieß, seine Geliebte vergewaltigte, seinen Nebenbuhler erschoss und seither als Phantasma männlicher Allmacht auftritt, als Sir Alexander. Er glaubt, damit durchzukommen. Wie ein Skorpion stolziert er durch die Welt, mit aufrechtem Schwanz über dem Kopf, mit dem er alles, was sich ihm in den Weg stellt, still zu machen glaubt. Es handelt sich aber um keinen gewöhnlichen Verbrecher, sondern um die Verkörperung des phallischen Prinzips, um eine menschgewordene Ausschweifung, eine Verkörperung des kleingeistigen Schniedelwutzdenkens. Sein minderbemitteltes Gehirn sitzt im Penis – und der wird wie sein Sir allem vorangestellt. Aber ist dieser Sir Alexander ein Einzelfall? Nein, er ist der typische Exponent der phallischen Schniedelwutz-Gesellschaft, die die Frau mit dem Penis runtermachen und ruhigstellen will wie Babys mit dem Schnuller. Wo das nämliche Prinzip regiert, haben Frauen keine Entfaltungsmöglichkeit, werden sie zu Ficklöchern und Brutkästen, zu befüllbaren Schalen, Ofenröhren … Die Inszenierung dieser extrakorporalen Ejakulation findet in den Marschflugkörpern ihre politische Materialität … Darum fordern wir die Befreiung vom martialischen Phallus! Eine Errettung aus der kleingeistigen Schwanzlogik … Wie heißt es im Lukas-Evangelium: Denn siehe, es wird die Zeit kommen, in welcher man sagen wird, selig sind die

Unfruchtbaren und die Leiber, die nicht geboren haben, und die Brüste, die nicht gesäugt haben … Der kannibalischen Einverleibung des anderen beim phallischen Sex gilt es entgegenzutreten. Der kleingeistige Sir Alexander muss seinen Sir verlieren, was wir alles andere denn metaphorisch meinen … Schwanz ab … Nieder mit dem Schniedelwutz …

Kein Zweifel, diese Verleumdung konnte nur von Dunja stammen. Sie liebte ihn so sehr, dass sie nicht anders konnte, als ihn auch zu hassen. Ob sie ihn deshalb treffen wollte? Um sich zu entschuldigen? Oder um die Wirkung dieser Gemeinheit zu genießen? Dunja war alles zuzutrauen – dafür liebte er sie so.

Und während seine Gedanken um sie kreisten, merkte Alexander gar nicht, dass das Flugzeug längst das gleiche tat – es kreiste über Tel Aviv. Unter ihnen schliefen Lichter wie funkelnde Edelsteine in einem Diadem. Plötzlich machte es einen Rums, sie sackten ab, wurden geschüttelt wie ein Salat in der Schleuder, durchgeklopft als wären sie Wiener Schnitzel, einige schrien, auch Alexander. Die Stewardess gab beruhigende Anweisungen, doch das Schütteln wurde nicht weniger, im Gegenteil, jetzt ging es erst richtig los, Winde peitschten gegen die Tragflächen, die Elemente versetzten dem Flieger hemmungslos Stöße, Puffe, Kniffe, traten und schlugen, es war, als hätte Dunjas Geist das Flugzeug erfasst, gepackt und schüttelte es leidenschaftlich. Ein großes Grausen machte sich breit, das Flugzeug kippte zur Seite, drehte sich, flatterte, kippte nach vor, sackte ab, gewann wieder an Höhe, fiel neuerlich. Es war vorbei. Alles, nur das Ende nicht. Die Passagiere verstummten und erbleichten, manche schickten Stoßgebete in den Himmel.

– Damit schreckst du mich nicht, Dunja, murmelte Alexander. Sterbe ich halt gleich, was macht das schon? Du denkst, ich fürchte mich? Da kennst du deinen Alexander aber schlecht. Und als alle meinten, nun sei es soweit, ihre letzte Stunde sei gekommen, Zeit, Lebewohl zu sagen, alle Sünden zu bereuen, und als alle merkten, wie fragil das Glück ist, wie unsicher das Leben, als ob man an einem stillen See auf einer Luftmatratze liegt, das leichte Schaukeln und den Sonnenschein genießt, völlig entspannt und doch weiß, dass man bald reingeworfen wird, weil andere dieses Glück zerstören müssen, bekam der Flieger doch noch seine Räder auf den Boden und landete. Ja, er landete. Erleichterung ging durch die Reihen, viele klatschten, nur Alexander nicht, er murmelte: Dunja, streng dich mehr an.

– Entschuldigung, würden Sie mich bitte loslassen. Die Amerikanerin neben ihm zog ihren Arm aus seiner Umklammerung.

– Entschuldigung. Alexander sah sie an, eine hübsche Person, der er wild den Arm durchgewrungen hatte. Angsthase.

– Ich bitte Sie, das macht nichts. Ich will Ihnen nicht zu nahe treten, aber sind Sie verwandt mit einem Holocaustopfer?

– Im Gegenteil, ich bin hier, um Terrorist zu werden. Meine Absicht ist es, Menschen umzubringen.

– Das tut mir leid, sagte die Amerikanerin. Ich hätte nicht damit beginnen dürfen, Sie sind bestimmt traumatisiert und wollen sich mit keiner Wildfremden …

– Keineswegs, ich will tatsächlich Terrorist werden. Erschlagen werden muss sie ja doch, schlug er Richtung Fliege, traf sie und sah verwundert, wie ein weißer Patzen aus dem Fliegenkörper hing – auch die Beinchen, mit denen sie sich eben noch geputzt hatte, waren gebrochen, hingen schlaff vom kleinen, aufgeplatzten schwarzen Körper.

– Entschuldigung, sagte die Amerikanerin mehr zur Fliege denn zu Alexander und gähnte.

Uahhh. Es gähnten die Stewardessen beim Abschied, und es gähnten die Polizisten und Zöllner. Das große Gähnen breitete sich aus, lief wie eine Welle durch die Münder, steckte alle an. *Uahhh*. Auch Alexander gähnte. Obwohl er sein Einreiseformular wahrheitsgemäß ausfüllte, als Zweck des Aufenthaltes *großer Schlafkrieg*, nein, *terroristische Aktivitäten* angab und seine geplante Abreise mit *unbestimmt* festlegte, wurde ihm nur entgegengegähnt. *Uahhh*. Münder wurden aufgerissen, und Alexander sah unzählige Plomben und Goldzähne. Dennoch zogen sich die verschlafenen Sicherheitskontrollen derart in die Länge, dass bereits der Morgen anbrach, als Gansebohn den Flughafen Ben Gurion verlassen konnte. Wie ein Speichelfaden in einem aufgerissenen Mund stand ein weißer Strich am Horizont. Die Luft war kühl und frisch. Die Nacht nicht schwer und quallig, sondern leicht, fast transparent, trotzdem gähnten alle. *Uahhh*. Vor achtundvierzig Stunden war Alexanders Welt noch in Ordnung gewesen, hatten Marie, Dunja und Heidrun noch gelebt. Nun stand er vor den Trümmern seiner Existenz – und gähnte. *Uahhh*.

Im Sammeltaxi, in dem auch alle gähnten wie die Esel, stellte er seine Uhr um eine Stunde vor und merkte, dass die Datumsanzeige sechs Tage verschlafen hatte. Sechs verlorengegangene Tage. Als er das Datum korrigierte und sah, wie nach jeweils vierundzwanzig Stunden die Anzeige auf den nächsten Tag sprang, war ihm sonderbar zumute, verlorene, nicht gelebte Zeit, Zeit zwischen der Materie, zwischen den Atomen, Dunja-Tage. In Venedig hatte sie ihm diese Uhr gekauft, gleich nach der Taschenkrebsgeschichte. Quasi als Entschuldigung.

Der Fischmarkt war das Beste an Venedig. Erst hatten sie Fische in Styroporschachteln, Fische wie rausgezogene Speiseröhren gesehen, dann eine Thunfischaugenpyramide und einen Teller mit lauter Fischköpfen, abgehackte Köpfe, die sich alle noch bewegten, die Münder verzweifelt nach vor stülpten, ihre Kiemen spreizten – beeindruckend. Alexander erzählte Dunja die Geschichte vom Geköpften, der zur Rettung seiner Familie die Zunge zeigen musste, als er schon im Stroh lag, was ihm auch gelang. Aber diese Fischköpfe bewegten sich nicht etwa ein paar Sekunden, Minuten, sondern über eine halbe Stunde oder länger. Ob sie etwas mitbekamen, kapierten, sahen? War auch Alexander so ein körperloser Kopf? Seine Zeit war nahe.

Dunja war damals so aufgelöst, dass sie über die aufs Eis gelegten Taschenkrebse und Langusten weinte, Verkäufer als unmenschliche Bestien beschimpfte. Sie wollte alle Krustentiere kaufen und freilassen. Eine löbliche Idee, die Alexander in nicht geringe pekuniäre Turbulenzen gebracht hätte. Also entschied man sich für die sparsame Symbolik, die Freilassung eines Taschenkrebses und einer Languste.

Sie kauften zwei Tiere, ließen sich widerwillig über ihre Zubereitung informieren, und schlenderten dann zu einem kleinen Platz, wo sie die Befreiten in den Kanal setzen wollten. Die Languste machte keine Probleme, aber der Taschenkrebs, dieses undankbare Tier, war wie ein Fresssüchtiger ohne Magenring, schnappte gleich, nachdem ihm die Gummiringe von den Scheren gezogen worden waren, nach seinen Befreiern, erwischte Alexander dort, wo es am meisten schmerzt, genau im Schritt, so dass er meinte, beschnitten zu werden. Ei, Ei! Einen wahren Veitstanz führte er auf, brüllte:

– Ich werde kastriert, ich werde kastriert! Hilfe! Man zwickt mir die Eier ab. Zu Hilf! Dunja, die Jeanne d'Arc der Krustentiere, packte das Tier und rief:

– Lass seine Eier los! Lass seine Eier los! Du Hodendieb!

Da die Szene neben der Rialtobrücke spielte, bildete sich rasch eine Traube Touristen, die diese sonderbare Osterpassion begeistert akklamierten. Manche riefen Bravo, andere warfen Münzen oder kleine Scheine.

– Hilfe, man kastriert mich!, schrie Alexander. Man kastriert mich. Meine Eier! Ei, ei.

– Komm schon, komm!, schrie Dunja und zog an dem braunen, fußgroßen Krebs, der sich in Alexanders Mitte festgezwickt hatte und partout nicht loslassen wollte. Im Nachhinein, nach Lektüre der Verleumdung, erscheint es so, als hätte sie mit Absicht diesen Taschenkrebs auf ihn angesetzt. Vielleicht, um sich für das phallische Prinzip, das Schniedelwutzdenken, zu rächen? Für die Dänische Dogge, für die Alexander nichts konnte, für die Schwarzen mit den Eselsschwänzen, von denen sie manchmal phantasierte?

– Au, meine Eier.

– Loslassen! Loslassen!, zerrte und plärrte Dunja, ließ dabei selbst los, was dazu führte, dass der aus dem Gleichgewicht geratene Alexander an den Rand des befestigten Ufers taumelte, schwankte und unter lauten Huis und Ohs des Publikums das Übergewicht bekam und mitsamt seinem Quälgeist in die dunkelgrüne Brühe des Canale Grande fiel. Zum Glück besann sich dort der Taschenkrebs seiner Bestimmung und ließ alles fahren. Während Alexander sich aus dem Wasser plagte, sammelte Dunja das Geld ein und wollte damit noch weitere Tiere freikaufen.

– Und sonst geht es dir gut?

– Und ob!

Beim Gedanken an diese absonderliche Geschichte musste Alexander derart schmunzeln, dass ihn die vermummten Frauen, mit denen er im Sammeltaxi saß, für völlig verblödet hielten und ständig *Der Friede sei mit dir* flüsterten. Draußen zog die Wüste vorbei, eine unwirkliche Landschaft. Atommeiler waren zu erkennen, sahen aus wie große Zwirnspulen. Auf der Windschutzscheibe des Sammeltaxis konnte man *Kaiphas* lesen. *Jerusalem.*

2. Via Dolorosa

Alexander war so sehr im Taumel seiner Vergangenheit, dass er von den Kontrollen an den Checkpoints kaum was mitbekam, die schwer bewaffneten Soldaten sah er nicht, nicht die Mauern, Stacheldrähte, auch die prächtigen Vorstädte Jerusalems ließ er gleichgültig an sich vorüberziehen. Erst am Busbahnhof, als er von einem enormen Menschengewimmel, Moslems, die zum Tempelberg strömten, mitgerissen wurde, zum Damaskustor, hinein in den Souk, kam er wieder in die Gegenwart zurück.

Der Souk war ein pulsierender Basar, ein Ungetüm von Markt mit ständig nachwachsenden Ladentischen, Angebote speienden Verkäufern, Auswüchsen an Waren. Die Gassen dampften vom Dunst der Menschen. Getürmte Sandalen, große Säcke mit Gewürzen, Haufen von Kleidungsstücken, Küchengeräten. Überall Händler, die Tomaten, Zucchini, Pistazien oder sonstwas anpriesen – einer lauter als der andere. Alexander sah große Plastikschüsseln mit rotem und gelbem Karfiol, Kisten mit geschnitzten

Christusfiguren, enorme Säcke voller Safran, Curry, Zatar, Sumaq, Paita und anderen Gewürzen, von denen er noch nie gehört hatte, riesige Bleche mit Kuchen, türkischem Honig, Anisgebäck, Hinweisschilder zur Grabeskirche, zum Tempelberg, zur Klagemauer, und überall Sätze wie *Mein Reich ist nicht von dieser Welt* oder *Vater vergib ihnen, denn sie wissen nicht, was sie tun,* nirgendwo aber ein Pfeil mit der Aufschrift *Terroristen hier entlang.*

Gansebohn war mitten im Gedränge, wurde gestoßen, gerempelt, von Pilgergruppen umspült, durch die Via Dolorosa gedrückt, von Bauchtanzmusik in eine enge Gasse gelockt, wo er Bauchfleisch anderer Art zu sehen bekam, gehäutete Lämmer und Hühner hingen da an Fleischerhaken, Innereien und Gedärme lagen in Bottichen, und es stank so bestialisch, dass er sich beeilte, diese Metzgergasse zu verlassen. Er sah einen Laden, nur mit Teppichen und Stoffen. Das hätte Marie gefallen. Daneben glänzten Schachbretter mit Perlmuttintarsien. Kurz sah Alexander hin, da packte man ihn schon und bugsierte ihn hinein.

– Hosianna, Hosianna. Gelobt sei der, der da kommt. Geben Sie mir eine Chance, sagte der Verkäufer. Wollen Sie Schnickschnack? Schauen Sie in meinen Shop. Für Sie mache ich Preis. Bester Preis. Was gefällt Ihnen? Das Schach? Wunderschöne Arbeit. Der Kaffeekocher? Geschnitzte Christus? Alles handgemacht, alles Olivenholz. Nicht teuer. Bester Preis. Was gefällt Ihnen? Wollen Sie Kaffee? Tatsächlich konnte Alexander dem nicht widerstehen, er griff nach einem weißen Plastikbecher, genoss das starke Gebräu, fühlte, wie es ihn aufrichtete.

– Was geben Sie für Schach? Was ist Ihr letzter, Ihr allerletzter Preis?, wollte der Händler wissen, der sich wie ein verspielter Hund in Alexander verbiss.

– Was wollen Sie? Alexander runzelte die Stirn. Am Schachbrett hatte er nicht das geringste Interesse.

– Wenn ich es meiner Mutter für vierhundert gebe, beraube ich mich selbst. Sagen Sie nicht. Ihnen gebe ich es für dreihundert. Bester Preis.

– Dreihundert? Alexander verschluckte sich fast am Kaffee. Was haben Sie für eine Mutter, die kann nicht gut gewesen sein.

– Sagen wir, Stiefmutter. Der Verkäufer lächelte, was eine mächtige Zahnlücke und zwei Goldzähne zum Vorschein brachte. Was meinen Sie?

– Ich brauche kein Schach.

– Was ist es Ihnen wert? Alles handgemacht. Einlegearbeit.

– Aber unecht. Das Perlmutt ist Plastik.

– Sagen Sie nichts, Sie Frevler. Sie haben keine Ahnung. Das ist ein spezielles Perlmutt vom Toten Meer, tausend Jahre alt. Der Goldzahn hielt sein Schachbrett in die Höhe, tätschelte es und lächelte verschmitzt, als hätte er den Schatz von Alibaba und den vierzig Räubern in der Hand. Also? Was ist Ihr letzter Preis?

– Dreißig, sagte Alexander.

– Sie beleidigen mich. Sie brechen mein Plastikherz. Verlassen Sie mein Geschäft. Dreißig? Sagen Sie nicht. Der Verkäufer schüttelte den Kopf. Dreißig? Tsstss. Er fluchte, bis er plötzlich wieder lächelte. Sie machen Witze. Haha. Ein Spaßvogel. Wollen Sie noch Kaffee? Nur keine Scham. Ich bin ein Hospiz. Ich will, dass Sie sich wohl fühlen. Vergessen Sie das Geschäft, vergessen Sie das Schach. Mit Ihnen Zeit zu verbringen, ist viel wichtiger. Ich bin erst seit zwei Tagen wieder frei. Fünf Jahre Gefängnis für politische Aktivität, weil ich nicht wegschauen kann, wenn Unrecht geschieht, Unrecht meinem Volk. Haben Sie die Mauer gesehen? Den Stacheldraht? Ein Ghetto. Man will uns aushungern. Aber jetzt zu was Erfreulichem, der schmierige Kerl umarmte Alexander, was wollen Sie mir geben? Sagen Sie nicht. Sie können damit nicht nur Schach spielen, auch Dame. Ein wunderbares Spiel – den Gegner herauszulocken, um ihn dann zu überspringen. Man opfert eine Jungfrau, um eine Dame zu bekommen. Wie im Leben. Was sagen Sie?

– Fünfzig wäre mir zu viel.

– Gut, weil Sie mir sympathisch sind, sagen wir zweihundertfünfzig. Tiefer kann ich nicht. Bester Preis.

– Aber ich will das Schach nicht. Ich will nur eine Auskunft.

– Wie können Sie dieses wunderbare Schach nicht wollen? Eine Arbeit, an der mein Bruder wochenlang gearbeitet hat. Oder wollen Sie sagen, dass meine Ware schlecht ist? Dass meine Familie schlecht arbeitet? Sie! Ich warne Sie, ich habe keine Angst mehr vor Gefängnis. Sagen Sie nicht. Sie entsetzlicher Mensch.

– Aber ich habe doch …

– So etwas auch nur anzuhören, und wenn es von mir kommt, ist schändlich. Ich wäre 14 Tage schlecht gelaunt, wenn ich …

– Schon gut, beschwor ihn Alexander, Ihre Ware ist sehr schön.

– Das ist sehr rücksichtsvoll, dass Sie mit so einem Heldenmut zuhören, aber was geben Sie? Dreihundert ist zu wenig.

– Was? Sie waren schon bei zweihundertfünfzig.

– Das war, bevor Sie mich beleidigt haben.

– Ich gebe Ihnen hundert.

– Hundert? Sind Sie Jude? Meine Güte, wie Sie feilschen. Ihre Augen sind verblendet und Ihr Herz ist verstockt. Hundert? Sagen Sie nicht. Ich habe noch nie so einen gottlosen Menschen gesehen.

– Na gut, hundertfünfzig, und Sie sagen mir dafür, wo ich Terrorist werden kann.

– Ah, stutzte der Verkäufer, Hosianna. Daher weht der Wind. Gelobt sei der, der da kommt. Er strich sein schütteres krauses Haar zurück und verzog den Mund, Terrorist will er werden. Und das Wort wird Fleisch und wohnt unter uns. Terrorist? Und da glaubt er, dass er mit einem billig erfeilschten Schach Eindruck schinden kann. Scheut er sich nicht, in die letzte Kammer seines Gewissens hineinzublicken? Terrorist? Eine Person, die das Göttliche sucht in sich? Ins Paradies will? Ohne Schach? Sagen Sie nicht.

– Aber ich brauche das Schach nicht.

– Dann wollen Sie mit leeren Händen zu den Befehlshabern des Terrorismus gehen? Wenn ein Terrornovize annimmt, dass man in freiheitskämpferischen Kreisen keinen Sinn für etwas Schönes, Edles hat, dann ist der Novize ein Esel, und wenn er glaubt, man würde sich in Terrorkreisen nicht über ein wunderbar gefertigtes Schach freuen, dann ist er ein Oberesel.

– Ich weiß ja nicht einmal, wo ich hinmuss.

– Vierhundert, und ich erkläre alles.

– Was, das wird ja immer teurer!

– Sagen Sie nicht. Wofür leben wir? Um Visitenkarten zu sammeln? Um ein dickes Sparbuch zu ficken? Nein, um geliebt zu werden. Um Geschäfte zu machen, um zu handeln. Vierhundertfünfzig!

– Was? Wucher! Ausbeuter! Alexander verließ erbost das Geschäft.

– Zurück, mein Freund! Zurück! Der Goldzahn eilte ihm nach. Nicht so hastig, nicht so hastig.

Nach weiteren drei Stunden zähen Ringens, in denen der Goldzahn bald mit Selbstmord, bald mit dem Verlust der Ehre seiner Stiefmutter oder dem Brechen seines Plastikherzens drohte, Alexander fünf Becher Kaffee trank, drei Zigaretten rauchte, viermal das Geschäft verließ, um stets zurückgehalten zu werden, entkam er mit dem Schach, einem Kaffeekocher samt Service, drei hölzernen Serviettenhaltern und einer Wasserpfeife den Klauen des Goldzahnes. Die entrichteten achthundert Euro erschienen ihm sogar günstig, hatte er doch eine Adresse bekommen, wo eine radikale Terrorgruppe, *Die handelnden Sachwalter des gerechten Kampfes*, ihren Sitz hatte. Es gab auch die *Kämpfer für die gerechte Sache*, die *Legitimen Kämpfer für die gerechte Sache*, die *Gerechten Kämpfer für die legitime Sache*, die *Kämpfer für die Freiheit*, die *Freien Kämpfer für die Freiheit*, die *Sachlichen Kämpfer für die Freiheit im Namen der Gerechtigkeit* und hunderte andere Gruppierungen, die ihn mit Freude aufnehmen würden, wenn er nur ein Geschenk mitbrächte. Viel Glück, winkte ihm der Goldzahn nach. Er hatte Tränen in den Augen, das reinste Öl.

Der Himmel war graublau, kleine Wolken flockten aus. Und darunter Jerusalem, die singende Stadt: orthodoxe Priester mit grauen Rauschebärten, Nonnen verschiedenster Orden, Drusen, Kopten mit einem Haarnetz, betende orthodoxe Juden mit schwarzem Mantel, Hut, Moslems in Burnussen mit Turban, Armenier – und dazwischen Burschen mit gestapeltem Fladenbrot am Kopf, andere mit Handkarren, kleine Traktoren mit beladenen Anhängern, dahinter schwarz verhüllte Frauen, alle sangen, sangen, sangen: Er, der nie begonnen, er, der immer war.

Alexander ging zu der vom Goldzahn genannten Adresse und musste feststellen, dass es sich bei den *Handelnden Sachwaltern des gerechten Kampfes* um ein Teppichgeschäft handelte. Überraschenderweise war der Besitzer dem Goldzahn wie aus dem Gesicht geschnitten, nur wesentlich dicker. Das sollte die Terroristenanlaufstelle sein? Zwei Stunden später war Alexander um sechs Teppiche und vier Bettvorleger reicher, hatte aber nichts über seine Attentäterlaufbahn erfahren. Judas Ischariot, verfluchte er den Goldzahn, wurde aber in ein weiteres Geschäft geschickt und von dort ins nächste, übernächste, immerfort, bis er das Gefühl hatte, die ganze Goldzahn-Mischpoche kennengelernt zu haben. Da sie ihn aber ausnahmen wie eine Weihnachtsgans, nahm er seine Kreditkarte, dankte, gab sie den Goldzähnen und sprach, esset, das ist mein Leib. Und er nahm seine Bankomatkarte, dankte und sprach: Trinkt alle davon, das ist mein Blut, welches vergossen worden ist zur Vergebung der Sünden. Alsbald besaß er Nippes genug, um selbst einen Souvenirshop zu eröffnen, war dafür an seine finanziellen Grenzen gestoßen. Er war pleite. So weit hatte er es gebracht, ein schöner Terrorist!

Mit seinen letzten Münzen kaufte er ein Stück türkischen Honig und schlenderte zur Grabeskirche. Hier war Jesus gekreuzigt worden, weil er die Händler vertrieben hatte, sollte auch er hier enden? Ein zähes, träges Leben rann an ihm vorbei, eine Stadt, die nicht aufhörte zu singen. *Heilig, heilig, heilig, heilig ist der Herr! Heilig, heilig, heilig, heilig ist nur er!* Pilger, verschleierte Frauen, Priester und Laienbrüder, die sich ums Himmelreich anstellten. Junge Katholiken, die zu *Sex Bomb* tanzten, Pfadfinder, eine Volleyballmannschaft aus Moldawien – und alle sangen oder fotografierten. Israelische Soldaten knipsten Pilger, die sich selbst oder moslemische Händler fotografierten, alle wurden von Touristen abgelichtet, die wieder von orthodoxen Priestern fotografiert wurden, die selbst Motive für Kulturreisende waren, welche von jungen Gläubigen, die vom Geheimdienst … Ein einziges Singen und Knipsen.

Alexander bemerkte zwei Greise in blauen Anzügen, die sich auf große, einen Meter hohe Holzkreuze stützten. Hatte er von denen nicht geträumt? Als er *Das ist meine Kalaschnikow* hörte, ging er hin und hörte zu. Aber der Grauhaarige hatte mit *Kalaschnikow* nur sein Kreuz gemeint, mit dem er auf den Boden stampfte:

– Wir holen die Juden heim ins Reich. Wir kommen durch das Tor der Finsternis. Wir …

– Beachten Sie ihn nicht, flüsterte der andere, dem weißes Haar über den gebräunten Schädel gepinselt war. Das Licht scheint in die Finsternis, aber die Finsternis hat's nicht begriffen. Seit der Pimpelhuber einen Katheter hat, ist sein Gehirn vertrocknet. Ich muss ihn nachts zweimal entleeren. Sein Dickdarm ist entfernt. Seine Gedärme sind vom Krebs zerfressen. Aber kein schlechter Mensch, er vertraut auf Gott wie ich. Wir haben ja sonst nichts. Nur die Wahrheit! Mein Vater hat Kachelöfen gesetzt, auf einem Bauernhof bin ich aufgewachsen, aber immer habe ich versucht, auch für Jesus zu arbeiten.

– Gehet hin und verkündet es. Fürchtet euch nicht, sagte der andere und zerkaute die Wörter mehr, denn dass er sie sprach.

Alexander sah zuerst den Weißhaarigen an, einen Menschen mit schönen, asketischen Zügen, dann den anderen, den Grauhaarigen, der dümmer wirkte, verkommener. Seine abstehenden Ohren waren schwarz wie Morcheln.

Beide hatten fauligen Mundgeruch, stanken nach Inkontinenz, spuckten beim Sprechen weiße Speicheltropfen und hatten verklärte, der Welt entrückte Gesichter.

– Ich kann die Zeit der nächsten Wiederkunft verkünden, versenkte sich der Grauhaarige, dem ein Haarschober wirr wie ein Grasbüschel vom Kopf stand, in trüben Betrachtungen: 3760. Das wird Effekt machen.

– Schon gut, versuchte ihn sein Kollege zu beruhigen. Sein Geist ist verdünnt. Er ist im Himmel. Ich bin noch auf Erden. Hier sehen Sie die Liebe Gottes. Danke. Er steckte Geldscheine ein, die ihm Inder gaben, welche dieses seltsame Paar mit ihren großen Kreuzen für Heilige hielten.

– Was wollen wir mit Geld? Kriegt sowieso der Antichrist. Nur die Wahrheit!

– Der Antichrist ist der Fleisch gewordene Teufel, steht schon beim Propheten Daniel. Himmel und Erde werden vergehen, aber meine Worte werden nicht vergehen.

Beide verteilten kleine blecherne Marienanhänger und nahmen dafür Spenden an. Das Jerusalem-Syndrom: Menschen verwandelten sich in eingebildete Heilige. Bei diesen beiden Greisen war es besonders ausgeprägt.

– Und du, was ist mit dir? Der Grauhaarige umarmte Alexander, so fest, dass dieser den Katheter spüren konnte. Er küsste ihn, presste ihn an sein schwarzes Ohr.

– Ich gehöre zur Religion: Ich biege mir Gott zurecht, wie ich ihn brauche. Alexander trat einen Schritt zurück, lächelte und dachte an sein Versprechen in der Michaelergruft.

– Deine Zeit ist nahe!

– Warst du schon am Berg der Seligpreisungen? Speicheltröpfchen verfolgten ihn. Hast du die Tischlerei Josephs, Jesu Vater, in Nazareth gesehen? Sein Sohn hat die beste

Werbung gemacht. Oder was ist das Kreuz? Werbung für die Tischlerei, die Holzwirtschaft. Söhne arbeiten immer für die Väter. Hitler hob die Grenzen auf, weil sein Vater Zöllner war, Bin Laden zerstörte Gebäude, damit sein Vater, ein Baumeister, neue Aufträge bekam, Stalin war der Sohn eines ehemals leibeigenen, immer besoffenen Schuhmachers und Khomeini ... Nur die Wahrheit!

– Weißt du, was danke auf Hebräisch heißt? Toda raba – toter Araber!

– Hebräisch klingt wie Schweizerdeutsch, bemerkte Alexander.

– Mit gefülltem Fisch kann man keinen Staat machen, aber das ist eine andere Geschichte. Warum bist du hier?

– Weil ich Terrorist werden will.

– Angenehm. Es ist immer wieder ein Vergnügen, es mit einem Dummkopf zu tun zu haben. Ein selbstgefälliges Lächeln glänzte auf dem Gesicht des Grauhaarigen. Der Weißhaarige verdrehte die Augen, hob die Hände beschwörend und sprach:

– Terrorist? Blödsinn, finden willst du was. Und was? Dich selbst! Was ist Identität, wenn es keine Familie, keine Regeln mehr gibt? Nur Angebote. Die einzige Identität ist Gott. Wie aber kann man sie finden, wenn nicht durch sich selbst? Ich ist der Schlüssel, und Ich ist das Tor. Im Ruf nach Ich ist Gott, in der Sehnsucht nach dem Ich, in der Selbstliebe, ist Gott. Gott ist Ich, und ich bin Gott. Nur die Wahrheit! Gott hat mein Herz durchbohrt, und Gott ist selbstsüchtig bis zum Wahnsinn. Ein Oberegomane. Die Alten lächelten selig. Ja, waren denn beide von Sinnen?

– Hast du schon in Me'a She'arim gesucht, im orthodoxen Judenviertel?

– Juden und Palästinenser kriegen Kinder um die Wette,

grinste der Grauhaarige verklärt und machte eine obszöne Geste.

– Bei den Orthodoxen?

– Empfindest du die als Provokation? Warum? Weil sie sich verweigern!

– Weil sie ihren König nicht anerkennen, fiel ihm der Grauhaarige ins Wort. Wir holen sie heim. Wir kennen nichts.

– Schon gut, Pimpelhuber. Aber du? Worum geht es dir? Der Weißhaarige legte ihm die Hand auf die Schulter, und plötzlich war Alexander, als wären die beiden Alten mit ihren Kalaschnikow-Holzkreuzen seine Schächer. Als wäre er zwar ein egomanischer Sturschädel, aber nur im Namen der Liebe. Ein Verliebter in die Liebe. Verloren, verdorben, vergeblich: verliebt.

– Warst du in der heiligen Zisterne bei den Kopten? Bei den Anbetern der heiligen Regenrinne? Bei den Hütern des heiligen Mauervorsprungs? Bei den Gebeinen des Zöllners? Gehst du abends zu den Äthiopiern? Zu ihrer Prozession auf dem Dach der Grabeskirche. Wunderbare afrikanische Gesänge. Schwarze Bischöfe, die unter Schirmen und Baldachinen ihre Prozession abhalten, immer und immer wieder die Kuppel umrunden. Und die Leute klatschen, singen, haben Fackeln, sind berauscht.

– Pst! Der andere legte einen Finger auf die Lippen. Du glaubst, es geht bei jeder Anstrengung, jeder Mühe nur ums Weib. Dabei hast du eines vergessen, dich vor Gott zu fürchten.

– Fürchte dich.

– Es geht darum, die Menschenverachtung zu bekämpfen, hinter die Wörter zu gelangen, weil Wörter nur zudecken. Rechts und links, Politik und Sport, bürgerlich, revolutionär, oberer Leib und unterer Leib, das ist Unsinn, was oben ist, ist unten, das Innere ist außen, rot ist grün, Körper ist Seele, Gott Gedanke, Gedanken sind Fleisch, und das Immaterielle ist materiell, Liebe Hass und der Tod lebendig. Das sind alles Wörter, die das Ich zerfressen und das Göttliche, die Schöpfung – nur Leere lassen. Wie du sicher weißt, wird alle Materie im Mikro- wie im Makrokosmos durch elektromagnetische Kräfte zusammengehalten. Geleimt.

– Große romantische Aktion!

– Was?

– Die Essenz aller Religion ist die Existenz einer Seele. Wenn man daran glaubt, dann ist man gläubig. Und als Gläubiger ist man lebendig. Man ist im Ich, hört auf seinen Rhythmus, sein Inneres – und nicht auf den Wetterbericht.

– Gott hat die Städte erfunden, damit die Menschen an ihn glauben. Warum? In der Natur fühlst du dich einem Strauch näher als Gott. Erst in der Stadt fühlst du dich Gott näher als einer Pflanze, du hast Telefon, Internet und virtuelle Räume. Gott hat die Städte erfunden, damit die Menschen an ihn glauben, damit sie nicht merken, dass sie wie Pflanzen sind, grün und langweilig.

– Du vergisst die Angst. Die Angst vor Gott. Fürchte dich. Aber du? Du? Der Weißhaarige ging auf Alexander zu, fasste ihn an den Schultern: Ich kenne dich. Du kommst mir vor wie ... Haben wir uns schon ...?

– Ich wüsste nicht ... Gansebohn lächelte verlegen. Was sehen Sie mich so bohrend an? Lassen Sie mich los.

– Hat dir mal jemand gesagt vor vielleicht 25 Jahren, der Alte rüttelte Alexander wie einen Apfelbaum, dass du etwas merkwürdig, einen Blick ... ein Mördergesicht hast?

Alexander schluckte.

– Ein verbrecherischer Unsinn. Das Gesicht eines Mörders? Ich? Ich ärgere mich heute noch … aber woher wissen Sie?

– Das war ich. Ich!

– Sie?

– Auch ich war mal ein Verführer und Bezwinger der Frauenherzen. Der Alte strahlte, seine weißen Haare glänzten. Auch ich glaubte mal an Sex, Beziehung. Und an jenem Tag sah ich zum ersten Mal etwas von dem, was man gemeinhin Liebeskummer nennt. Ich war verzweifelt. Hatte mich in die Frau von jenem da verknallt, war mit ihr durchgegangen. Er deutete auf den brabbelnden Grauhaarigen. Der sogenannte Pimpelhuber oder Giftgasali, der daraufhin das einzig Richtige tat, sofort ins Kloster flüchtete. Ich aber zog bei dieser Galatea, seinem Haucherl, ein. Aber ein Haucherl war die nicht, eher eine Falte, äh, Folter auf zwei Beinen. Anfangs liebte ich sie wie verrückt. Ich liebte ihre Haut, ihren Geruch, verehrte sie komplett, ihren Atem auf den Augenlidern, Schmetterlingsküsse, russische Küsse, Zwickerbussi, Froschküsse, Schmusereien, ihre ganze Gegenwart.

Aber irgendwann kommt die Zeit, wo man sich nicht mehr ständig anstrahlt, wo man nach der Begrüßung etwas anderes zu tun hat, als sich zu küssen, wo man sich nicht mehr selbst genügt, man sich nicht mehr im Lachen des anderen verliert, ja, wo einem überhaupt nicht mehr zum Lachen zumute ist, man sich hinter einem Panzer aus Gewohnheiten verschanzt und man den anderen, ehemals geliebten Menschen nur noch flieht. Und bei einer solchen Flucht bist du mir über den Weg gerannt, du Unglücksrabe, habe ich mich hinreißen lassen. Mördergesicht. Ich weiß es noch genau. Im Kopf memorierte ich ein Gedicht, das erste und einzige in meinem Leben. Magst du es hören? Und ohne Alexanders Antwort abzuwarten, hob er an:

Es ist aus

Ich bin doch, hörst du, nicht dein Liebesaffe,
bin zu stolz jetzt, um ein letztes Mal
zu flehen, denn es ist aus, ich nehme, hörst du,
meine Liebe weg vom Feuer, dass sie bald
abkühlen wird, und etwas Aufgewärmtes
wollen wir doch beide nicht. Aus ist es. Hör zu.
Du wirst dich nie mehr rekeln unter mir,
mich, ich. Dir nicht mehr Du sagen lassen,
dich. Kapiert?
Auch Hand in Hand werden wir nie mehr
gehen, es ist aus. Aus ist es. Ich kann es selbst gar nicht
begreifen, warum wir nicht mehr lachen,
strahlen, so wie früher und uns nicht mehr küssen.
Es ist aus. Ich sag Lebwohl, Adieu, Vorbei,
und setz mein coolstes Steingesicht nun auf,
obwohl ich doch nur weinen möchte,
weinen, einen, weinen, einen, weinen,
aber nein, ich werde dich vergessen,
in einen Setzkasten kommst du wie
ein Schmetterling, wirst aufgespießt,
denn es ist aus, ich hasse dich. Nie mehr,
nie mehr werde ich dein Stöhnen hören, nie mehr
Unendlichkeit an deiner warmen Zunge
spüren. Es ist aus. Du wirst dich nie mehr
rekeln unter mir, mich, ich. Dir nicht mehr
Du sagen lassen,
dich.

Anderen wirst du erzählen deine Träume,
anderen deine Schokoladekuchen backen,
anderen, anderen, nicht mir, denn es ist aus. Ich
hasse dich dafür, dass es so aus ist, wie es aus ist
weil ich dich nicht mehr wie früher
lieben kann, mir alles so egal, so scheißegal ist jetzt,
ob das Flugzeug abstürzt oder sonst etwas passiert,
alles egal, weil es aus ist, aus, aus, aus, mir Schlimmeres
gar nicht passieren kann. Aus ist es. Adieu.
Du hast mich umgebracht. Du blöde Sau,
du Egoistenschwein hast Schluss gemacht.
Ja. Du. Jetzt ist es aus. Aus und vorbei. Good bye.

– Schön. Alexander hatte Tränen in den Augen, dachte an seine eigenen aufgespießten Schmetterlinge im Setzkasten der Verflossenen – schon im Schlummerland war er diesem Bild begegnet, das ihn seither nicht mehr losließ.

– Und dann, stampfte der Alte sein Kreuz gegen den Boden, dann bist du mir über den Weg gelaufen, du Mördergesicht. O, ich habe diese Bemerkung oft bereut, sie war unbedacht, hingeschleudert, galt nicht dir, sondern mir selbst, weil ich in einer mordsmäßigen Mörderstimmung war. Aber dein Gesicht hat sich mir eingeprägt, o, wie oft habe ich daran gedacht, wie oft wollte ich mich entschuldigen. Nur die Wahrheit! Und jetzt, wo ich dich sehe, wird mir klar, was diese Behauptung angerichtet hat. Nicht nur ein Mörder, nein, ein Terrorist ist daraus geworden.

Alexander war durcheinander. Sollte er tatsächlich das Produkt einer unbedachten Äußerung sein? Kam daher seine Vorliebe für Masken und Karneval? Fürs Verkleiden und Versteckspiel? Weil einmal ein Liebesidiot was Unbedachtes gesagt hatte? Etwas, das sich eingravierte?

Er spürte eine kräftige Hand und das Gefühl von Ohnmacht. Die Bestimmung? Nein, die Staatsgewalt.

– Sie sind verhaftet. Polizisten umringten und bedrohten ihn. Er sah ein Namensschild: Hauptmann Longinus. Dann war da das kalte Metall der Handschellen, Tritte und Gewalt, Hunde, eine grüne Minna.

– Der Friede sei mit dir, Mördergesicht, schrie der Weißhaarige ihm nach. Es ist vollbracht!

– Vergiss nicht den Ysoppen.

Und während man ihn in den Polizeiwagen stieß, war am Horizont nur noch ein schmaler goldener Streifen, ein paar Wolken wurden von kräftigem Rot erfasst. Dahinter war es dunkel. Dämmerung floss in die Stadt. Das war das Ende – zumindest für die Sonne, einen schweren schwarzen Schleier schleppte sie, die Nacht.

3. Die neunte Stunde

Und der Herr Gansebohn stieg hinab in die Hölle. In seiner Zelle bröckelte minzgrüner Putz. Namen, Kalender und Strichmännchen waren darin eingeritzt. Das waren seine Teufel. Eine Stahlpritsche, Betonboden, Waschbecken, Klo und ein kleines Fenster, unerreichbar hoch, vergittert. Rostige Stahlstäbe in der dicken Wand, eine schwere Zellentür mit vernieteten Beschlägen. Zwei Neonröhren an der hohen Decke, tote Mücken. Alexander las die Namen an den Wänden: Mordechai, Yitzak, Danny Milchmann, Leo, Emmerich. Auch Frauennamen waren da, um manche war ein Herz geritzt, andere zierten Busen. Er ritzte Heidrun rein, Marie und Dunja, seine heiligen drei Weiber. Die Himmelsziege, das Schneewittchen und die

Quitte mit dem Entenarsch. Dass er in die mal so vernarrt gewesen war?

Er begriff nicht, wie er sich für Dunja entscheiden hatte können, für diese dumme Nudel, aber er hatte ja nicht selbst entschieden, es war für ihn entschieden worden. Er bekam die Ereignisse über den Kopf gestülpt wie einen Eimer, musste zusehen, wie sie an ihm runter rannen.

Er kaute an seinem Mittelfinger, merkte, dass der angeschwollen war. Eine große Blase hatte sich gebildet. Alexander frohlockte. Endlich ein Beweis für seine Schnecken. Sie lebten. Es begann zu pochen, bald wurden die Schmerzen heftiger, so stark, dass er nach einem Arzt rief.

– Schnecken! Ich habe Schnecken in mir drin. Farblose Tiere, die durch meinen Körper kriechen, in irgendwelche Gänge gelangen, etwas auslösen, Entscheidungen, mit denen ich nichts zu tun habe. So war ich wie berauscht, in einen Entenarsch verliebt. In eine Quitte. Habe …

Aber nicht doch, mein Täubchen, das ist ein Panartium. Der Arzt grinste mitleidig.

– Panawas? Keine Schnecke?

– Eine Infektion.

Davon wusste Alexander nichts. Auch nichts von Ramona, die allen Brasilianern Moses' Reichtum unter die Nase gerieben hatte, was bald dazu führte, dass sie von korrupten Polizisten überfallen und ihnen die Kehlen durchgeschnitten, die Augen ausgestochen wurden. Er wusste nichts von seinen totgeglaubten Kindern, die nach wie vor bei seiner Schwiegermutter waren, mit Maries Puppe spielten, der mit dem hohlen Kopf, nichts von Galatea Gulch und nichts von Peter Scherübl. Alexander wurde von seiner eigenen inneren Leere aufgesogen.

– Mein Gott, mein Gott, warum hast du mich verlassen?

Jedes Flugzeug flog seinem Absturz entgegen, und jeder orientierungslose Mensch musste sich verirren? Alexander hatte viel probiert. Hätte es nicht glücken können? Jetzt war er vierunddreißig und durch alles durch. Das Leben hatte ihm alles gegeben und alles genommen. Er war fertig. Seine Existenz war zusammengefallen wie ein Kartenhaus. Nicht einmal die Schnürsenkel konnte er sich binden. Man hatte sie ihm abgenommen. Er sah die minzgrüne Wand mit den eingeritzten Strichen, den Kalendern, Zeichnungen. Er las Namen: Rosa, Betsy, Kathy und Marie.

Marie? Noch einmal: Marie! Warum musste das scheitern? So glücklich waren sie. Die Silbendreherei, das Kennenlernspiel, die Interventionen – bis irgendwann das *Keiner-kann-in-mich-hineinschauen* alles untergrub. Bis das Sich-beweisen-Wollen begann, die Affären, Seitensprünge, die Dunja-Heimsuchung, der Alptraum. Und nun? Nun war er eine stumpfsinnige Figur, träge, dumm, gescheitert, einsam.

Wenn er sich wenigstens um Maries Leiche, seine Kinder gekümmert hätte. Aber er? Eigensinnig! Besessen von Dunja.

– Lieber Gott, wie konnte ich so verbohrt sein? Was habe ich getan? Warum bin ich von allen Wegen abgekommen? Warum hast du mich auf solche Gedanken kommen lassen? Warum konntest du mich nicht auf den rechten Weg bringen? O Gott, warum hast du mich verlassen? Oder bin ich weniger wert als die anderen, die dich mit Gebeten füttern? Bin ich weniger wert, nur weil ich zweifle? Hä? Bist du ein Rabenhimmelvater?

Und wie er so gegen die minzgrüne Wand drosch und mit den Nägeln an der Farbe kratzte, wie er heulte und fluchte, stand plötzlich ein Wärter hinter ihm, beruhigte ihn, als er in Erwartung von Schlägen zuckte, drückte ihm ein Handy in die Hand.

– Ja?

– Alexander?!

Es war eine helle Stimme mit leichtem Akzent: Marie! Er erkannte sie sofort, glaubte, Gott würde durch sie zu ihm sprechen.

– Es … es tut mir leid. Es tut mir alles leid. Ich liebe dich so sehr. Alexander brach in Tränen aus. Ich hätte mich mehr kümmern, dich nicht betrügen dürfen. Ach, Marie. Warum hab ich nur alles falsch gemacht? Warum? Sag, Marie, wie ist es dort, wo du jetzt bist?

– Es regnet, und es weht heftiger Wind.

– Im Himmel regnet es?

– Aber ich bin gar nicht im Himmel!

– Nicht? Wenn du nicht in den Himmel kommst, wer dann?

– Ich bin in Wien.

– In Wien? Das gehört zur Hölle? Hast du den Anschlag im Prater mitbekommen?

– Es war ein Bild von Dunja in der Zeitung.

– Arme Dunja. Aber seit sie tot ist, bin ich frei, erleichtert. Entenarsch! Er lachte. Mir ist es gegangen wie dem Vater einer Entführten, der nicht weiß, ob sie noch lebt. Nur an sie konnte ich denken. Sie hat mir den Boden unter den Füßen weggezogen – und dabei wollte ich dich nie verlieren, Marie.

– Du bist eben feig.

– Nein, ich liebe dich, aber anders als Dunja. Ich …

– Dunja ist tot.

– Ist sie auch ein Engel?

– Ich weiß nicht. Ich weiß nur, dass man ihre Wohnung

aufgebrochen und einen toten Mann gefunden hat. Erschossen.

– Doyle.

– Du kennst ihn? Ihre Schwester hat ausgesagt, dass es ihr Revolver sei. Kannst froh sein, dass Dunja dich nicht auch umgelegt hat.

– Aber ich … Sie hat …

– Jedenfalls war die Leiche dieses Doyle an einen Tisch drapiert wie in einem Gruselkabinett. Vor ihm wie ein Schweinsbraten in der Rein ein gekreuzigter Hund. Beide waren stark geschminkt, nackt. Der Mann war mit Filzstift beschrieben, irgendein Gedicht. Wohlauf, Kameraden, aufs Pferd, aufs Pferd!

– Ins Feld, in die Freiheit gezogen! Im Felde, da ist der Mann noch was wert, da wird das Herz noch gewogen. Da tritt kein anderer für ihn ein, auf sich selber steht er da ganz allein. Aus der Welt die Freiheit verschwunden ist, man sieht nur Herren und Knechte, die Falschheit herrschet, die Hinterlist bei dem feigen Menschengeschlechte. Der dem Tod ins Angesicht schauen kann, der Soldat allein ist der freie Mann. Des Lebens Ängste, er wirft sie weg, hat nicht mehr zu fürchten, zu sorgen, er reitet dem Schicksal entgegen keck, trifft's heute nicht, trifft es doch morgen. Und trifft es morgen, so lasset uns heut noch schlürfen die Neige der köstlichen Zeit.

– Was hat das zu bedeuten? Ist das Feld die Liebe und der Soldat der Liebende, weil es zum Menschsein gehört, einmal unglücklich verliebt zu sein und einmal glücklich? Ich habe immer Angst gehabt, dass du mich nicht liebst, Alexander. Jetzt habe ich Angst, du liebst mich. Egal … Der Schwanz vom Hund war zusammengenäht … und seine Eier steckten in Knoblauchpressen … Und in Doyles Gesicht stand: Du sollst Gott, deinen Herrn, lieben von ganzem Herzen, von ganzer Seele mit allen deinen Kräften ... So möchte ich nicht gestorben sein.

– Du hast es auch schon hinter dir, entkam es Gansebohn, der tatsächlich meinte, mit einer Toten zu sprechen.

– Was habe ich hinter mir?

– Das Sterben.

– Aber ich lebe!

– Wie? Du lebst? Fast fiel Alexander das Telefon aus der Hand. Aber ich habe deinen toten Körper im Hof liegen gesehen. Ich ...

– Das war ein Bauschuttsack. Alles inszeniert.

– Dann hast du ...? Du bist nicht? Du lebst? Du gemeiner Kerl! Das will ich nicht glauben. Du lebst? Du! Marie? Und was soll jetzt werden?

– Wir machen dort weiter, wo wir irgendwann stehen geblieben sind.

– Aber ich sitze im Gefängnis von Jerusalem.

– Hinabgestiegen zu den Toten und am dritten Tage auferstanden ... Man hat nichts in der Hand gegen dich. Vorübergehende geistige Verwirrung.

– Und das Bristol?

– Die waren froh über die Werbung. Weißt du, dass ich mich dort als Gespenst ...? Aber das erzähle ich dir ein anderes Mal.

Man wird dich bald nach Wien schicken. Und wenn du mich dann wieder sehen willst ...

– Du musst mich wirklich lieben?

– Ich habe begonnen, an dich zu glauben, und ich habe nicht aufgehört, an dich zu glauben.

– Und die Gewalt, die ich dir angetan habe? Marie? Verzeihst du mir? Stundenlang könnte ich dich küssen.

– Ja, das fürchte ich auch. Weißt du, wer sich alles getrennt hat, meine Mitschülerin Tatiana, die Eltern von der Johanna, und die Eltern vom Simon, der Thomas und die Alexandra, der Mathias und die Monika, dieses schöne Paar, … der Otto und die Gusti, der … sogar der Toni und die Fritzi, stell dir vor … auch die Tartarottis, die Bleutges, Magenaus, Gajuseks, das Paar im ersten Stock … daher muss man feiern, wenn man noch zusammen ist. Ein Denkmal müsste man bekommen. Ja, ich verzeihe dir.

– Marie! Du bist zu gut zu mir! Nun liefen Tränen über Alexanders Gesicht. Zu gut. Die Freude lief in ihm ein wie ein Marathonläufer ins Stadion. Jubelte. Blickte ins Publikum. Sah kreischende Gesichter. Dunja. Brach zusammen. Er war ein Mann von vierunddreißig Jahren, teigigem Gesicht, aber er lebte.

– Ich verzeihe dir, weil du mir egal geworden bist, weil ich verliebt bin, aber nicht in dich.

– Was? Verliebt? In wen?

– Scherübl heißt er, Peter. Er ist nicht schön, doch er begehrt mich.

– Scherübl? Das kann nicht sein. Du scherzt?! Du willst mich zappeln lassen. Peter Scherübl? Hat er, hat er. Seine Frau hat er umgebracht. Aufgeschlitzt. Hat er, hat er.

– Mit mir ist er sehr leidenschaftlich.

– Marie?!

Doch da war die Leitung unterbrochen. Alexander sank zusammen. Langsam glitt das Telefon aus seiner Hand, fiel auf den Steinboden und zersprang.

Dank

Die Geschichte wurde geschrieben am Dachstein, in Buenos Aires, Grundlsee, Isfahan, Jerusalem, Kagoshima, La Falda, London, Nizhny Novgorod, Paris, Pichlwang, St. Petersburg, Tokio, Yazd, Venedig und Wollezeele. Mein Dank gilt all jenen Menschen, die mir diese Aufenthalte ermöglicht haben.

Inhalt